近・現代川柳アンソロジー

楽原　道夫
堺　　利彦　編

新葉館出版

近・現代川柳アンソロジー

目次

■凡例

・このアンソロジーは、明治から現代にいたる柳人300名の作品(各人25句)を集成したものである。

・掲載は、柳人の生年月日順にした。生年しか判明していない柳人はその年の最後に、生年不詳の菅とよ子は関わりの深かった藤村青明の後に収録した。

・送り仮名・仮名遣いは、底本に従うことを原則とした。

・作品の常用漢字は、原則として新字体にした。ただし、人名・書名についてはこの限りではない。

・作品の中には、今日の人権意識からすると不適切な言葉もあるが、作品が創作された時代性及び川柳の文芸性に鑑み、原作のままとした。

近・現代川柳アンソロジー

窪田而笑子

くぼた・じしょうし

（一八六六・三・一五〜一九二八・一〇・二七）

一九〇二年頃、柳多留に興味を持ち、俳句から川柳に転向。〇七年、田能村朴念仁の後を継いで「讀賣新聞」の川柳選者となる。「川柳とへなぶり」「滑稽文学」等を主宰。編著に『末摘花』（一〇）等。

羽子板は口へ預けて帯をしめ
油画のやうじやと月の梅をほめ
抜足さし足坊やは蟹を押へつけ
杜若見い〳〵鋏鳴らしてゐ
縁に腰かけて新茶をほめて居る
魂は昼寝の口を抜けて出て
涼み台残したい人先きに立ち
虫干に妹は何か見つけだし
雲の峰何か出さうにむく〳〵し
追ひ着いて日傘二人になつて行き
袈裟がけに稲妻サツと松を切り
穂すゝきが地蔵の顔を撫でゝゐる
暮れ方の紅葉に寒い雨がふり
初あられ真ツ白な手が窓から出

竿竹につツぱつたまゝ氷つてる

田能村朴念仁編『新川柳抄』（一九〇五、讀賣新聞日就社）

緞帳の様に銀行戸が下りる
明日の天気を覗く手水場
所在ない眼に蝶々の二つ飛び
豆腐屋を呼び蟇口のあり所
長廊下ところどころに壺があり
不断着に着替へてからが草臥れる
トンネルを出るといきなり海になり
ふと射した灯に鈴虫は髭をふり
唄ひさうなのへ三味線向きを替へ
コスモスにまだ恋もなき女なり

『一糸集』（一九二九、松山媛柳吟社）

岡田三面子

おかだ・さんめんし
（一八六八・五・二九～一九三六・一一・三）
幼時から川柳に興味を持つ。一九〇三年、硯友社系の「文芸倶楽部」や「東京日日新聞」で狂句の選者となる。著書に『日本史伝川柳狂句』等多数。『三面子 狂句集（其一）』は、個人句集の嚆矢。

令夫人チヨイと好いのが供に居る
名を呼ばれ五体《からだ》ごとむく高襟《ハイカラア》
女学生つれのあるだけ横に行き
たんと水呑むは演説まづいなり
シヤンパンをい丶ラムネだと議員云ひ
被衣《ひっぱり》を脱いで看護婦俗になり
ヨボ〳〵の車夫大声に談しかけ
ステツキ強そうに打つ花の枝
破産前時計もロクに巻かぬ也
席を譲つてそれからヂロリ〳〵也
小役人相手次第に威張り替へ
日記帳末になる程ザツと書き
乙鳥《つばくろ》の様に自転車町を駈け

おごりだと聞いてメニユーを読直し
まだあるをついと取られるレストラン
身を刻む様に試験の時がたち
源平は絵になる様に戦をし
田楽は歯でうけてからソツと抜き
雨舎り後から来たは遠慮がち
綿帽子人の悪いは覗きこみ
口開いて待つ枝豆が鼻へそれ
夫婦喧嘩小言になれば仕舞なり
他人だけ断念《あきらめ》のい丶事を云ひ
愛相のないのは白い湯文字なり
長男は母の残した屠蘇も飲み

『三面子 狂句集（其一）』（一九〇五、有斐閣）

安斎一安

あんざい・いちあん
（一八六八～？）
一九〇八年一〇月、横浜の「新川柳」に入る。一一年から〈短詩壇〉を設けたことから、新傾向化、自由律作品が多くなり、一五年「新川柳」は「短詩」と改題、一安が中心的存在となる。

部屋に移してなつかしい
紅梅の強き呼吸

押寄せ来る夕闇に
白バラの落着

人形のやうな子の笑ふとき
切れ〳〵の空想

其儘霜を待つ菊の
くれなゐの唇

塔は鋭く蒼空を衝く
地上の歩み

残り少なきカレンダーを
雀のやうに喜んで剥く子

黙つて後をついていく子犬
だまつて尾をふる

剽軽な男の帰つた後の
静かな白壁

散る花を運ぶ流れに
淡い泡沫

歌ひつかれたカナリヤの
頓狂な瞳

天地の声のなつかしく
心から聞く雨

赤蜻蛉今朝は見えず
虚空の青さ

黒き影を永遠に鎖す
鉄の扉

秋の机におごそかなり
赤い実が光る

ブルドツクのおもてから湧く
変哲が嬉し

変つた国でもあるくやうに
元日の汽車に揺られ

お前のためにお前が咲く
高原の秋草

アイスクリームが歯にしみる
牛が黙つて重い荷をひいてゆく

セルロイドの袋の中に
みんな桃色になつて
小さい獣が眠つてる

箱の外の兎が
箱の中の兎に
何か耳打ちする

凋落の葉をくゞり来る口笛
乳房に刻んで恐ろしい大理石
海は永遠に鳴らうとして青し
悲しい色で蛍が遊ぶ
剝落ちた壁画に残る正しい線

『一安短詩集』（一九二八、短詩社）

阪井久良伎

さかい・くらき
（一八六九・一・二四～一九四五・四・三）
一八八四年秋、藤堂男爵邸で『絵本柳多留』を見て川柳に興味を持つ。一九〇三年「電報新聞」に「新柳樽」欄を開設、久良岐社結成。「五月鯉」「獅子頭」等を主宰。著書に『川柳久良岐点』（〇四）等多数。

午後三時永田町から花が降り
博士にもならで四十に手が届き
チヤンチキリチヤン〳〵チキリ花が散る
花の山まだ薄眠いやうに明け
川柳をたとへにひいて云ひ含め

井上剣花坊撰『新川柳六千句』（一九一七、南北社）

脳天へ眼鏡を掛けるいゝ機嫌
淋しさを花に覚える年と成り
吊革に華奢な左の腕時計
氷る物みんな氷つて室の梅
獅子口にポストと云つた気味がある
魚河岸で見ると巡査も冴えぬ也
猫の瞳に映つるかまきり

月並に生きて月並の愚痴をいひ
蒲鉾の色で会費の高が知れ
了見が小さく見えるマンドリン
料理屋と間違ひさうなお寺あり
気持よく鋤かれた土へキヤベツの芽
朝顔の垣根倒れたまゝで咲き
雪解を垣根伝ひに靴がくる
安来節鰌とうとう天上し
満洲の弟に兄貴気が重い
襟元を直されてゐるむしあつさ
大晦日よく〳〵閑な釣を垂れ
梅林絵になる牛を繋いどき
どう見ても食用蛙江戸でなし

『川柳久良伎全集 第三巻』（一九三七、川柳久良伎全集刊行会）

井上信子

いのうえ・のぶこ
（一八六九・一〇～一九五八・四・一六）
一八九九年、井上剣花坊と結婚し、一九一六年頃から本格的に川柳を始める。三四年、剣花坊逝去の翌年、「川柳人」休刊。同年「蒼空」を発刊し、鶴彬を庇護した。四八年「川柳人」復刊、主宰。

何となく求めたさうな子の瞳
除夜の鐘だけは静かに聞いて居る
丘に立つ農夫巨人のやうに見え
川だけが一筋白う明けそめる
子守唄途絶えて居てもしかと抱き
停車場で別れて花の散るを見る
雪の朝はくほこりさへ静かなり
くらやみの中で微笑みだけ浮み
向ふ岸灯のついたのでなほ淋し
風船を持つて豊かな顔で来る
しんとした庭一つぱいに月になり

『井上信子句集』（一九二六、柳樽寺川柳会）

何う坐り直して見てもわが姿
美しい日は美しい夜となり

壁に何を話すともなく只だ向ひ
光るものばかり集めて子等あそび
砂の数かぞへ尽くせば淋しかろ
星をさす指の若さが反つてゐる
もの憂くも王者の慰楽鐘の音
関節になつてしつかり手をつなぎ
巌丈な壁に否定の蔦が這ふ

『蒼空』（一九三〇、柳樽寺川柳会出版部）

高い空　昨日も明日もない蒼さ
世にすねて一人天地の秋を知る
国境を知らぬ草の実こぼれ合い
透き切って裏も表もない雫
草むしり無念無想の地を広め

「川柳人」（一九五八・三）の渡邊尺蠖「井上信子論」より

井上剣花坊

いのうえ・けんかぼう
（一八七〇・六・三〜一九三四・九・一一）
一八九九年頃から川柳を始める。一九〇三年、新聞「日本」に「新題柳樽」欄を設ける。〇五年「川柳」を発行、一二年「大正川柳」に、二七年「川柳人」に改題。著書に『川柳を作る人に』（一九）等多数。

創世記大きな嘘で幕があき
束にして春を投げ込む配達夫
黙すれば淋し歌へばなほ淋し
　　御大典の観兵式を拝観して
咳一つ聞えぬ中を天皇旗
母老いて小さくなりし飯茶碗
人形のどれもねむたい顔はなし
猿曳の猿には猿の友が無し
のび上るやうに蟷螂腹を立て
雲を皆金銀にして御来迎
通るたびまだ売れてない石灯籠
牛部屋に闇その物の動くやう
うすら日に藍のさびしい瀬戸物屋
要するに大どんぐりに小どんぐり

人間の都合で牛は生きて居る
飢えたらばぬすめと神よなぜ云はぬ
ひきがへる石をのせると目をつむり
起きて見つ寝て見つ書架の書に飽かず
愚かしく牝豚乳房を曳きずりて
とこしへに匍はねばならぬ蛇なるや
一天に雲ちる昼の白い悲しみ
屑籠に刻々盛られ行く思想
つき倒し押し除け先きへ乗る正義
やせこけた犬に火焰のやうな舌
絶壁に来てほんとうの眼を開ける
あの船のどれにも帰る港あり

山本宍道郎編『川柳全集7　井上剣花坊』
（一九八〇、構造社出版）

西田當百

にしだ・とうひゃく
（一八七一・二・二一〜一九四四・六・三〇）
三五歳から川柳を始め、一九〇六年小島六厘坊らと「葉柳」創刊。一九〇九年関西川柳社を興し、一三年番傘川柳社に改め、岸本水府らと「番傘」を創刊。句集に『川柳叢書 當百類題句集』（三四）等。

大切に神馬虐待されて居り
四辻に銭箱だけが捨ててあり
留守番で近所に馴染む里の母
振向いて裏を見上げる大鳥居
石垣に潮ここまでの貝がつき
小楊枝を口に一と足先に出る
我が痩せをうつすともなく硝子拭
停留所連れた子供に字を読ませ
別れ路を橋に浴衣のしめるまで
げんげ摘み行くともなしに水源池
門標に燐寸は消えて元の闇
上燗屋ヘイヘイヘイと逆らわず
無い筈はないひきだしを持つて来い

葉桜へ又来る折のないお客
ひきだしを半分あけて女房留守
非常口隣裏では箱を積み
植木屋は見えず鋏の音ばかり
速力はこの辺りからみをつくし
醤油入渡す途中で借りられる
お父さん芋を半分だけ貰い
銀行はなかなか建たず砂利置場
先斗町行き合う傘を上と下
音だけでわれずに済んだ勝手元
蚊帳越しに途切れ途切れの返事なり
今日の休み宙ぶらりんに昼の風呂

『川柳新書2　當百句集』（一九五七、番傘川柳文庫）

高木角恋坊

たかぎ・かくれんぼう
（一八七六・七・三〜一九三七・八・六）
一六歳から川柳を始める。一九〇四年、柳樽川柳会創設に参加。翌年井上剣花坊の「川柳」の創刊に尽力、編集を担当した。〇九年「江戸文学」、二〇年「草詩」を発行。著書に『家庭川柳』（〇六）等。

血の型も一つ心も亦一つ
名月やさて食ふものはもうないか
元日の心静かに座りかえ
月と我と影と三人静かな夜
流されたまんま浮草花が咲き
名残おしそうに消えて行く焚火
又一つゆれて線香の煙昇り
行水をのぞく糸瓜の長い顔
汲み上げた水にも一つ月がある
面白く真珠ふざける蓮の露
すねてゐるそれも風情の浜の松
月が出て海は鏡のような凪
松林誰を待つ身のゴム草履
鈴虫にまじる筧の水の音
雪晴れの障子にうつる鳥の影
張り物の乾き見に来る赤トンボ
運慶の作だけほめて山を降り
水の行くまゝに筏は花を見る
庭に水今日は役所が早く引け
宿の傘苔の古墳の字を眺め
船頭も話せばやさし京訛り
先生に褒められた字が好きになり
付添も遠く見てゐる紙芝居
朝刊へ少しこぼれる歯磨粉
大慈大悲を黄金で光らせる

『草詩堂家集』（一九三五、草詩堂）

近藤飴ン坊

こんどう・あめんぼう
（一八七七・八・六〜一九三三・二・一二）
一九〇三年、新聞「日本」の「新題柳樽」に投句して井上剣花坊を知る。〇四年、柳樽川柳会創設に参加。翌年、剣花坊の「川柳」創刊に尽力、編集を担当した。編著に『川柳女性壱萬句』（二八）等。

舟と舟怒つてるよに話し合ひ
逃げ腰になつて詩集で蜂を追ひ
百姓の喜ぶ雨をレーンコート
詩集から恋の栞の褪せた花
雨蛙い丶考への出ない晩
写真屋のまづ花嫁へさはりけり
町内の同姓を知る年賀状
踊つてる踊つてる懐ろはからつぽ
待つてゐる身はい丶男がつてゐる
長男がだん〳〵俺に似て来た屠蘇

『飴ン坊句集』（一九一八、朝野書店）

蜂の巣へさはらぬやうに越して行き
見せてやれば桜を馬は嗅いだだけ
お祭と牛にもわかる笛太鼓
銀行の扇涼しくない標語
昼寝から起て損した顔はせず
夕立は帰り支度をしてながめ
見てゐれば真綿は母の手に素直
食ひかけて脱ぐ帽子ワンタンが熱い
千鳥どす。京の女の敏き耳
梟へまだ当分は分譲地
眼ばかりぱつちり冬の子は抱かれ
ゆつたりと水車師走の米を搗く
浅草で小僧買ひたいハンチング
丸ツきり出鱈目ぢやないチンドン屋
遅刻の子悲しいわけは母が病み

飴ン坊編『新川柳分類壹萬句』（一九二九、磯部甲陽堂）

篠原春雨

しのはら・はるさめ
（一八八〇・五・二七〜一九四六・四・一五）
一九〇四年、久良岐社同人となる。翌年、同社が「五月鯉」を発刊すると同時に久良岐社甲府支部を設立。〇九年「山梨日日新聞」に柳壇を設け、新川柳鼓吹に努める。「新宝暦」「川柳常会」等を主宰。

干した蒲団へ小僧寝て見る
交番は何か笑つて代りあひ
骨董屋短歌に似たるものを詠み
ダリヤ咲く塀に「生みたて卵あり」
旦那より半玉少し背が高し
ビールの泡の飛ぶ月見草
新開地ひよろ〳〵〳〵と松が生へ
別荘のピアノを覗く海の月
広重の雨は腰から下が濡れ
売り切つたとこで豆腐屋水を撒き
泥濘の尽きたところに倉庫あり
落ぶれた親類同志ウマが合ひ
御秘蔵の小鳥を逃がし奉り

金網の中を雀が来て嬲り
濡れる気になつて夕立面白し
会葬へ樟脳臭いのが混り
涼台線香花火で顔が見え
相合傘の気で吊皮に二人揺れ
ワイシヤツが衣桁へかゝる事になり
引越しの埃の中でトゲを抜き
娘どうしてか縄飛びしなくなり
地曳網浴衣の芸者二三人
橋の下ダブン〳〵と汐が満ち
いゝ音のするが流しの仕舞なり
窓と窓朝な夕なに笑ひ合ひ

『明治・大正・昭和時代 春雨句集』（一九二九、春雨句集刊行会）

松村柳珍堂

まつむら・りゅうちんどう
（一八八〇・六・六〜一九一九・九・一四）
二〇歳頃から俳句に志し、子規門から碧梧桐に傾倒し、関西の有力俳人だった。また、二五歳から川柳を始め、六厘坊の「葉柳」、路郎の「雪」「土團子」、紺之助の「楊柳」等に関わった。俳号・鬼史。

月一つ砧が叩き出したやう
羽子板で隠して仕舞ふ片笑くぼ
二三日臼に蓬の香が残り
井戸端を鼠の走る夜の寒さ
昔はものを思はざりけり灯籠
小一丁泳いで浜を振りかへり
虫干に家号の残る古つづら
船大工煙草の間に河豚を釣り
風呂場から胡瓜を揉んでおけといふ
箪笥から探ればバツト買へる程
朝顔を見て灯明を消し忘れ
馬の運ぶ土を一日掘つて居る
糸屑の沈だ金魚の水となり

冬の蠅と冬の蠅とが何してる
十四の春剃刀がほしかつた
花火消えやらずみだらこゝろなる
恋人のたべた蜜柑のふくろ
其時の寝ころんだまゝのうでぐみ
鮎は焼かれ氷は鮎に似て残り
馬おののきて橋おののきて渡り
夏休みなんぎな事が一つある
サーチライトがみれんたらしい
あはてものゝバスケツトのりんご
伯父の家の不相変の暗い棕櫚
北の空より我に迫りては消え去り

『柳珍堂・ひさご句集』（一九三四、川柳叢書刊行会）

竹林奈良武

たけばやし・ならむ
（一八八〇・七・一六〜一九一〇・六・一二）
一九〇七年、安藤幻怪坊、鹽川喜代志、岩崎半魔、幸塚六橘と横浜川柳社を設立。翌年「新川柳」を創刊、同人一〇名となる。それより前に「芦蟹」二号で〈紙一重扨ても凡夫の浅間しき〉が天位を得る。

塔の脇からヒヨツコリと月
暮れ初むる庭にクツキリ白芙蓉
十七字天に昇つて星と化れ
不取敢金魚入れとく金魚鉢
諸肌を脱いで鏡に小半時
小鏡を障子の桟へ乗せて見る
風船の行衛いづくと口開いて
昼寝起黙然として腕を組み
ア、といふ詩人の口へ星隕ちて
切り出す石の響に雲は散り
封筒をかみ〳〵文をよんでゐる
蜂が来て藤の花房ゆらぐなり
青春の眼にもろ〳〵の蜃気楼

添寝の母の夢きれ〴〵
夏座敷机の向きをかへて見る
夕虹の恋しい方へ消えて行き
売家の隣淋しく日の暮る、
シヤボン玉幾つ吹いてもみんな消え
唐獅子の丹塗りの口に花の片
隊商《カラワン》は砂塵に消えて……日は赤し
朝虹や青田の中の水車小屋
日蝕や巨艦動かず海黒し
遠花火音のみにして天の川
稲妻や野中に名ある一本杉
留守居して昼間淋しき栗の花

「新川柳」（一九一〇・八）の「柳俳無差別句集」より

安藤幻怪坊

あんどう・げんかいぼう
（一八八〇・七・二八〜一九二八・三・二一）
一九〇三年、阪井久良岐に入門し、今井卯木、岩崎半魔らと若竹会を結成、その作品を「芦蟹」として「貿易新報」に掲載した。これを母体に、〇八年「新川柳」を創刊。著書に『川柳歳時記』（一〇）等。

夕涼み四五間蛍追ふて見る
白鷺は独り汀に暮れ残り
鶏の物思はしく立ちどまり
一二丁電車の後をつばくらめ
出船のあとに鷗の長閑なり
雀来て厨を覗く雪の朝
花吹雪孔雀寒げに羽根を収め
褞袍着たやうに鶉の寒げなり
吹殻の消えてある場末町の夜
霜柱くづれて胸にひゞく恋
冬木立直ちに天を衝かんとす
偽りに馴れて女のよく笑ふ
オブラート漏る散薬の苦き追憶

夕桜一入春の思ひ湧く
南京蕎麦の笛淋し二階の一人
赤い花白い花春は思ひ多き
夏の花の赤さが好し意気ある人に似て
蓮の花数え見ぬ朝の汀に立ちて
金鶏草の黄と葵の紅と真昼の埃
病める小娘のやうに松虫草を見しか
百日紅の水に映る色静かに鯉が泳ぐ
人なみに笑ふて春の気に触れぬ
恋ならぬもよし朧夜をそゞろゆく
鹿子斑に消え残る雪と煩悩と
梅月夜独り醒めたる世の寒し

「新川柳」（一九〇八〜一九一四）

中島紫痴郎

なかじま・しちろう
（一八八二・五・二四～一九六八・六・三〇）
一九〇七年、読売川柳会に参加。〇九年、森井荷十らと「矢車」創刊。一四年長野県に移り、地方新聞に新川柳普及の論説を掲げ、三二年「湯の村」を発刊し、長野柳壇の発展に尽力した。

眼のない魚となり海の底へとも思ふ
草に寝て恋の終りを思ひみる
自動車は勝利の響あとにして
と、切爪の間近に降りし悲しさ
覇気に満つ友の行方や海赤し
子守唄を覚へし我の寂しき影
遠き森の新緑の生のさゝやき
知らぬ町の道きかれし心地わが生は
出船見て入船を見て帰りけり
終電車我を此世に遠く去る
われを忘れて金魚の尾をながむ
村中が汽車見に集ふ悲しかる
事成らず帰れば河鹿しきり鳴く

木枯の男らしさにスッと立つ
池が呼ぶ気がしてならず遠ざかる
笛を吹く病人笛にとけて居る
子を叱る声遠く聞き二日酔ひ
スイスイと蜻蛉が俺を馬鹿にする
ひょいと見し山の夕映へそれも欲し
かうしては居られぬだけでだけでゐる
俺の眼をうわすべりして春が逝く
こんな川の水でも海へ行くのだぜ
ありたけの虚勢で秋は紅葉した
真っすぐな水の心が岩を咬む
生活の俺の扉がしまる音

『行く水』（一九六三、「行く水」刊行会）

浅井五葉

あさい・ごよう
（一八八二・九・二五〜一九三二・七・六）
一九〇六年頃から川柳を始める。「滑稽文学」「葉柳」「矢車」「わだち」等を経て、一九二三年「番傘」創立同人。麻生路郎や藤村青明との親交が深かったが、「川柳は写生」の信条に徹した。

さうですともさうですともと立話
象の眼はまあお這入りと言つた風
金魚鉢かきまはしたい気にもなり
慰めに来てくれたのか夜の蠅
風船屋空想をして一つ割り

木村半文銭『川柳作り方新研究』（一九二九、湯川明文館）

大仏の鐘杉を抜け杉を抜け
糠袋曰くあんたはお妾か
手拭が肩から落ちて舞いおさめ
辻ビラへただ風が吹く十二月
女房の友達の名をよく覚え
ようように寝かしつけると鳴る時計
味わうて老妓は猪口を下へ置き

電話口最初を少し聞きもらし
男の子叱られながら洗われる
辞職して何をかいわん植木鉢
釘箱に埃の方が多いなり
あきらめがついて掃除をしはじめる
おおそうか今日は夕刊来ぬ日なり
日曜日もう四時になり五時になり
病み上り変わらぬ町を見て歩るき
もうこんなものだと夜店仕舞かけ
うたた寝の裾へかけると横を向き
古本屋素気ない顔で銭をとり
支那栗の袋空気でふくれてる
貸ボートわが子のように戻って来

『番傘川柳本社　百句叢書　五葉篇』（一九七三、番傘川柳本社）

三笠しづ子

みかさ・しづこ
（一八八二〜一九三二・一〇・二三）
一九二三年、柳樽寺川柳会に参加し、「大正川柳」に拠り川柳を始める。二四年合評グループ枕鐘会会員。新興川柳誌の「氷原」「影像」等にも作品を発表し、約八年間の川柳生活に数千句の作品を遺す。

これといふ事もないのに泣きたい日
何となく自分が可愛さうな晩
つまづいた石も何やらなつかしい
軟かに抱いた兎の息づかひ
二ア人の影が重なる曲り角
この辺が心と思ふ胸を抱き
手の伸びるだけが私の世界です
ふと上げたまつ毛言葉を持つてゐた
爪先で歩るいても見る嬉しい日
伏せてある茶碗に秋の夜が長い
もう一度ふり向いた眼は負けてゐる
水さえも重さうに金魚美くしい
うやむやの中にはつきり鐘が鳴る

せんすべもなく水草の浮いてゐる
遠い昔でも追ふやうに空を見る
信じ切ることのおそろしさに出会ひ
ちらと歯を見せて日傘の中に消え
こつてりと咲いてダリヤのうなだるる
身も皮も人間くさい春になり
見るかぎりうすくれなゐにしたい宵
べとべとな手で眼かくしはなりませぬ
けば立つたまんまに白い紙で居る
しらしらと足の裏から乾く秋
おとがひの動くが儘に動かされ
うら切つたやうに一日風も無く

『三笠しづ子川柳集』（一九三二、柳樽寺川柳会）

西島〇丸

にしじま・れいがん
（一八八三・四・九～一九五八・三・一八）
一八九六年二月から川柳を始める。九七年頃から「二六新報」「万朝報」などの雑俳欄に投書していたが、一九〇四年、新川柳と交流する。「きやり」「川柳長屋連」等に参加。句集に『〇丸帳』（六〇）等。

通過駅桜吹雪が目に残り
は、のする通りに座る仏の灯
外套の粉雪廊下が少し濡れ
泳ぎつく蛙蛙へ這い上り
もう朝へすっかりなじむ井戸の音
足元の猫をうるさく帯をしめ
二三べん廻し盥の水捨てる
若白髪兄より老けて店にいる
吊橋を燕が抜ける朝の雨
もう一機つぎ足しをするクレヨン画
夕立を二階から見る池の端
台風の東へそれてきりぎりす
冬の月貧しき石の斷く光る
犬の舌抜けんばかりに油照り
吹きだまりめいてお濠は鴨を寄せ
鐘楼を下りれば銀杏ふりしきる
戸を締める時お隣りの梅をほめ
南天の雪を落として雀逃げ
水馬ときどき月を皺にする
久松に少しも惚れぬ猿芝居
鍾乳洞まだまだ奥のある雫
この滝へ降りる一本道の百合
しっとりと朝が来ている鬼瓦
花の屑吐き戻してる鯉の口
サンダルで来て朝顔へ話しこみ

藤島茶六編『川柳全集③　西島〇丸』（一九七九、構造社出版）

森井荷十

もりい・かじゅう
（一八八五・一・三〜一九四八・七・二七）
一九〇六年から窪田而笑子の門下となり、「川柳とへなぶり」「滑稽文学」同人を経て、〇八年「綾志野」を主宰し、翌年中島紫痴郎ら六名と「矢車」を創刊。一〇年、六畳坊から荷十に改号。

帰省して母の白髪に眼のうるみ
落魄の他郷に鐘を悲しみて
疲れた頭錐さして見やうかしら
黄昏の縁にものうく靴を脱ぎ
満潮にふと死を思ひおのゝきぬ
銀杏の葉の栞に若き日を思ふ
天水桶に幼なかりし顔を懐ふ
眼鏡買ふ母に我が年数へみる
真赤な林檎もてば冷めたく
夕時雨袂の小銭冷やかに
別れ来て暗きランプに母と対ふ
うら悲し書見の窓の日のうすれ
知る草の名をきゝし君既に嫁く

宴はてゝ長き廊下の光る淋しさ
また今朝も新聞の来てゐるが悲し
晴れやらぬ胸をなぶるかオルゴール
懐ろ手して花見る我の細き影
たまに来る野辺に若葉の息づかひ
折目のきえしヅボンよ淋し応接間
初夏の夕を若き女の頬の誇よ
人妻の文よ古きバナゝの舌ざはり
倦みごこち金魚の水をかへてやる
知らぬ街の停車場の夜を秋せまる
なつかしや風になやめる赤とんぼ
浅草の灯はなやましや絵看板

「矢車」（一九一〇〜一九一一）

斎藤松窓

さいとう・しょうそう
(一八八五・三・二四〜一九四五・一一・二)
一九〇四年春、新聞「日本」の投句から川柳を始める。〇六年、小島六厘坊の「葉柳」に参加。「葉柳」終刊後、麻生路郎の「雪」「土團子」に協力。その後、京都の「大文字」「川柳街」等で活動。

雪おこしどの南天も揺れて居る
栗焼いて親子四人の夜のしゞま
子の息と草の息とへ五月の陽
憂きことを他所に笄光りあり
小姑と湖を見る夏みかん
探してるもの見当らぬ花曇
蓬の香草をしごいて拗ねてる子
つりがねを見上げて払ふ足袋の蟻
水道の栓など思ふ寝正月
蠣船の屋根にきら〳〵朝の霜
衣桁から紐をたらして忙しい
毛糸の玉のころ〳〵と秋晴るゝ
猪口措いて児の力瘤ためしたり

千代紙の筥お婆さんのお婆さんの
足袋ぬいで義妹肥つたことを云ふ
何事かと思へば鏡ふんで居る
立上る姿はながい枕元
病人も金魚彼方へやれと言ふ
連れて出た女房の眼に青葉也
蠟燭の焔のやうなものおもひ
鶏頭目がけていつさんに走りゆく子
鏡のなかの銀はさびしき
燐寸すれば方三尺のうちに顔
寝そべつて女の黒子見つけたり
妻の切る豆腐崩るゝを見て居たり

『松窓句集』(一九三三、川柳叢書刊行会)

川上日車

かわかみ・ひぐるま
（一八八七・九・二二〜一九五九・一一・九）
一九〇四年から川柳を始める。〇六年、小島六厘坊らと「葉柳」創刊。「葉柳」終刊後、麻生路郎と「雪」「土團子」「後の葉柳」発刊。二三年、路郎と決別し、木村半文銭と新興川柳誌「小康」発刊。

思はじと椿の花を火に焙べて
カナリヤを覗いて今日も逢ひに行き
慰めか知らず逆立ちする男
壺抱いて恋より深いものを見る
とぎすましたる剃刀に湖《うみ》の深さ
飯ほど私を理性にしたものはない
ありありてありありあまれるところの水
灯を消せば鏡に映る明日の顔
マツチ擦る時にほんとの顔がさし
鳥の巣に人間の毛を見つけたり
生活の前に土瓶が置いてある
心一つ五重塔を前にして
時計鳴る前にがつたり時計鳴る

水仙にきけば時代が違ひます
土ほれば　土　土ほれば土と水
鋏できつてしまつた
頭から一尺上に釘を打ち
天井へ壁へ心へ鳴る一時
一握りの胡麻は三百六十四
群集の口みな動き澄める空
深みとは何　水甕に水のなき
夜具を敷く事も此の世の果てに似つ
水ぐるま水押しのけて水に入る
錫　鉛　銀
犬も来よ火は火の如く燃えてゐる

『日車句集』（一九三三、川柳叢書刊行会）

根岸川柳

ねぎし・せんりゅう
（一八八八・三・一二～一九七七・八・二七）
一九一九年頃から川柳を始める。四八年、十四世川柳となる。同年、東京川柳会を主宰、「東京川柳」（四六号から「川柳」）を発行。著書に『鳥居の研究』（四三）、『古川柳辞典』（五五～六一）等。

材木が着き材木へ赤とんぼ
赤ン坊をおろせばボタン握つてる
実存の矛盾で皿が洗われる
蠅冬と対決をする点となり
朝になる音マンホール誰か踏み
我もまた何者かではある背広
腹が立つから山手線で寝る
裸木の散るもののない風となり
嘘ツぱちでは淋しさは歩けない
何を考えていたのだろう石を拾う
棒だつた影もおんなじ棒だつた
愚案、螺旋階段をのぼる
叱られた顔である拭く顔である

判つた、グロテスクな鼻をどけ給え
みんな行つてしまつて丸太が一本
どんどん忘れて白い雲いそぐ
河馬が眠くなる時刻の陽炎
誰の厄介にもなりたくないネジの一本
滝―盛大に陰毛がそよぐ
茹でたらうまそうな赤ン坊だよ
銀紙がはりついている声のかたまり
無才無能の時計に毛が生えている
窓、しばらく鼻を遊ばせる
判らずやでいる風の中の番傘
葦は考える風のうらの習作

『考える葦』（一九五九、根岸川柳作品集刊行会）

木谷ひさご

きたに・ひさご
（一八八八・六・二八～一九一九・一二・一三）
大阪の市岡中学在学中に、小島六厘坊、服部ふくべ、川上日車らと親交があり、六厘坊、日車と併称して市岡中学出の川柳三羽烏の一人と呼ばれた。父は竹本彌太夫、兄は近松研究家・木谷蓬吟。

木下闇あとから人の来るやうな
字を問はれ膝に一ぺん書いて見る
橋詰の易者巡査と話して居
先生を訪へば畑で声がする
使ふのではないよと銭をやつて居り
お話がさへて風鈴ばかりなり
夏帯に扇子中々落ち付かず
心待ち度々月を誉めに立ち
勝手元家庭教師を悪く云ひ
掛物の様に帯屋は見せるなり
丸帯が二つで春の日が暮れる
白足袋を穿いて何処かへ息子出る
昼寝する子を起したが用はなし

虫干に二三枚読む唐詩選
雪達磨解けて氷炭相容れず
野末に払ふ印籠の露
女連れ仁王を野暮にして仕舞ひ
潮干狩桶の中から櫛を出し
顔だけは正月らしい湯の帰り
菜の花に道草多き日の暮れる
稽古屋で迎ひ傘待つ春の雨
カフエーへ行くのも生の充実さ
小間物屋片附けながら見せる也
履歴書を書いて同窓思ひ出し
行灯を消すと泳ぎの見得になり

『柳珍堂・ひさご句集』（一九三四、川柳叢書刊行会）

麻生路郎

あそう・じろう
（一八八八・七・一〇〜一九六五・七・七）
一九〇四年から川柳を始める。「葉柳」「雪」「土團子」等を経て、二四年「川柳雑誌」発刊。五六年、関西短詩文学連盟結成。句集に『旅人』（五三）等、著書に『川柳とは何か』（五五）等多数。

俺に似よ俺に似るなと子を思ひ
だしぬけに鐘の鳴るのも旅のこと
昼の風呂泳ぐ気にさへなる父よ
ある時は子をだんばしてくいとめる
君見たまへ菠薐草が伸びてゐる
悲しさがありあり浮いた洗面器
二階を降りてどこへ行く身ぞ
羊羹のことでもめてる老夫婦
子よ妻よばらばらになれば浄土なり
鯛焼けば鯛の臭いが残る也
寝転べば畳一帖ふさぐのみ
秋さらり銀の襖のものおもい
その日ぐらしも軒に雀がこぼるるよ

夕桜とんぼがえりがしてみたし
文学を軽んじ馬で裾野ゆく
聖書一冊菊一輪の二階也
黄菊白菊明治の匂いなつかしむ
色事に疲れ糸切草を見る
女が下車《おり》たので岩波文庫読む
われ老いしか千代紙を美しと見る
老人におもちゃなしバラの前に立つ
炎の中に忘の字が灰となって残り
死はゆらぐ文楽人形に死はゆらぐ
臨終が冬なら〃いろはおくり〃で逝かんかな
雲の峰という手もありさらばさらばです

橘高薫風編『川柳全集[2]　麻生路郎』（一九七九、構造社出版）

小島六厘坊

こじま・ろくりんぼう
（一八八八〜一九〇九・五・一六）
一九〇四年、新聞「日本」の「新題柳樽」（剣花坊選）へ投句。中学生でありながら「大阪新報」に柳壇を作らせ選者となる。〇五年「新編柳樽」を発刊。翌年「新編柳樽」を四号で改題し、「葉柳」を発行。

簪も拾はずに居る物思ひ
朝霜の社焚火のあとが見え
淋しさは交番一つ寺一つ
文箱の紐の紫ぞ憂き
子猫を抱いて覗く暖簾
世に負けて暫し湯治の客となり
灯籠に聞かばや星のさゞめ言
銀簪が落ちて錦魚は藻に隠れ
い丶役者でしたと話す絵草紙屋
柳散る筏に釣師二三人
さる程に秋の扇となりにけり
後添は足袋の嫌いな女なり
月影に独り蝙釣る味気なさ
懐に金少しあり春の宵

葉桜にもう出来心では済まず
散薬のこぼれて白し秋の色
故郷や草の香高き別れ路
乳母車寝顔に藤の影が落ち
暮そめて釣鐘黒し夕ざくら
思ふ人の横顔白き夜の傘
膝抱いて蝶を見送る病上り

「葉柳」（一九〇六〜一九〇九）

龍宮の角力は鰭がもつれ合ひ
横笛は露打払ひ〳〵
悶えの子血の子恋の子おかめの子
紅皿に埃の溜る旅役者

井上剣花坊撰『新川柳六千句』（一九一七、南北社）

前田伍健

まえだ・ごけん
（一八八九・一・五〜一九六〇・二・一一）
一九一九年、「海南新聞」柳壇（窪田而笑子選）投句から川柳を始める。二八年而笑子没後、松山媛柳川柳社を発足させる。野球拳の創始者。句集に『野球拳』（六二）、著書に『一糸集』（二九）等。

竹を観る心まっすぐ竹に添う
ほら貝で霧ふき払う山開き
笑ってるように水の輪まんまるし
行灯でもおくよう鷺の白く佇ち
幾万年向きあったまゝ岩と岩
いっそふれふれ吉日の雪催い
インキ壷喜怒哀楽を秘めて紺
映るものうつし泉は逆らわず
お土産の面は被ってから渡し
きき上手こゝらでお茶を入れ替える
こう吹いていますすゝきは風を見せ
こりゃ重い深いと山の井のつるべ
さくら咲く背筋伸ばせとさくらさく

雀ぴょん〳〵こんな庭にも食べるもの
すばらしさ月を砕いて磯へ波
竹の朝千本みんな陽をはじき
ついてくる鳩へポケット何もなし
電線をころがりそうに月の位置
松林時々風がくしを入れ
鐘つけばこの絶景がゆるゝよう
船で見るこんな島にも人が住み
滝音がしてから遠い曲り道
母の日の母が笑ってみな笑い
松の影ふんで一人におしい浜
稲の波御輿きらきらと来る

塩見草映編『前田伍健の川柳と至言』（二〇〇四、新葉館出版）

藤村青明

ふじむら・せいめい
(一八八九・二・二五〜一九一五・八・二)
一九〇五年、覿面坊《てきめんぼう》の号で神戸柳樽寺に参画。〇六年、小島六厘坊の「葉柳」に参加。一一年「わだち」を発刊するが、二号で終刊。その後、神戸の「ツバメ」会を指導、「神戸新聞」柳壇を担当した。

骨壺も朧ろ〳〵の夜なりけり
撞き捨てゝ己の影を踏んで降り
マツチ擦つてわづかに闇を慰めぬ
何時の日の二時か止まりしまゝのウオツチ
我がまゝを言ひつのりたる後の火鉢
逢ひに行く電車の窓に映るかほ
いたましきまで白壁に陽のにじむ
投げ出せしおのれの足のおそろしや
昼顔は打揚げられた傍で咲き
銅像の肩から冬の陽は暮れる
ステツキの銀の把手に散る桜
好い春だねへと炬燵へ顔を埋め
あてもなく畦道行けば蛙飛ぶ

道で逢ひかくの通りと病上り
花の散るたびに緋鯉が浮き上り
葉桜に少うし匂ふ薄化粧
肩車そのまた上に風船玉
膝枕もう其話止しませう
芒から芒へ赤い太い月
山は雪村は焚火が消え残り
風船屋たつた一つが売残り
冷奴女房うつすり塗つて居る
夕涼み何処の女か会釈をし
手水鉢明日も何うやら降るらしい
稲妻に自分が見える一人旅

『青明句集』(一九三四、川柳叢書刊行会)

菅とよ子

すが・とよこ
（?〜?）
一時期、生活を共にしていた藤村青明の影響で「矢車」「わだち」に精力的に作品を発表したが、青明と別れてからは川柳から遠ざかったと思われる。

白粉溶く手のやはらかさをなつかしむ
やさしきのみ熱せぬ君のものたらず
あきらめて後のこころをさみしみぬ
きみひとりうまゐす昼のしづかなる
こころなきいつはりをいふ我れとなりぬ
泣きつかれし女のごとく海なぎぬ
こころそそるまひる林の葉ずれの音
君を待つ森の木蔭のやぶ柑子

「わだち」創刊号（一九一一・七）

音もなくすぎゆく春をなみだぐむ
わがままをいふ君のなほうれしかり
白粉のだるき匂ひす湯のあかり
ぬけし毛の手にまつはるるものうき日

倦みはてて乳のおもみをおぼゆる日
やるせなき思ひす宵を窓に凭る
頬にたるるそれもうれしき洗ひ髪
昨宵の君おもひつ雨の朝ごこち
君が眼にややすさみたるこころ見ゆ
醒めてひとりものたらぬ日の夜となりぬ
赤糸のもつれてきれぬ倦みはてぬ
ひとり寝て蚊帳のにほひをなつかしむ
ねたましきこころをおさへ灯を消しぬ
二人居ていさかひなきがものたらず
いはで来しむかしの恋のなつかしさ
ほこりうく机に午後の日のにぶき
細肩に衣のおもみよおぼつかな

「矢車」（一九一一・六〜一九一一・一〇）

木村半文銭

三月も下旬一個の石の前
家中の暗さあつめて灯をともし
電柱の二本互ひに鳴るばかり
死刑の宣告ほど名文はあるまい
芭蕉去つて一列しろき浪頭
新しい箒が立てゝあるばかり
人生はこのバイブルの天金さ
飯より白き天才の歯ぞ
俎に未明の春を刻む音
冬の蠅明り障子に影を生む
鶏の水を飲むたび空を向き
卓上の灯にもろ〳〵の長き匙
枯草をあつめ未来に火を放ち

きむら・はんもんせん
（一八八九・三・七～一九五三・一二・一六）
一九〇五年頃から小島六厘坊に兄事。〇六年「葉柳」に参加。その後、「番傘」「後の葉柳」等を経て、二三年川上日車と「小康」発刊。著書に『川柳作法』（二六）、『川柳の作り方研究』（二九）等。

豚は放たれてあり火は風に向てあり
ああ――黄金の欠伸を見よ
ざくと踏む霜や前人未到の地
どん底の底から鶏の鳴くを聞け
みかんきんかん金の分配
大阪の築港とかけて、死んでやる
海月を踏んで何が真理だ
生活の真正面の落葉
うそ寒き路に別るゝ影法師
元日――――――暮る
紀元前二世紀ごろの咳もする
盥より溢るゝ水を見てゐたし

『半文銭句集』（一九三三、川柳叢書刊行会）

島田雅楽王

しまだ・うたおう
（一八八九・一〇・一～一九四三）
一九二二年仲秋から井上剣花坊の「大正川柳」に参加、多数の創作、評論を発表。二四年枕鐘会を誕生させ、川柳研究の場とする。二八年樺太に渡り、白鳥川柳会（三二）、吟葉社（三六）を結成。

馬よりも牛の淋しい尾じやないか
銀の色灯がともれても銀のいろ
漆喰のやうな性根の音がする
二人ゐる淋しさ故に一人居る
これしきの風にコスモス気が狂ひ
伏せてある茶碗確かに黙つてる

田中五呂八編『新興川柳詩集』（一九二五、川柳氷原社）

紅い実の持つ強情に秋深く
今日もまた裸にしては呉れぬ帯
お互の科白も載せた膳の上
黒髪を鳴らすが如く起ち上り
ひざまづくごとに疲れた我を見る
馬の顔揃へて見れば違ふ顔
追つかけて追つかけられて走馬灯

怒るとき二つに割れるものを見る
夢いつか白き枕の中を出づ

『樺太郷土文藝集』（一九三八、大北新報社）

選び疲れて一本の竹を伐り
お月さまこんなに草が枯れました
怖ろしいほむらに吸はれ行く心
ひもじさと恋を一つに抱いて居る
寝そびれてから天井低く見え
水の輪のひろがつて行く音も無し
天へ向くことは知らない足の裏
食らひつく茶碗の底に飢が見え
積み上げた薪の蔭からどつと冬
こゝに白紙在り——天衣無縫

渡辺尺蠖監修・一叩人編『新興川柳選集』（一九七八、たいまつ社）

村田周魚

むらた・しゅうぎょ
（一八八九・一一・一七〜一九六七・四・一）
一九〇七年、俳句から川柳に転じ、新聞「日本」へ投句。一三年柳樽寺川柳会同人。二〇年「川柳きやり」を創刊。句集に『村田周魚句集』（五四）、著書に『明窓独語』（四一）、『川柳雑話』（五五）等。

二合では多いと二合飲んで寝る
一家皆息災にして柚子かおり
友達が来た嬉しさの炭がはね
大晦日こんど机をこう置こう
梅雨晴れの路地をぬければ酢の匂ひ
稲妻に女房黙って茶を入れる
雑然と花さしてある子の机
鳥籠の鳥嬉々として主婦忙し
東京に育ちかぼちゃの花いとし
盃を挙げて天下は廻りもち
ほろ酔へ月も浮気な影つくる
なづなの日猫もお粥の音しづか
朝空に雪の山山神黙す

己が身も花の中なる花吹雪
幕あひの廊下に長い春の賀詞
雁の列何もさびしいことはなし
言葉まで砥石にかける年の暮
老僧の手に白扇を白く持ち
秋灯下ひょいと胡坐に三味をのせ
水仙の白さ冷たきまくらもと
信号の赤もなまめくおぼろ月
三尺の机広大無辺なり
文鳥をこぶしにすえてひとり言
夕顔に廓ばなしの友も喜寿
花生けて己れ一人の座に悟る

野村圭佑編『川柳全集⑴　村田周魚』（一九七九、構造社出版）

下山岐陽子

しもやま・きょうこ
（一八八九～？）
一九〇四年、阪井久良岐選の柳壇に投句。翌年、「毎日電報」柳壇の選者を務める。〇六年、「大阪時事新報」記者、その後、「東京時事新報」記者、待合の女将を経て女優となる。著書に『一葉《ひとは》草紙』（一四）。

ボウ〳〵と毛のショールから人の首
花菖蒲紫衣緑袴の姿なり
雨のあと蛍が月の露のやう
村の丘ボンヤリと立つ小詩人
お山から土産は雲と手にわたし
仙人になつたやうなと山の雲
前髪に積る紅葉をうれしがり
一と条の滝を包んで山もみぢ
いゝ女玄関先で待たされる
茜さす「ほらあのやうな服の色」
波の精散るよと見れば磯千鳥
バイブルに文と菫と忍ばせて
番台で一服もらふ洗ひ髪
細い雨断頭台に鳴くからす

洋傘で土手のスミレを堀つて居る
出来た顔少しのばして紅をつけ
唄消えてみ堂に残る毬の跡
美くしさ銀座は鏡世界なり
菜の花を日に一本はむだに取り
貝拾ひ焼あとゝいふ気味あり
六法を踏んで鶯張りを行く
洋服でのゝ字を書いて立ち給ふ

「五月鯉」（一九〇五～一九〇七）

土橋から昔に返る帰省なり
黒き血の毒蛇と為てまつはるゝ
金屏風エデンの夢のひそむらし

井上剣花坊撰『新川柳六千句』（一九一七、南北社）

花又花酔

はなまた・かすい
（一八八九〜一九六三・六・二九）
一九一二年頃から川柳を始める。下谷、浅草を中心とするきさらぎ会の同人。吉川雉子郎（英治）、村田鯛坊（周魚）、千鳥会の川上三太郎らと殊に親交があり、〈廓吟の花酔〉と呼ばれた。

格子先わざと情夫には素気なく
黒い毛も抜いて雛妓と舌を出し
花魁のかゝとの皮は厚い物
何と無く発掘いて見たい比翼塚
法華宗叩きつかれて風を入れ
お妾は役者旦那は株の夢
好い人を帰して首の筋をもみ
女房を持つたと聞いて余計惚れ

「大正川柳」（一九一二〜一九一三）

水撒に仲を割られる若夫婦
葬列や多忙の人もありぬべし
忌み嫌ふ癖に己が蛇の性
裾模様膝のあたりに百合が咲き

月二回定刊本のやうな客
生れては苦界死しては浄閑寺
投げ込みの穴に髑髏の恋無常
後添といへど親なり膝枕
首尾をして呼んで喧嘩をして帰し
猿廻二尺足らずにやしなはれ
女房が女房になる旅役者
死んで知る人一人の面倒さ
シヨールとか云ふ腰巻の様な物
初会客名前は荒木又衛門
年上の女房必死の糠袋
世の中の米は半分馬鹿が食ひ
豊葦原瑞穂国に行倒れ

井上剣花坊撰『新川柳六千句』（一九一七、南北社）

大嶋濤明

おおしま・とうめい
（一八九〇・一・八〜一九七〇・八・六）
一九一三年、大連かわせみ川柳会に入る。一六年大連に渡り「紅柳」同人。二〇年「娘々廟《にゃんにゃんみょう》」、二四年「白頭家《はくとうし》」に参加。三一年、新京で「東亜川柳」を発刊。五〇年、熊本で川柳噴煙吟社を創立。

太陽をまん中にしてみんな生き
天照らす下に孑孑《ぼうふら》生きている
おとなしう袋戸棚は物を秘め
紙の雪紙の重さで落ちてくる
花の散る音に金魚の夢がさめ
そのままを映して水の無表情
山はまた暗《やみ》にも威容持ちこたえ
行水の裸をじつと蟇
物識りの顔で仔牛はこつち向き
思索まだまとまりかけて虫すだく
よく泳げそうに出てゆく海水着
刷毛の先から春が来る看板屋
靴下の穴に孤愁の秋がくる
雑巾が空家の隅に乾ききり
古手紙燃せば灰に字が残り
丸窓の障子へ影が時代めき
濁流の一とこ渦の美しさ
美しいままで花びら流れゆく
草千里馬走つても走つても
釣り上げた鯉は夕陽をはねかえし
鯉のぼり風呑んだままおろされる
水すまし水にまかせてちと流れ
コスモスの希いは窓が覗きたし
寺の屋根たんぽぽあんなとこに咲き
幼稚園並んだだけでもう楽し

『娘々廟』（一九七一、多摩書房）

濱夢助

はま・ゆめすけ
（一八九〇・四・二〇〜一九六〇・一〇・三〇）
一〇代から俳句、川柳、短歌等を雑誌に投稿。一九二六年「大正川柳」に投句を始める。二九年「河北新報」柳壇選者。三六年「北斗」を創刊するが、戦時中断。戦後は、四七年「宮城野」を創刊して主幹。

子が死んで眠り人形が好きになり
雪国にうまれ無口に馴らされる
極楽と地獄落花を浴びて説き
笊の米ただこれだけに日々追はれ
また竹を割りし悲憤の父を見る
ともすれば風に逆ふ風ぐるま
母一人子一人線香花火消え

『雪國』（一九五〇）

定期券穴のあくほど見詰められ
安い雛笠置しづ子に似た官女
老桜へ情なく灯る絵雪洞
盛衰は知らず港を鷗飛び
渡り鳥一気に一を引き終り
子の机蛍光灯が明るすぎ
菊人形程よい暗さ抱いて見せ

『をぐるま』（一九六〇、川柳宮城野社）

人情を捨てれば強い箸二本
雪ふかくふかくふかく社殿の朱を残し
陽炎へブランコだけが揺れ残り
戸を繰れば嚏も秋の声になり
竹矢来張りめぐらしてさあ自由
人の世の掟きびしき夏羽織

人格にぴりりとふれる唐辛子
口論の果てチャルメラが遠く行く
戦争はいやだと馬も首を振る
毒の花今しも膝に緋とこぼれ
舎利は土、魂は天、人は空

雫石隆子編『濱夢助の川柳と独語』（二〇〇七、新葉館出版）

本田溪花坊

ほんだ・けいかぼう
（一八九〇・一〇〜一九八七・八・六）
一九〇八年秋、窪田而笑子選の「ハガキ文学」投句から川柳を始める。一二年「水鳥」、一七年「絵日傘」、二四年「大大阪」創刊。柳樽一六七篇の発見など、古川柳文献の蒐集家としても知られる。

寝返つてふと見る薬壜の影
白壁に淡くも吾と花の影
絵かきにもなればと思ふ日の永さ
口説おとされた姿のチユリツプ
装束を脱げば行者は痩せてゐる
郊外の家賃の中のダリアなり
拗ねて歩いて鈴虫に立ち止まり
船火事へ星は光つてゐるばかり
コスモスの風に馬の目うごいてる
鴨川をへだてゝ見たは小火であり
紫陽花へうがい薬のしぶきする
麗人の合掌寒う見るうしろ
丸木橋雪解の中にありはあり

山羊の慾望にこの柵高すぎる
疾風に蟻の触角小さう揺れ
庭の砂尼寺らしく掃いてあり
春宵一刻薄化粧して出掛け
陽炎の方に向いてる豚の鼻
院長の無風流さにさくら咲く
神経の中心にある紫蘇の花
跨がれば春の温みがある木馬
女ふたこころ牡丹のすききらひ
蓮池へ画家の三脚影を引き
町の娘に交る村の娘祭の灯
ポプラから風憂鬱な日の校舎

『溪花坊句集』（一九三三、川柳叢書刊行会）

椙元紋太

すぎもと・もんた
（一八九〇・一二・六〜一九七〇・四・一一）
一九〇八年から川柳を始める。一三年「ツバメ」同人となり、藤村青明に兄事。一七年創刊「柳太刀」の編集担当。二九年「ふあうすと」創刊。句集に『椙元紋太川柳集』（四九）、『わだち』（五二）等。

たった一人土俵入でも出来る風呂
電熱器にこっと笑うようにつき
電灯を消す目が一度部屋を見る
春しんと隣りもラジオかけていず
好きなもの言わねばならぬ客となり
うたた寝をしただけの目へ日本海
もう旅の気で煙草屋へ寄って行く
何かこう樹の芽に物を言いたい日
よく役に立った水筒だと思う
月の低さが可笑しうて酔うている
よく稼ぐ夫婦にもあるひと休み
地下駅でものの見事に別れたり
降ってやみ降ってやみして桃の花

島へ行く船にハモニカ一つ持ち
湯槽での父よくこたえよく教え
するめなら曲る両手のあぶりよう
いい葉書らしく頬ぺた煽いでる
いつもせぬ時間に旅の手を洗う
皆咲けば百花繚乱妻の庭
石に腰かけていると巡査が通るなり
向い側のプラットホーム舞台めき
今年また金魚飼う気がおこるなり
山かげに茶店でもなく住んでいる
鈴ふれば空気がうごく奥の院
大笑いした夜やっぱり一人寝る

去来川巨城編『川柳全集⑧　椙元紋太』（一九八〇、構造社出版）

川上三太郎

かわかみ・さんたろう
（一八九一・一・三〜一九六八・一二・二六）
一九〇三年から川柳を始める。〇五年「文芸倶楽部」川柳欄に初入選。「大正川柳」創刊に尽力。三〇年「国民川柳会報」（三四年「川柳研究」と改題）創刊。句集に『天気晴朗』（四一）、『風』（五二）等多数。

子供は風の子天の子地の子
風船屋そのまま天へ昇りさう
基督のやうな顔して鰻ゐる
鯛ちりの骨飛行機が落ちたやう
北風へ三角になる犬の顔
炎天に石より乾く鰐二匹
雷に柳一本だけの河岸
逃げて行く家鴨のお尻嬉しさう
黒蟻つぶつぶつぶと庭を暑くする
旅に出てアンパンといふものを食ふ
女の子タオルを絞るやうに拗ね
夜が明けて鴉だんだん黒くなり
九回裏別に奇蹟もなく負ける

桜草摑めば摑めそうな風
身の底の底に灯がつく冬の酒
月光にわが影法師鴉めく
河童起ちあがると青い雫する
河童群《ら》月に斉唱、だが——だがしづかである
孤独地蔵花ちりぬるを手に受けず
孤独地蔵月したたりてなみだするか
雨ぞ降る渋谷新宿孤独あり
われは一匹狼なれば痩身なり
一匹狼風と闘ひ風を生む
恐山　石石石石　死死死
恐山　イタコつぶやく蟹となる

渡邊蓮夫編『川柳全集5　川上三太郎』（一九八〇、構造社出版）

大谷五花村

おおや・ごかそん
（一八九一・七・二七〜一九五八・四・二六）
一九〇八年、新聞「日本」の川柳欄投句から川柳を始める。一五年白河吟社を創立、一七年「独活」創刊。二七年東北川柳社を興し、「東北川柳」創刊。句集に『独活』（二六）、『能因』（二〇〇七）等。

放浪を嘲ける如き虹の色
春の鳥峰一ぱいに日が沈む
馬子の唄関八州に陽が沈む
山河尚残る古城に月一つ
海鳴りよ千鳥へ続く星の数
稲刈のあとに案山子の行倒れ
独酌に今日唄もなし金魚鉢
門松へ重く昨年の儘の雪
風一つ塵を生かして通り過ぎ
どちらにも生存がある毛虫と葉
女教員平然として向ひ風
秋が逝く話に栗の焼ける音
平凡がだん〳〵殖えるだけの春

スヰツチをひねる心にある邪性
何処へ行く雲かと見れば消える雲
一つづゝ春を脹らむ枝が揺れ
生き残る蚊を憎しめぬ秋になり
春来れど我が鉛筆の光りやう
火を見れば火の様々に燃ゆるなる
エプロンの白きがまゝに今日も暮れ
猫柳春は浮き立つ水蒸気
クリ〳〵と秋が蜻蛉の目に廻り
貧乏を聞けと障子の紙が鳴り
煙突の片方濡れる通り雨
盆踊り村は太古の儘の月

『五花村句集』（一九三四、川柳叢書刊行会）

三輪破魔杖

みわ・はまじょう
（一八九一〜？）
一九〇九年、柳樽寺川柳会同人。一三年、「北海タイムス」に勤務のため北海道に渡る。地元の川柳人が破魔杖を擁立し、札幌川柳会設立。二年余りで離道したが、北海道柳壇創始者の一人として活躍。

怖ろしい工場の蔭の赤い月
樹の間洩る日我影淋し朝の縁
潮鳴りを聞く暁のこころよさ
浅草の林檎の匂ひ夜の底
快き朝の林よ野よ水よ
絵草紙を見る夜を雨の音のよさ
八月のあさの砂丘にかりのいま
もぎとりし樫の一葉よ朝ごゝち
いたましくひるの電気に蠅が泣く
病むあさのこゝろ新聞紙の匂ひ

「矢車」（一九一一）

賛美歌を唄ふ大男を憐む
小児あまた春を歌ふを見て悲し
妻のある友に弱しと嘲られ
我輩は猫であるから謝絶する
青森は寒いに花の夕着き
かほりよき花に包まれ蛇の恋
放浪の花咲く国を追て行く
施療院廻りは赤い花が咲き
舞落ちる葉は滝壺の底の底
北風は凪ぎて夜が来る暮の街
紺蛇目たゝめば雨に散つた花
色々の罎のよき色バーの夜
都行く船あり丘に独り立てば
一匹の虫の行衛を見つむる夜
あてもなく恋文をかく夜の底

井上剣花坊撰『新川柳六千句』（一九一七、南北社）

安川久留美

やすかわ・くるみ
（一八九二・一・一～一九五七・二・二〇）
一九〇九年から川柳を始める。一九一三年北都川柳社を創設、「イシズエ」を創刊、一六号で終刊。一九年「百万石」を創刊、北陸川柳界の発展に貢献した。著書に『現代川柳の鑑賞』（五三）等。

雨上がり明日の祭りの旗の色
朝顔をほめてこぼれる歯磨粉
鉛筆の折れたと思う置手紙
ぼんやりと命が映る水の影
あの雲が雨になるよと二階借り
きしゃにちゅういすべしおみなえし
手拭を拾うたように風呂へ行き
ぼうふらが沈んでしまう猫の舌
花の下乞食は明日を考える
矢車の音遠くから近くから
踏切の傍に住まって子沢山
人情の薄い都の青やなぎ
うっすらと蚯蚓の腹に土が見え

助太刀の深編笠は若くなし
ハンカチが重く干される萩の花
肩車男を好きな男親
樹の枝に蛇がぶらりと別天地
牡丹雪牛のまつ毛の上に消え
淋しさはゴム人形の胸を押す
銀の蠅西瓜の種の白と茶と
肥舟に何か言われる屋形舟
別々に泳ぐ金魚と目高の子
もうこの上は太陽に縋るなり
扇子からそれぞれ嘘がほとばしり
笑ったら歯が抜けていた秋

『安川久留美百句選』（一九六三、番傘えんぴつ川柳社）

小林不浪人

こばやし・ふろうにん
（一八九二・二・三〜一九五四・一・一九）
一九一〇年の春、「東奥日報」川柳欄に投句を始める。その後、「大正川柳」にも投句。一八年青森県初の川柳誌「みちのく」を発刊し、県内各地に川柳普及の行脚を続けた。句集に『みちのく』（五三）等。

空想は梅の便りがついてから
妹でない妹とソーダ水
うたたねの親父の脛の細いこと
映画から出て気が変わる朧月
秋だなと気付いて虫を聞き直し
旅日記昨日も今日も細い雨
廊下まで幹事は耳を貸しに立ち
女から便りが来ないこぼれ萩
雨樋の雫ひと筋白く見え
気がつけばつららの折れた音であり
淡雪の窓に吸わるる様に消え
父の眼に一人娘のせいが伸び
夏痩の女を想う蛍籠

待って待って待って柳の芽をむしり
動中に静を求めて煙草の輪
寝そべって吹く草笛は寂しそう
しんしんと更けて息づく月見草
およそよき機嫌となって雨をほめ
別室の唄につられて唄になり
物を書く人に冬の陽暮れかかり
あきらめて歩けば月も歩き出し
考えがこんがらがって雨を行く
貧に居て子の素直さを寂しがり
見直せば葡萄粒みな光ってる
夜の橋水におののく灯を見つめ

『東奥文芸叢書 川柳22　柳の芽』（二〇一五、東奥日報社）

岸本水府

きしもと・すいふ
（一八九二・二・二九〜一九六五・八・六）
一九〇九年の春から「ハガキ文学」川柳欄に投句。〇九年、関西川柳社に参加。一三年「番傘」創刊、編集兼発行人となる。句集に『岸本水府川柳集』（四八）等、著書に『川柳読本』（五三）等多数。

熊野灘鯨が見える母の背
物足らぬ日曜なりしかな灯をともす
恋せよと薄桃色の花が咲く
孔雀思うにこれは自分の尾ではない
手拭屋流すと見せて竿のさき
人間の真中辺に帯を締め
花道へ東海道の布を敷き
道頓堀の雨に別れて以来なり
大阪はよいところなり橋の雨
春の草音符のようにのびてくる
電柱は都へつづくなつかしさ
ことさらに雪は女の髪へ来る
泣いているうしろ通ればあけてくれ

ぬぎすててうちが一番よいという
縄飛びを呼ぶと縄飛びして戻り
点いて折れて落ちてマツチを理解する
うちへかえると風船の黄がさびし
旅人とすぐにわかつた散髪屋
中之島働く舟の波が来る
七福神みんな笑うと気味悪し
夢にみた牛ほど黒いものはなし
絵日記に象のシツポを忘れたか
わた菓子を持つた親子を皆押すな
菊人形脚絆の辺へ水をやり
童話とはちがつた蟹が逃げて行く

『定本 岸本水府句集』（一九五八、番傘川柳社）

観田鶴太郎

わが家へ近い月夜のステツキをふる
菊のせて人力車がゆく
朝の洗面へ鵙のこゑが落ちる
めがね外して火鉢をわがものにする
焼鳥が歯にのこつて——星空
広告が傾いてゐて菜の花の盛り
さびしければ小学校の体操を見にゆく
生きる淋しさのしみ〴〵障子をはる
けさはたきつけの菊
バスちらと海見せてそれからの揺れよう
われながら気の弱い切手を貼つた
近道のレールを添ふてゆけばてふてふ
赤ン坊抱いて出て松の芽がのびてゐる

かんだ・つるたろう
（一八九二・六・一〜一九四九・五・三〇）
一九〇九、一〇年頃から詩川柳を志す。三一年「ふあうすと」同人。同誌内にも自由律川柳が台頭し、三三年頃から論争が盛んに行われた。三四年同人を辞退し、翌年自由律川柳誌「視野」を創刊。

夕陽が紙芝居の横顔に落ちかゝつてゐる
つばびろの帽子はた〳〵と島が近くなる白波
アパート桜一本植ゑて咲かせてゐる
うまい抹茶だつたズボンの膝
わたしひとりの朝湯で湯桶をかんと置く
わたしに似た羅漢さんをみつけてだまつてゐる
すこし湯づかれの柿の皮をむく
岩風呂に浮く顔が落葉がひとつふたつ
波音の絶えまひつそりと砂を踏む素足
靴のほこり拭ふてこゝがお城あとの雑草
もんぺ、お乳のませにきてコスモスの日なた
坑道の口がぽつかり太陽をわらつてゐる

『観田鶴太郎句集』（一九五四）

渡邊尺蠖

わたなべ・しゃっかく
（一八九二・七・一六〜一九八〇・二・七）
一九一二年、柳樽寺川柳会同人となる。爾来評論、創作に活躍、「川柳人」垂天集選者として病に伏すまで後進を指導した。二四年、枕鐘会創立とともに会員。著書に『井上剣花坊伝』（七一）等。

一匹の蟻の行方に眼が疲れ
籠を出たカナリヤ直ぐに抑へられ
三越へ来ると恋人目立たない
土いじりお屋敷の子と長屋の子
引入れるやうに静かにまはる独楽
神殿をめぐる間は靴が鳴り
誘惑に勝った淋しさだけ残り
こっそりと腐って落ちた蕾です
黒いほど濃い葉がくれの紅椿
猪口才な時計が時を知らせます
一がありニがありそこに零があり
珠の瑾次から次へ見つめられ
煙突の胴だけ見える窓へ向き

ぐん〳〵と目高の群の画く線
金色をした安もの、安っぽさ
天国が見えてるらしい羊の眼
命投げ出してむらがる蚊を見たり
進化論けもの、乳首見つけ出し
盛装に包むからだの分泌物
碧空のどこに一点打ちませう
バラ〳〵に仮面を破る大欠伸
尻の砂払へばもとの地に還り
真空にぎっしりつまる思想かな
蛞蝓の否定の歩み夜の底
澄み切ったたいのちぬけたり針の穴

渡辺尺蠖監修・一叩人編『新興川柳選集』（一九七八、たいまつ社）

吉川雉子郎

よしかわ・きじろう
（一八九二・八・一一〜一九六二・九・七）
一二、三歳頃から「ハガキ文学」に投句。一九一〇年、井上剣花坊を知り、一二年柳樽寺川柳会同人。以後の約一〇年間が川柳活動の期間。二三年の関東大震災後、川柳を離れる。小説家・吉川英治。

滅亡の地球に残る蝶一つ
柳原涙の痕や酒のしみ
放浪の破帽子を山羊に遣る
貰はれて行く子に袂たださうれし
日本橋頑張つて居る馬の糞
大伽藍冷たい灰が盛つてあり
きりぎりす半分泣いて風が吹き
さびしさに来る砂山の黄なる花
秋夕ベインクの沁みた古畳
美しき海月の中の水死人
貧しさもあまりの果は笑ひ合ひ
一人食ふ膳にぽつんと紅生姜
世の中におふくろほどのふしあはせ
生きようか死なうか生きよう春朧
春の町獅子が煙草を吹いて行く
流行らずによく日の当る雑貨店
おふくろは俺におしめもあてかねず
或る日猫スケートをするトタン屋根
みんな散る頃に一輪咲くつつじ
壁紙の壁を離れる冬の風
尼一人まじる電車の白い冬
蛍かご心配さうな光りかた
裏通り飯のまじつた水を撒き
交番の木に赤い毛糸の襟巻
このさきを考へてゐる豆のつる

『吉川英治全集53 書簡 川柳 詩歌』（一九八四、講談社）

須崎豆秋

すざき・とうしゅう
（一八九二・九・一〇〜一九六一・五・四）
一九二八年の晩夏、道頓堀の割烹「万よし」で、麻生路郎の短冊を見て川柳と出会う。三〇年三月から「川柳雑誌」社友。路郎門の高弟で〈柳界の一茶〉と呼ばれた。句集に『ふるさと』（五四、五五、五八）。

秋風の中で乞食に拝まれる
骨立てたまゝ二次会へついて行き
ふるさとの蛍が夢の中をとび
看板の裏で茄子の花が咲き
降りる客いとのんのんと続くなり
阿呆なこと云うてしもうて淋しけれ
あゝ大空生れては死に生れては死に
幻へ春の蚊一つ横切れり
長靴の中で一ぴき蚊が暮し
くゝられて刑事と話しながらゆく
交番の留守へこんにちは〳〵
火葬場は火をつけてから夕涼
大風を刑務所だけが知らなんだ
直角に質屋の中へ折れ込んだ
ドロドロと貧民窟へ陽が落ちる
けなげにも家主の犬を噛んで来た
友あり金借りに来て以来来ず
葬式で会いぼろいことおまへんか
タンタンタンタンタンタン瀬戸内海は鯛を釣り
速よいかな消えてしまうと火事見舞
こほろぎは足を落したのも知らず
ようかんをいたゞいてると地震かな
煌々とすしがぎようさん売れ残り
桃の字が思い出せずにおかしけれ
院長があかん言うてる独逸語で

『ふるさと』（一九八五、川柳塔社）

森田一二

もりた・かつじ
（一八九二・一〇・九～一九七九・九・一一）
大正初期から川柳を始める。一九二二年「新生」を独力で発刊。翌年発刊された川上日車、木村半文銭の「小康」、田中五呂八の「氷原」等の新興川柳誌の魁。「新生」は一〇号で終刊した。

貧しさに馴れて両人は争はず
この腕があるのに今日も食ひはぐれ
遊び飽き食ひ飽き指の爪がのび
振り上げた拳の中にあるものよ
泡立って満ち来る潮に逆らへず
兵隊と鉄砲おもちゃ店へ来る
安全地帯にゐたので死にました
スヰッチの右と左にある世界
物差の届かぬとこに嘘があり
一本のマッチを持ってゐる強さ
玉葱を裸にすれば何もなし
缶詰のなかを疑ふやうになり
サンプルを見せると貧しさを忘れ

梅干の一つが莫迦に嬉しき日
ある時は口も利きたい鍋と釜
ヂッと見るなかに一筋槍の先
魂を摑んで見ればされかうべ
遺言をするほど嘘は吐いてゐず
水道の栓の中から社会主義
ストライキ一尺鎖のばされる
セメントと一緒に神を塗潰し
脱税をしろ〳〵と云ふビール樽
ブルジョアと動物園の檻の猿
朝顔のつる鉄窓へ伸びてやれ
職場裏プロレタリアの花が咲き

渡辺尺蠖監修・一叩人編『新興川柳選集』（一九七八、たいまつ社）

麻生葭乃

あそう・よしの
（一八九三・二・二四～一九八一・三・二四）
父・河盛芦村の影響で、一九一一年頃から西田當百居小集句会に出席する。一四年麻生路郎と結婚、以後も川柳活動を続け、五五年に発足した「川雑婦人友の会」では会長として女性作家を指導した。

福寿草松にしたがいそろかしこ
門松は無用常住坐臥の門
言いまけて又鏡台へ向きなおり
飲んでほし　やめても欲しい酒をつぎ
お帰りにならず　刺身も色かわる
夕立ちは小気味よし君が叱咤も
へちま　へちま　ここは行水するところ
鳳仙花竿の雫のかかるとこ
浴槽へずらり立つたは皆わが子
林檎　林檎と　神棚の単調さ
箸うごく通りに猫の首動き
改札を出るも先駆者たらんとす
夕立が晴れてお寺の冷やつこ

君の青私の青と違うなり
昼の風呂いつそあひるで居りましよか
盂蘭盆の風にながれて来た蜻蛉
さくらん坊頸の細さに似る乙女
鬼あざみ無縁の墓を淋しうす
嘘　嘘　嘘　木魚の音もそうひびく
悪人へ陽は燦々と惜しみなく
ヒヤシンスの音沙汰でなしパンの事
囀りが籠にこぼるゝばかりなり
ある日店でとてもおしやれな仙人掌を見た
電線から落ちる雫もあとやさき
菜の花はあの屋根のはて屋根のはて

『福壽草』（一九五五、川柳雑誌社）

山本卓三太

やまもと・たくさんだ
（一八九三・八・一六〜一九六六・一二・一）
一九三六年、祝竹葉の蒲田研柳社に同人として参加。以後「番茶」「せせらぎ」等を経て、戦後は、四七年に川柳白帆吟社を興し、他界するまでの二〇年間主幹を務め、京浜地区で異彩を放った。

喫茶ガランと思想を語り合う二人
火山灰人ふるさとを捨てきれず
文明を遠ざけ暴雨は暗黒を洗う
花売りの踊れば踊れそうな脚
一個の寒玉子に積極性を貰ふ
クリスマス友や、思想的に酔い

「白帆」（一九四九〜一九五〇）

いまも聴く　むかしむかしの海のうた
若き日の　うみに戯画のひとかけら
潮が濃くなる　古い暦を一枚めくる
青年の美をかみそりが舐めていた
断崖　に古き鳥打帽を投げよう
一本の柱が　曲る　無抵抗に

すべて失敗　うすきグラスに歯をあてる
エレベーターガールに灰かなる半歩
何故か　曲る線　怒つてみても曲る
狂犬が　死んだ　あばら算えよう
旅愁　かや　金貨一枚　棄てにゆく
階段　をゆるやかに踏む　冬の紳士
ポケツトの　底から　雨が降つている
投書婦人思へり　春は朧にて
真空―大馬鹿三太郎歯が抜けた
並木　芽をふけりちぎれた恋のうたが
文学を志す　嗚呼　肺活量
ブランコの水平にさえ　あなどられ
凝視　凝視　にんげんの血は凍る

『川柳新書第21集　山本卓三太集』（一九五七、川柳新書刊行会）

白石朝太郎

しらいし・あさたろう
（一八九三・八・一七〜一九七四・六・一）
一九一五年、維想楼の号で「大正川柳」同人。「大正川柳」「川柳人」を経て、「川柳むさしの」から朝太郎の名を併用。編著に井上剣花坊句集『習作の廿年』（二三）、『井上信子句集』（二六）等。

海を見るたびに一人の女の名
乳房は二つ思いもまた二つ
影も淋しいから手を振ってゐる
悉く同宗にして村貧し
コスモスを折ればその手に風が吹く
赤ん坊も薫風という顔でいる
静観か虚無か蓑虫ぶら下がり
涙より悲しい汗を手で拭う
見返れば寂し向えば風寒し
餌を忘れがちの虫籠吹かれている
くしゃみ一つだけ生きている夜の吹雪
砂浜にとり残された貝となる
飄々と秋空を着て歩く

死を思う老残の影壁にあり
家は斜めにテレビアンテナ真直ぐに
チクタク〳〵と狂ってゐる時計
天文の話が猥談になってゐる
葉の落ちた木も落ちぬ木もわびし
残雪は消えて因習だけ残り
夕焼け小焼け子供は東風をしってゐる
後ろから見れば仁王は淋しさう
太陽に追いつめられて寝ころがり
妻といふ悲しい人を逐ふトンボ
水の無い川からあがる石地蔵
水溜り泣いてるやうに灯が映り

大野風柳編『白石朝太郎の川柳と名言』（二〇〇三、新葉館出版）

小田夢路

おだ・ゆめじ
（一八九三・一〇・一四〜一九四五・八・六）
一九一〇年頃から川柳を始める。二〇年「番傘」特別社友。二四年「はこやなぎ」（二二年内山憲堂らと興した川柳研究社の柳誌）を終刊し、「番傘」と合併。四五年広島に帰省中、原爆で死去。

台所に茶碗が割れて静かなり
訳もなく落葉を拾ふ美しさ
一つ目の飛石に立ち庭を褒め
爪楊子自分の鼻の先が見え
鏡台へ抜足しのび足うつる
失恋に水の流れの早いこと
カーテンにもたれかゝつて酔ひを知り
「余は満足」なんて老妓の酔うてゐる
泣いた子の手から林檎の滑り落ち
母親の留守の鋏がよく切れる
子供等にこゝは電車の寝るところ
鶴の首胴を忘れたやうにゐる
ふと思ふ羊に天の広いこと

濡れているのかと思つた大理石
父或日逆立をして若返り
夕刊へ今日の疲れを見せた父
石段へ母残されてうれしさう
泣きやんだ顔を泣かせた母が拭く
女形ほんとの咳が一つ出る
橋二つ三つうか〳〵行くも春
橋にゐる団扇近所の人に見え
金魚鉢だけが残つて秋になり
病人へ寄つてたかつて嘘を云ひ
馬鹿な子はやれずかしこい子はやれず
母ァちやんが僕にはないと解りかけ

『川柳夢路集』（一九三七、番傘川柳社）

高須唖三味

たかす・あざみ
（一八九四・二・三〜一九六五・一一・一一）
一九一七年から川柳を始める。あざみ吟社を持ち、芝川柳会を作る。また、品川陣居らと国民柳友会を結成。大連では、大連番傘川柳会を創立。戦後は自宅を〈武蔵庵〉と称し、柳人交流の場とした。

貸船屋一つ帰らぬまゝともし
縁日は妻の財布をあてにする
友の母又耳たぶをほめてくれ
朝のみち気位高く馬の行く
交番の前だけ巡査水をまき
簾越し他人の家の睦じき
病んだ児の羽織着ている赤とんぼ
わが影をぢっと見ている未定稿
玉子酒髭の雫を教へられ
滝しぶきふいと死にたくなってみる
灰皿と紙ときちんと主人留守
案山子かとみれば春の田動いてる
夢に逢ふ友はかなしや無口にて

叔父さんが来て寝てる子をまた起し
朝詣り母鳩の餌を別に持ち
庭のガマ今年もまかり出て候
子を寝かす風は風鈴へも届き
返らない本この頃の友おもふ
椅子の背へ来て耳打ちをする
娘もう一人前の紐の数
じっと見る鏡の奥へ秋うつる
ない手が痛む撫でようがない
賀状書き終えて隻手の肩が張り
散歩道孫に両手を欲しがられ
顔洗う隻手の水のたかが知れ

藤島茶六編『高須唖三味遺句集』（一九六六、武蔵庵同人）

清水美江

しみず・びこう
（一八九四・六・一五〜一九七八・一二・一九）
一九一八年から川柳を始める。「蛙の卵」「蛙」「ひかわ」「くぬぎ」等を経て、五八年「あだち」を創刊、六一年「さいたま」と改題し、埼玉柳人の結集を実現する。句集に『みつばち』（六九）等。

たゞ祈りなさいと牧師静かなり
下駄箱の中にも嘘が巣をつくり
鉋屑一枚づつの匂ひなり
夜の駅を歩けば夜の音がする
雪空のだん〳〵晴れてものの音
引越の荷づくり終へてゐる寒さ
トマト掌に妻の疲れのあからさま
炭火ぴしぴし朝にしてゆく
貧乏の匂ひみたして梅雨に棲む

『川柳新書 第2集　清水美江集』（一九五五、川柳新書刊行会）

子は海へ夫婦に軽き膳のもの
子へ手紙書く風邪気味の妻の昼
病む妻の夢は花なき野を行くや
妻瀕死我れも深海魚に似たり
病妻叫喚我が脳へ釘を打ち込む
久々の雨霽れ妻の逝く夜なり
病みきった骨、骨壺を充し得ず
後の夜もまた妻よ手を繋ごうぞ

『小径の風光』（一九六九）

はちの国はちは個にして個にあらず
正眼の構えも花へ発つ蜂よ
はち老いて花に執心いよよ濃し
未知数が二つ病臥の果てにある
冬椿絢爛やもめ十年に
白桔梗我れを叱るが如く咲き
一椀の粥に生死をみつめてる
うぬぼれを捨てればただのでくの坊

「さいたま」（一九七九・四）清水美江追悼号

高木夢二郎

たかぎ・ゆめじろう
（一八九五・八・三〜一九七四・一一・八）
一九一五年二月から川柳を始める。一九二三年「氷原」同人。五七年井上信子に請われ、「川柳人」編集長となる。剣花坊生誕百年記念として『井上剣花坊伝』（七一）、「川柳人」五〇〇号（七三）等を刊行。

白い道一と筋年は帰らない

古川鶴声編集『面影』（一九七五）

錆切ったレール廃坑まで続き
上ばかり見て歩いても墓へ来る
菜の花に疑ひもなき資本主義
米櫃の底がそむけと教へます
絶望の夜を行く波頭が白し
貧しさが上手に嘘を言ってくれ
弁当の無い児も君が代を歌ってる
街は錯覚の煤煙を上げてゐる
生きてたい雲が流れる窓硝子
人間に哲学があり糞があり

渡辺尺蠖監修・一叩人編『新興川柳選集』（一九七八、たいまつ社）

花らんまん少年村を捨てんとす
人心一新というお念仏の唱和
弾丸の来ぬところで愛国心を説く
ドルショック童話の猿が木から落ち
蛆がゾロゾロのぼってくる神話の尻っぽ
熟柿さえ拾えぬ野党あわれなり
高度成長ついに空気が売り出され
着ぶくれて冬には冬の愚痴を言う
いつわりの顔ととのえて朝を出る
創世紀天皇制とゴキブリと
考古学天皇制の皮を剥ぎ
玉音放送あの日の暑さまだ続き
白昼堂々プロレタリアも盗む
老醜へ散る夕ざくら美しい

山路星文洞

やまじ・せいぶんどう
（一八九五・八・二八～一九八一・一・二一）
一九一二年五月から川柳を始める。一七年、投書家仲間で「花暦」を創刊。三三年第一次「柳友」参与。以後、川柳人クラブ創立委員、きやり吟社参与など、東京川柳界の中心として活躍した。

右は父左は母の手のぬくみ
それなりの音 音 朝と昼と夕
筆とって紙の白さが怖くなり
春めけば春めいてまた呑める事
何となく人人のうらゝかさ
やる事をやって陽のあるうちの風呂
夕焼ははたらくものゝ目にたのし
せまくともちらかってゝもわが家の茶
母ある夜母も不孝をしたはなし
日曜へ父の小指と子の小指
すがた見へ明日嫁くものをみなうつし
あれば呑む無ければ呑まぬ酒をほめ
東西南北へ迷子少しかけ

無い時に無いと言へない友が来る
いたずらをしてゝも子供目がきれい
雪もよい鉄砲玉の子をさがす
来ないとも来るとも思う雨のおと
美しさみにくさ礼が行き来する
床屋から出るといきなり風が吹き
影法師怪物めいて何か食い
死に絶えた金魚の水の青いま、
まちまちの大皿小皿内祝い
ご近所は赤の他人でない他人
しあわせに見えても女損と言い
いまゝでもこれからもなお夢の中

『あしあと』（一九七二）

田中五呂八

たなか・ごろはち
（一八九五・九・二〇〜一九三七・二・一〇）
一九一七年から川柳を始める。一九年頃から「大正川柳」に投句。二三年「氷原」創刊。近代川柳の確立を主張して〈新興川柳〉と命名。編著に『新興川柳詩集』（二五）、著書に『新興川柳論』（二八）。

目を閉ぢて歩けば闇につきあたり
足があるから人間に嘘がある
読み終へたあとの貧しき心なり
欠伸したその瞬間が宇宙です
一とたれの油が水をつつぱしり
一本の草に見え透く心なり
虫が鳴く土が鳴く土が虫が鳴く
暮れ残る河一と筋の白さなり
澄み切つた独楽の二つが触れんとす
淵のない淵を踊つてゐるのです
息はけば息はきかへす壁静か
この川の深さを丸木橋は知らぬ
蒼穹の深さをあばら骨に畳む

神経を陽にさらされた木の嘆き
窓ぎわへ無神論者が今日も来る
腹這ひになれば砂又砂の山
鞘の奥深く言葉が死んでゐる
地を忘れ天を忘れて靴の先
仏壇の奥が仕切つてあつた
暴風の中に澄み切る石一つ
影は地に折れてすつくと壁に立ち
人間を摑めば風が手にのこり
森の奥からだん〳〵に人の声
抽斗の中にころがるニヒリズム
そこまで言ひ切つてしまつた木枯

『田中五呂八遺句集』（一九三八、川柳氷原社）

冨士野鞍馬

ふじの・くらま
（一八九五・一〇・一三〜一九七七・七・一〇）
一九一六年、台湾で「むらさき」発刊。二二年東京に帰り久良岐社幹事同人、二九年「番傘」同人等を経て、五三年「川柳東京」発刊。句集に『川柳鞍馬集』（三五）、共著に『川柳講座』（三六）等。

波の音やかましくまたなつかしし
階級も闘争もない海の色
子供と子供虹を見て科学する
病室の窓から見える共稼ぎ
ウインドに電車ゆがんでうつってる
電話を切って算盤をおきなおし
家中が感心してる硝子切り
豆腐屋も鉛筆を持つ用があり
健康の眼に薬局の多いこと
美容院無口の客の美しさ
出前持今日はちがつた唄で来る
裏向けののれん気づかぬままで暮れ
お袋も小手をかざせば腕時計

鉛筆にこれは他人の削りよう
魚屋の山葵がめずらしくきいて
石段になると子供は手を放し
銭湯で見ても出来る子できない子
ともすれば迷い心へ子の寝息
茶をいれながらそうだともそうだとも
鶯の声に夫婦は座りかえ
父達者墨まつすぐに減つている
面白くない学校の紙芝居
定期券降りるときまで読みつづけ
人間が見ると蟻の列遠廻り
遮断機へ犬もわかつた顔で待つ

『人生譜』（一九五九）

北村白眼子

きたむら・はくがんし
（一八九五・一一・三〜一九七九・三・三）
一九二三年一二月、六華川柳社を創立し、俳句から川柳に転向。二七年二月、川柳野蘭会創立。その後、揺藍川柳社、川柳紅茶会、漁火川柳社、北海川柳社等を興し、函館、道南地方において活躍した。

産みたての卵朝陽を吸って居る
心太笑い崩れるように出る
紫陽花の中が涼しい隠れんぼ
ペリカンの口を見ている懐ろ手
宥す気にいつかなってるチューリップ
深呼吸小さい蝸牛を見つけ
出張の朝朝顔へ眼が残り
ひる寝する母の小さい足の裏
無人島春が来たまま春が逝き
窓障子怒りの解けぬ父の影
老妻が呼ぶと老猫返事する
父も子も世を拗ねきれぬウィスキー
鞄みなぶらぶらと往く柳の芽

初霜は母が見つけただけで消え
よく誤解される河童でいい河童
わが詩魂衰えしかな除夜の鐘
サボテンとオモトへ朝の老夫婦
眉目秀麗の地蔵で絶えぬ花
虚心坦懐に暮れたり冷奴
口笛がはっきり届く春の窓
三輪車父を見つけた足になり
女房と入替り出る十二月
老妻と他人のように街で会い
妻の客帰ると妻のいそがしさ
海鼠曰く眼が欲しいとは思わない

『想い出』（一九六九、函館川柳社）

伊藤突風

いとう・とっぷう
（一八九五・一二・一〇～？）
日中戦争の頃、「川柳きやり」の明窓会という初心者の句会で川柳を始める。村田周魚の「川柳きやり」、冨士野鞍馬の「むらさき」等を経て、戦後、竹田花川洞の「かつしか」同人となる。

うらぶれて持つ白扇に故人の句
野菜籠妻の病気を尋ねられ
飛行雲平和の民は貧しかり
人間がきらい小鳥が手にとまり
故人とのつながり落葉踏み乍ら
雪肩に降れりいよ〳〵貧富の差
一筋に生き月光を膝に置く
凱歌去る鏡が呉れた俺の顔
鯊の竿海の底迄陽が当り
其の先は寝て聞く床を並べさせ
犬に顔見られ犬より悲しい顔
口にせぬ嬉しさ屋上までのぼり
南天に雪日本語は美くしい

旧友がかけてみじめな応接間
マスクかけ別れる顔にしてしまひ
病人の瞳が昼の蚊をはなさない
降つて来た雨も目出たく酒になり
ひよいと出た嘘病人をねむらせる
空つ腹畳の上で虫が鳴き
幸福は足の届かぬ椅子にかけ
蚊取香夫婦に話す種もつき
イヤリング生れた村をきたながり
蠅打つて職なき顔にしてしまう
落葉降る心の渇をいやす程
職かえて〳〵秋風をおそれ

『川柳新書 第12集　伊藤突風集』（一九五六、川柳新書刊行会）

古屋夢村

こや・むそん
（一八九五～一九五二・七・六）
一九二三年一〇月「新川柳・千里十里」創刊。二五年一月、川柳影像社を創立し、「影像」と改題。夢村は、森田一二や鶴彬らの無産派に対する、田中五呂八や木村半文銭らの生命派の側に立った。

虫二つ嬉しい姿とも見えず
壁と壁宇宙の埒に迷ひかけ
外套を着ればしみ〴〵雪が降る
銅盤の色へ太古が押し迫り
風縋るものなく沖の島を指す
太陽が屋根にねぢれていると言ふ

田中五呂八編『新興川柳詩集』（一九二五年、川柳氷原社）

戦争のある国の夜の街の唄
鳥の骨なんか知らない山の色
団栗の丸さ盗みし人はなく
どちらから行つても墓に突き当り
暴風は止んだが怒濤まだやめず
縄張つてこれから中の戦争だ
夢深く人の通らぬ橋を架け

船頭が闇をゆすつて闇に入る
たんぽゝにあばら骨さへ傷ましき
いと危き円周に出でけり
黒豆の黒さがどこまでも続く

古屋夢村編『新興川柳影像句集』（一九二七、影像社）

極楽へ出たかのやうに露地を出る
差上げて遣れば両手を拡げる子
泣くときの障子に夕日無心なり
巡礼の後姿に影が添ふ
墓石が並んでやかましいことよ
掌を天の広さに当てがへり
ぢゃんけんぢゃんけん命のじゃんけん
道徳の机上の飢の銀の匙

渡辺尺蠖監修・一叩人編『新興川柳選集』（一九七八、たいまつ社）

北　夢之助

きた・ゆめのすけ

（一八九六・二・五〜一九七九・二・一六）

一九一五年春から川柳を始める。一七年、神尾三休のアツシ会に創立同人として参加。二七年、高橋遠鳴子らと樺太川柳社を創設。五一年柳都川柳社の客員となる。句集に『北夢之助句集』（三〇）等。

河岸の灯へ思案にあまる胸を抱き
朝風呂に隣りも一人らしい咳
子守唄まだ寝もやらず秋の雨
襟ばかり直して娘店に居る
お茶受へひら〳〵と来る鉋屑
女房だけ目がさめているほとゝぎす
問屋河岸キャッチボールを引ったくり
絵馬の句を読むには暗い常夜灯
病み上り陽のある庭へ如露をもち
灯台へ名のない鳥が落ちて秋
貰い風呂耳をすまして虫をきゝ
いみじくも線香花火の意志となり
掌を合わす癖も久しい暮し向き

無造作に詩は抽出に丸められ
まだ妻に若さが残る胡瓜もみ
切りつめた暮しに伸びる子の背たけ
丹前のまま病妻も菊に佇ち
石ころをけって淋しいふところ手
海水場もとの広さに黄昏れる
猫柳ひっそり親子年を越し
カーテンに心の隙を見透かされ
梅雨の巷うつむく癖のいつわらず
葉鶏頭悔恨に似た昼のゆめ
冬の川鶺鴒一羽昏れのこり
ふるさとの顔は幼し道祖神

菅原孝之助編『北夢之助』（一九八九、柳都川柳社）

伊志田孝三郎

いしだ・こうざぶろう
（一八九六・二・二九〜一九七二・一〇・二九）
一九一三年春頃、東京の「紅倶楽部」同人となる。三七年名古屋へ移り、「鯱鉾」同人。四六年創刊の「すげ笠」では、「明媚集」の選者を務める。また、五五年から没年まで中日川柳会会長を務めた。

涼み台月の世界を話し合い
遠吠えに氷枕を替えさせる
お袋の一つ話はスリに会い
自転車を降りて喋ってさようなら
窓越しに呼べばパタンと本の音
夕立をどうしていたか筏乗り
模擬店はまだ売り切れず花曇り
引退を決めた師匠の肩の痩せ
真直ぐな道で名残りがつきぬなり
言い訳を考えている耳掃除
茶碗むしやっとこの頃世帯じみ
すべり台もう一度だけ母は待ち
ハイキング街へ戻れば街もよし

満員車押されて僕も少し押し
東京で母は何んにも欲しがらず
ゴムバンド手首にあった十二月
靴下を脱げば寂しい独り旅
やっと寝た子に父として思うこと
いい智恵も出ず縁側で爪を切り
いまのその唇で吸うソーダ水
自転車の唄を北風ふっ飛ばし
泣きに来た橋のたもとの彼岸花
独り身の釦ぶらぶらまだ取れず
眼帯は取れてはるばる高い空
白足袋の白と言うのも色のうち

『待人居』（一九七三、「待人居」刊行委員会）

早川右近

はやかわ・うこん
（一八九六・三・一八～一九六九・一一・一八）
一九一九年三月から川柳を始め、二二年、井上剣花坊に師事。「横浜川柳」「川柳部落」「川柳路」等に関わる。五一年黒潮吟社主幹。また、横浜文芸懇話会会長を務め、東京柳界との交流に尽力した。

病上り歩けばさびし手が乾く
来る事を早めはしない窓へ倚り
挨拶をして二三歩に消える笑み
タイピストタイプと言つたタイピスト
巻き上げた暖簾一筋陽が残り
雛一羽夕暮を巣に入り惑ひ
物を書く視野のはずれへ雀来る
曲り角までついて来て犬見てる
馬の鼻みすぼらしくも洟が垂れ

川上三太郎編『新川柳壹萬句集』（一九二七、磯部甲陽堂）

夜の海怪しく蒼く艪にからみ
蔭口はみんな鋭い猫の鈴
鞭の痛きもその度びの馬であり

何んと子の多い夕暮だ自転車
旧友が五人親疎を見せて逢ひ
質屋暗く媚めくもののしなさだめ
囁きの視線はやがて一つとこ
取ればさうとれる言葉に引ずられ
冷めた紅茶に頑なな角砂糖
冷奴秋が来て居る或夜なり
満天の星焼跡に匂ふもの
手袋を透して痛い鉄の冬
都心この水さへ恋ふる黒き川
長い冬だつた子持ちへ水温む
海に棲むものの脆さの金盥
陽炎も従つて立つ橋の反り

關晶編『現代川柳句集』（一九四八、神奈川文化会）

中野懐窓

なかの・かいそう
（一八九六・九・一一〜一九七六・一二・一五）
一九一四年頃から川柳を始める。三五年九月「川柳よこはま」を創刊して主宰。四九年一二月「路」復刊第一号を出し、九一号まで主宰。五一年から七一年まで「神奈川新聞」柳壇選者を務めた。

レール強さうに光つて午下り
生活に飼ふ鶏の牡と牝
何か衰へて九月の浜となり
能面の誰かに似て、無表情
かさ〳〵と木の葉明日の音で散り
子を背負ひて夕陽の中に消えたくも思ひ

闕晶編『現代川柳句集』（一九四八、神奈川文化会）

坂を曳く牛に哀しむ術もなし
命とは首さえもまだ見せぬ亀
水田夕焼す水田に怒りなし
吾が貧に関わらず長き貨車過ぎる
浪つぎつぎ岩咬みくよ〳〵させていず
ボス酔つていよ〳〵ボスの面ラをする
砂浜に字を書く残す気のない字

『川柳新書第7集　中野懐窓集』（一九五六、川柳新書刊行会）

嘘をつき終えた扇のぬるい風
人の好奇心に勝ちたる蟻の列
海岸をキラキラ揺れる夏のバス
丁寧に靴結んでる口答え
石置場石にもちゃんと若き色
子がやっと寝付いて雨の細さ聴く
半盲をやや力付け遠花火
俺の眼と同じだ埴輪微笑まず
目刺と一緒に吾が年齢を噛んでいる
能面の艶よ懐ろ手を解かしめ
意識した平行線の無理を見る
動くから恐くなくなるかぶと虫

『能面』（一九七一、横浜川柳社）

前田雀郎

まえだ・じゃくろう
（一八九七・三・二七〜一九六〇・一・二七）
一九一五年頃から川柳を始める。一八年阪井久良岐に師事するが、程なく破門。二三年から「都新聞」川柳欄を担当。「みやこ」（二四）、「せんりう」（三六）等を創刊。著書に『川柳探究』（五八）等多数。

あらたまる心に下駄の固さあり
合服で出て春風を見つけたり
一生を一間足りない家に住み
炎天を足にまつわる影一ツ
蚊帳吊つてしばらく話す蚊帳の外
雲一つうつして水もさびしそう
煙一つある夕暮のあたたかさ
炬燵フト算盤が要ることになり
寒そうな他人の顔のわが寒さ
除夜の鐘ものの影さえ常に似ず
正月も三日の寒き夜となり
旅の夜の枕に思う風の果て
電灯の紐の長さの暮しする

南天の実を掃き出して元の部屋
涙とは冷たきものよ耳へ落つ
寝姿のいいのも哀れなもののうち
はらわたへだんだん染みる壁の汚点
墓場から出た蛇何か身内めき
磨く他ない一足の靴である
眼をふさぐ時の悲しい馬の顔
子の手紙前田雀郎様とあり
日の暮を我が家の溝も流れ居り
蛍籠昼は風吹くばかりなり
母と出て母と内緒の氷水
音もなく花火のあがる他所の町

川俣喜猿編『川柳全集9　前田雀郎』（一九八一、構造社出版）

岡橋宣介

おかはし・せんすけ
（一八九七・四・二〇〜一九七九・八・一九）
一九三三年から川柳を始めるが、新興俳句に感銘して「旗艦」同人。「太陽系」改め「火山系」終刊後の四九年、川柳誌「せんば」を創刊。〈リアリティを失わないロマンチシズム〉を標榜した。

花曇りひとは重たき死を残す
夏雲に少年と蟹昂然たり
電線を跨いだ月よ左様うなら
子を叱りしんじつ憎き冬の蠅
寒卵掌にしひようびようたるこころ
乙女来て真白き犬を草に放つ
茜雲妻子忘却せしにあらず
おたまじやくしに足生えましたしつかりせい
偶然と仮説の間を蟬生まれ
梅の花ぴしりと咲いて人語なし
哀歓を断ち切る錨しずくする
碧落の凧の背後に何もなき
停電の真只中の頭蓋骨

颱風一過して雄鶏威勢よし
妻病みて真実塩は辛きもの
蟻の列わが脳味噌を運び出す
洗い髪に月を蒼々沁ましめる
算数の子に轟々と貨車長し
酔眼にひつかかつてる奴凧
梅干しの種を吐き出す炎天下
綿菓子の軽さよ帰らざる憶い
逢うて来た夜のピーマンのふてぶてし
遁れても遁れても目の前の灯台
夕焼をそびらに美しい告げ口
鍵穴を覗くとき一匹の人間である

『熊野』（一九七九、「せんば」川柳社）

石川棄郎

いしかわ・すてろう
（一八九七・五・八〜一九八四・一一・一六）
一九三一年四月から川柳を始める。三五年、觀田鶴太郎が創刊した自由律川柳誌「視野」に、同人として参加。四一年、戦時統制で終刊。戦後の五二年、復刊した「視野」で川柳活動を再開する。

通夜のみんな寝てしまつた炭つぐ
風呂桶にけふのぼくをへしまげてゐる
明けると秋が枕もとの薬瓶にきてゐる
送つて出て遠足の子と安全地帯の朝月
ポストに傘さしかけて読みかへしてゐる
送つて出ていい月へ小便をならべる
ダブルベツドとさうして鍵は鍵穴にある
訪ねて留守の上框に茶をよばれてゐる
かさりと枯葉の郵便受に一枚きてゐる

『自由律川柳合同句集』（一九四一、視野発行所）

仏壇へすすけた元日を灯す
ちよいと拾うて春風を背負つて行く
足りないくらしのズボンの皺のばしてゐる

青空へ健康な犬が交尾してゐる
空間に、あなたの、眉をひそめている浮世絵の顔
少女期がなかつたマネキン人形の赤いドレス
片肺がない苺のつぶらな舌ざわりです
石に跨がり無と刻んでいるところ
稲は花ざかりの黒い雨が骨髄を濡らす
そここご夜の寝息の天井からさがつている救命袋
砲しきりここら漁村のしがみついてる貝殻
機関車むきをかえている裸婦のボリユーム
更けてどこやら風速へ打つている釘
落葉、落葉とからむ携帯ラジオの位置
この肉塊が孫で手足に指がある
赤児は透明な時間を呼吸している

『川柳新書 第42集 石川棄郎集』（一九五八、川柳新書刊行会）

延原句沙弥

のぶはら・くしゃみ
（一八九七・一〇・二九～一九五九・七・二七）
昭和初年から作句。一九三五年「ふあうすと」同人。ユーモア句が多く、叙情・詩性派の大山竹二と「ふあうすと」の〈左右の双璧〉といわれた。戦後、「ふあうすと」雲雀集の選者を務めた。

元日の畳早速酒を吸い
しょうもない滝だとどてら戻って来
風呂風呂と呪文のように唱えてみ
羊羹にあらずんば石鹸の重さ
湖のどこからとなく暮れてくる
草引いている妻老けたなと思い
鯉幟たためばぬくい息を吐き
漁師町迷うて元のとこへ出る
いい色でみかん風呂敷からころげ
日の暮れの襁褓が竿の端に寄り
帰る家を皆もっているこの人出
造られている犬小屋を犬見てる
水筒のへっこんだ疵あきらめる

木枯の寺町ゆけば寺ばかり
墓地で逢うた人向うでもふり返り
北風にひよこなかなか集まれず
非常口毀れた椅子の置きどころ
マッチ箱踏めば踏まれた音を出し
ちょっと首出して二階は水を捨て
さようならを三度も言うた朧月
箒持って電車に乗るとおかしいか
手袋のなかへ手袋押し込まれ
茹で玉子きれいにむいてから落し
無花果は恋人と食う物でなし
風船の行方へ大人口をあけ

『延原句沙弥句集』（一九六四、句沙弥句集刊行会）

石原青龍刀

いしはら・せいりゅうとう
（一八九八・一・七～一九七九・九・五）
俳号・沙人。一九二一年から川柳を始める。二二年、天津川柳社入会。四〇年、東亜川柳連盟参与。戦後「川柳非詩論」を発表。六〇年、諷詩人同盟を結成し、柳主俳従の〈諷詩〉を提唱。著書多数。

蟻の穴から　イタイ　イタイ
雲に預けよう「川柳」という名の宿命
ダム成金いまさら矢車光らせて
裾野のなだらかさは殺人演習のためにある
大国日本原爆忌をば季題とす
割箸日本　川は汚染にまかせたり
派閥解消して親分子分でいきやしょう
有料道路をワラジでてくろうか
屁にもいいにおいのがあって核爆賛成
ヘイカ御成り検便なんじを健康にす
宇宙船どこを飛ぼうと蚊はかゆい
仁義礼智信はあとからおいで核兵器
ドルとフンドシ　冷戦へひきしめる

資本主義だよ強烈な貼り薬のにおい
休日が増えてよかろう紀元節
墓標かと見れば国会議事堂です
制限のできぬ漢字は耐と乏
日本人のように落葉がすぐ溜る
戦力無き軍隊　政治なき政府
また税を呑みに水害地へ視察
わが歩みナメクジほどはよごすなり
銀ブラの足も砂糖に飢えている
賠償のせめても富士が残されて
註……この句「夕刊みやこ」に投じ、ＧＨＱより掲禁。
引揚の尻にコンクリートはかたい
敗戦を終戦と呼ぶきつい野暮

『諷詩　龍沙吟』（一九六八、三元社）

今井鴨平

いまい・かもへい
（一八九八・二・一一〜一九六四・二・一〇）
一九三二年「こがね」同人。五三年「人間像」を創刊、川柳の革新を志向した。五七年、現代川柳作家連盟発足、委員長に選ばれ、機関誌「現代川柳」を創刊。その後、個人誌「川柳現代」を創刊・主宰。

鶏鳴を聞く現実を信じたし
再軍備にんげん爪の伸びやすく
炎天下不敵な昆虫を踏む
南天の実ほどの赤き影欲しや
二つある現実片方ずつ足を置く
夕焼の痴呆の果てのくろきからす
基地ちかし少女がたてばくろき影
機関区のものみなくろし水噴き出す
犬の舌真赤に遮断機がある
寒灯や咳きては摑むものもなし
時計の文字盤の上に降る　降る　雪
麦の穂に一瞬くろき風見たり
老眼鏡外すと海はまだ青い

こころよき反逆朝の卵割る
ストロー嚙んでいて明日も貧しいか
雪原に一途に光る河を見し
善人の貌して雪のみちにころぶ
雪溶ける　すでに街路樹　敗者のいろ
横断歩道われに友なきごと渡る
裸灯　どんよく　一枚の皿の貧しさをさらし
灼ける陸橋　股下に　貨車走らす
こんな展けた視野の中で鋳型が作られている
呼鈴を押して反身になる
貝に砂をつめて　中年の海である
樹氷垂れ　凶事あるごとく　かがやくか

『人間像』（一九六四）

中島生々庵

なかじま・せいせいあん
（一八九八・七・二〜一九八六・二・一七）
一九三九年、麻生路郎指導の松阪倶楽部で川柳を始める。同年一二月「川柳雑誌」不朽洞会員。四三年「川柳雑誌」不朽洞会理事長。六五年路郎亡き後、「川柳雑誌」改め「川柳塔」の初代主幹となる。

表札に書いて我が名に一寸惚れ
送り出す玄関でも一度念を押し
渡された受話器に残る妻の肌
うたた寝の妻の素足をじっとみる
五月晴れ電柱と俺とだけ寂し
うまく行った話へ傘を忘れて来
土産物大事に団体の雨宿り
砂浜に先客らしい下駄の跡
好奇心妻のライバル見に出かけ
俺は俺だけの天井に甘んじる
生々流転　宿命論者の無精髭
浮き草は浮き草なりに花が咲き
通訳の方がゼスチュアゆきとどき
腹這いのままの覚悟は迷いぬき
懐しさ校門近く曲り角
永久の黙秘権滝の音つづく
蓑虫がすなおにゆれる秋の色
子猫ぞろぞろみな宿命の顔かたち
エスカレーター妻を一段上におき
可愛らしい目になって来た酔うている
冷蔵庫ビールも土曜日らしく冷え
祈ることもないので楽しいお元日
決心がつき紙くずとして丸め
一人だからこの名月に窓を閉め
まわり舞台これは見事な除夜の鐘

『生々楽天』（一九七六）

清水冬眠子

しみず・とうみんし
（一八九九・四・八〜一九七二・一〇・二七）
一九二〇年、大崎黄奈坊の勧めで川柳を始める。二六年「はららご」の編集を担当。戦後、「こなゆき」（四八年）に参加、「北海道放送」や「北海道新聞」の選者を担当し、初代北海道川柳連盟代表を務めた。

積らんとする雪びらが灯に躍り
電線の昨夜の雪を乗せて晴れ
隠れんぼ納屋を怒鳴られながら出る
廻り椅子子供降りようともしない
昼寝からさめてのそりと井戸へ来る
お隣りの時計が鳴った時計を見
竹箒朝のすがすがしさを掃き
馬車馬の哀れは肋骨が見え
叱られている教室は覗かれる
如露逆に振って植木へ撒き終り
朝顔といる庭下駄の緒の湿り
駅の名が読める子逆さからも読み
オートバイ埃のなかを逃げるよう
電話口ペンを構えた声になり
辶へ先生の掌が温かし
貨車一つ怪物めいて駅昏れる
玉葱が手から転げて寒い朝
先生が来て教室へ風を入れ
交番も春なり春の落し物
夕刊を持って秋刀魚の煙を逃げ
片足をつく自転車へ貨車長い
前かけを弄んでる立話
銭湯の煙り北風南風
一人旅眼をつむりたいときつむり
天井に水輪がゆれる朝の風呂

『樽』（一九六五、小樽川柳社）

後藤蝶五郎

ごとう・ちょうごろう
（一八九九・四・一六～一九五九・一・一八）
一九一七年二月頃から川柳を始める。二四年川柳みちのく吟社同人となり、その後小林不浪人の片腕として吟社の運営に励む。四八年青森県川柳社を創立し、「ねぶた」を発刊。句集に『壺』（三六）等。
雪女氷柱静かに雫する
雪達磨月の世界と往き来する
白きものの白きに勝つた雪の白
考へがつかぬ障子へ鳥の影
気が付けば土筆の丘に立つて居た
花吹雪浴びて家鴨の眠たさう
落葉して蛙小さくうづくまり
良い言葉教へておやつ一つやり
十二月一本橋へ指し掛り

『いづみ』（一九四七、いづみ出版後援会）

影伸びて汲めど尽きせぬ春の水
天に地に声して雪が消えてゆき
ちぐはぐなボタン侘しく春を知る
潮の香の鼻に落ちつく眼を瞑り
町内の顔役となり朝の風呂
花吹雪昨日喧嘩のあつたとこ
月並な言葉の中の娘の笑くぼ
郭公に明けて一日ただ暮れる
真相はこうだと昼の花薫る
仁丹を噛んで嘘いう顔でなし
炎天の河鹿いよいよ正座する
故里のよさは真昼を眠くする
男とは馬鹿な男の話聴く
従順な方と宿でもそう思い
干竿の影に落ちつく赤とんぼ
雪ふめば雪に声あり雪語る

『雪の聲』（一九五六、句集「雪の声」刊行会）

山本半竹

やまもと・はんちく
（一八九九・七・一〇〜一九七六・五・二四）
一九二九年から川柳を始める。高木角恋坊の草詩堂の例会に通う。その後、川上三太郎が選者の「国民新聞」へ投句。「国民川柳」改題後の「川柳研究」に参加。

ぶちまけたやうに鶏小舎を出る
やるせない心を犬と原へ出る
金魚鉢目高は逃げてばかりゐる
畳屋は広々として今日休み
大銀杏雀の会議まとまらず
仲のいゝ夫婦ホームの向ふ側
桶ひとつ濡れて静かな昼の風呂
祭の子一日銭の音をさせ
朝の霧東京へ行く牛が啼き
親でさへ海だ海だと少し駈け
象の鼻やあお坊っちゃんお嬢ちゃん
夕立の軒で数へる電車賃
吊革を子供の前で二つ持ち

陽炎に突っ伏しさうな石地蔵
妻病んで知る台所の寒いこと
子の椅子にかけて子の本読んでみる
他人《ひと》の子の頭を撫でて汽車に飽き
そよ風にたまたま鶴の二歩三歩
考えた揚句垣根を墓潜り
溜息の背中合せも夜の汽車
寒月に誰か居そうな貨車一つ
草いきれ道を聞くにも人見えず
台風はやっぱり外れた西瓜食う
道教える巡査片手は陽を防ぎ
みつ豆に女三人笑いづめ

『はんちく』（一九七七、句集『はんちく』刊行会）

金泉萬楽

かないずみ・まんらく
（一八九九・八・二〇〜一九八七・一・二五）
一九二八年三月、「大阪中外商業新報」柳壇への投句から川柳を始める。三〇年「番傘」同人。北浜川柳会、尼崎川柳会、ふたば川柳会等を指導。六五年、番傘折鶴川柳会会長、大阪川柳人クラブ会長となる。

六階へ上るうどんと乗り合わせ
暫らくは守衛見惚れている吹雪
表彰へかみそりまけの顔で来る
消防車廻り道する外はなし
雑草の中へ巻尺ちと曲り
プロレスの勝負がわかるおばアちゃん
胃袋へ西瓜の種の二つ三つ
立読みの常連らしい爪楊枝
玄関も座敷も菊をみて貰い

『わが家』（一九五九、番傘折鶴川柳会）

ビヤガーデン勘定書を散らす風
夕立にさっぱりとしたガスタンク
稲光り向日葵の影すぐに消え

花にまだ早し御陵をめぐるバス
すぐ役に立つ景品と妻帰る
老夫婦閑居うちわが二つあり
停電へ別にあわてぬ散髪屋
いつも買うおばはんいない宝くじ
看板屋いま接吻を描くところ
歩道橋女あいまいなる返事
米洗うときふと米の美しき
下駄箱の上へ箱箱箱と積み
本当に怒った顔を覗かれる
夏休みこれ益虫か害虫か
遠雷にもうブランコは僕ひとり
老いらくの恋イソイソと辻を折れ

『北はま』（一九七二、番傘折鶴川柳会）

中島國夫

なかじま・くにお
（一八九九・一〇・一五〜一九七〇・一二・五）
一九二七年、柳樽寺川柳会同人となり、のち「川柳人」編集に携わる。新興川柳運動中は、森田一二、鶴彬らと親交を持ち、大衆の詩を唱え、自由律を提唱する。三五年「川柳と自由」を創刊。

地を包みきるまで雑草踏まれてる
下積の激情を燃え上る石炭
機関車となつて世紀を引きずるんだよ
進軍喇叭の眩しい錯覚
いつはりを脱いで鉄骨焼け残り
陽をしぶきしぶく噴水の感情
童謡が押し上げてゆく丸い月

井上剣花坊編『新川柳自選句百三十二人集』（一九三二、柳樽寺川柳会）

ぬかるみを馳け上がらせる鞭の音
骨壺にはいりきれない革命歌
ゆきづまり神様を出すおもちゃ箱
偽をガラリと脱いで浴びる水
血相を変へて転がる金貨です

節穴がまっ先に呼ぶ白い朝
血で滑り滑ってパンへたどりつき
むッと血にむせて工場をよぎる風
矢傷又矢傷に的の持つ誇り
群集となってロボットよみがへり
うすっぺらの順に日向でそりかへり
もうけるものが居て大砲がまた撃たれ
みんなドクロとなる日鳥がくん章ぶら下げる
嚙みつく備へで声をのむ歯車の元日
水争ひの村をよぎって避暑地へのレールが伸び
凱旋の後にはっきりと義足の手ざはり
ハイカラな詩《うた》を唄って鳥籠に生きてゐる
鳥籠に慣れた順序で値札はられる

渡辺尺蠖監修・一叩人編『新興川柳選集』（一九七八、たいまつ社）

水谷鮎美

みずたに・あゆみ
（一九〇〇・二・五〜一九六七・九・一三）
一九二六年「川柳雑誌」に投句を始める。二八年一月「川柳雑誌」維持社友。「川柳雑誌」の達吟家として知られ、自ら〈唯美川柳〉と呼称。五五年句集刊行の件で路郎と決別、「ふあうすと」に転じる。
君　雲を話す心になり給へ
昼の蚊がきて仏壇へはひりゆく
虫に影あり静かな心とり戻し
出雲屋で父たり夫たり子たり
鳥籠は涼し海からぎんの月
追ひかけてくる雷雲へ金魚売り
蕎麦の花を見てゐてさびしくなりぬ
高下駄が乾き蝶々がとまりに来
児の指でつゝかれてゐるのど仏
窓の灯を消せばなほさら山静か
女病みながら桔梗の水を替へ
雷へいつぽんつけて冷奴
残骸の工場で鯊がよく釣れる
ひとり旅雪海におち海におつ
噴水は月をくだいて暇がなし
本を閉づぽんと云ふ音春めきぬ
古き壺ありこゝろの碧さのぞきゐる
瓶にさすことあきらめのひとつなる
悪だくみ百合の匂ひにむせかへり
中年の恋よ木賊の青さかな
詩に耽る少女水蜜桃の生毛もち
花屋の朝のうつくしく雨が降り
寒鮒のもの言ふ如し二三尾
坂下る夜道に白ろい花匂ふ
ウキはうごかずじゆんさいのはな

『美をふらす』（一九五五、鮎美句集刊行委員会）

木下愛日

きのした・あいじつ
（一九〇〇・二・八〜一九八四・四・八）
若いころ脚本家を志し、一九二〇年から七年間食満南北に私淑する。二二年〜二五年「擬宝珠」同人。三〇年「紙魚」同人。また、二〇年から三二年まで「番傘」に投句、三三年「番傘」同人。

人の世のひとりよがりを初日の出
水のみやこの水に降る雪
二階から見れば見るほど雨が降り
わが影を見て見ぬ振りの立ち話
約束に遅れた方が傘を提げ
雑巾に蜘蛛をつつんで夜が長し
おもちゃ箱いくさに使うもの多き
氷砕く力日に増す手水鉢
風船が追い越す人の顔を打ち
夕立に自分は橋をわたる人
金のある人はだまってものを買う
漬けものの上に落ちたるご飯粒
人はみな若き日をもつ角砂糖

朝のバスわれも笑わぬ顔のひとつ
子の目より少うし高く卵割る
しばらくは汽車の火の粉が散る青田
理髪店の鏡母亡きわが姿
かりそめのいのちを金魚ひるがえり
清貧の膝の上まで月がさす
客観も主観もあわれ闇市場
枯葉ゆえ重なる上に重なって
寝苦しい蚊帳を見下ろす高架線
漬け茄子のいろあざやかな生き甲斐か
古稀を迎えてこれしきの雨という
鮎の骨きれいに抜いて喜寿の人

『愛日』（一九七七年再版）

清水米花

しみず・べいか
（一九〇〇・四・一七〜一九七三・七・二四）
一九一六年の夏頃「活動写真雑誌」川柳欄投句から川柳を始める。「てんしん」「すずめ」等を経て、三一年「芥子粒」創刊。「芥子粒」は三七年終刊したが、四八年「川柳思潮」を主宰発行。
唐辛子庭の暑さがまだ残り
濡縁に立てば秋あり足の裏
馬叱り来る秋風の中
夕暮の庭に立つ日のわだかまり
丁寧に林檎をむいてゐる未練
赤ん坊赤ん坊を見た声を上げ
乳母車犬の頭へ手がとゞき
鉛筆を持つ女房の独り言
倖せな膝から滑べる花鋏
いつそもう淋しくなつて寝転がり
火葬場の桜を仰ぐ他人なり
南瓜切る妻の唇不敵なり
竹林へ小雨ことさらふるごとし
正々堂々と歩けば腹が減り
虫啼いて広野の如し机の上
親馬と仔馬が見てる海の黄昏《くれ》
コスモスの乱雑にして美しき
勲章によく似た菊のかなしかり
三月や呼べば手を拭きながら妻
ゆたかなる孤独白菊壺に盈《み》つ
蟷螂に構えられたり心の隙
野菊満開はるかなる人となり
踏切を越す三月の風も佳し
妻の衝動病人の手を握り
老夫婦水を洩らさず静かなり
『旅路』（一九六二、川柳思潮社）

房川素生

ふさかわ・そせい
（一九〇〇・八・一〜一九六九・七・二九）
一九二一年の暮、「神戸新聞」柳壇投句から川柳を始める。二六年めだま川柳会創立、二九年同志一八人と、椙元紋太の「ふあうすと」創立に参加。その作風から、〈微苦笑素生〉と敬愛された。

都人ここにひとり憂愁花時計
子の着く日弾むでもなく菊をきり
秋の中にテニスコートが空いている
水車小屋戸があいていて一人いる
島の子へ何か尋ねて見たくなり
青年の理智に任せる別れ際
何んの日でもない春の五目寿司
地下道を得心してる顔ばかり
母と一と言今朝沓下の新らしき
子女闊歩そんな思想の舗道です
旅をした年を病人から言われ
我が街のバスは無駄なく傍へくる
鶴の白さに似た人がいる鶴をみる

籐椅子の夫どうするとも言わず
球場の何もない日の門の前
アドバルンおろされて行く身の寒さ
思い出の唄聴く無駄でない時間
後ろむきに進む先生うしろ見る
友達の机の上の専門誌
海に向く鳥居があつて雑魚を干し
上衣脱いだ巡査が塵を捨てに出る
風呂敷の中嘘つかぬおじいさん
下駄穿いて来て鉄棒にぶらさがり
坐るとこへ坐りゆつくり封を切り
セーター脱ぐ若人のごと腕あげて

『道』（一九六〇、素生句集刊行会）

宮島龍二

みやじま・りゅうじ
（一九〇〇・一〇・二六〜一九二七・五・七）
一九二二年の春、同僚の金山呑天坊に誘われ、二一年創立の江別川柳社同人。二四年、以前から病を得ていたので故郷金沢へ帰郷。「氷原」「影像」「川柳雑誌」等へ精力的に作品、評論を発表した。

あまりに丸ければ南無と見る月
晒されて晒されて死の庭青し
わしの死に止まれひととき軒の水
悔み言ふ顔へ墨でも塗つてやれ
聞きすます滴一つの胸に満つ
汽車の汽笛に癒りたくなる
海鳴りを聞いてる夜の壁の影

田中五呂八編『新興川柳詩集』（一九二五、川柳氷原社）

墓石のおの丶き風にすり減つて
飢えた歯に触れた月下の捨草鞋
釘抜の暴虐はては石に触る
頬の血をおのが刃の背で冷やす
かけのぼる恋をあばらに見る真夏
立像のその儘石に帰る闇

土溶けて水、水溶けて虚無之身

古屋夢村編『新興川柳影像句集』（一九二七、影像社）

壁に耳寄すればこ丶に水の音
梟の嘆きや攫む夜の因果
孔雀ふとおのが恋ごころをも捨て
夜もすがら聞く蟋蟀が胸の火か
洗はれた心をはしる雲の影
知るや蟻墓場の土の掃木の目
月ヂツとおのが心を地に眺め
なほ我にゆるす一椀ありやなし
暁近むその矢その絃引きしぼれ
眠むりそこねた蛇に、雪、雪
折つても〳〵赤い血の出る棒飴だ

「氷原」（一九二六〜一九二七）

田中空壺

たなか・くうこ
（一九〇〇・一一・二五〜一九八二・一〇・一八）
一七歳頃から川柳を始める。「東京毎夕新聞」の同僚と陣笠会を結成し、一九二一年「二つの眼」を創刊。その後、句会作家として活躍。戦後は、川柳長屋連、きやり吟社、さいたま川柳社等に関わる。

太郎冠者まともに向くと何か言ひ
胃袋のありどこを知るうまい水
萩の露そうつと朝の陽があたり
慰めてくれる火鉢の火をひろげ
憂きものに夏の火箸のありどころ

宮尾しげを編『昭和川柳百人一句 初篇』（一九三四、小噺頒布会）

とやかくのうちに元旦暮れちまい
春の夜の雨たしかなるたなごころ
淡雪は奢り返すにいい夜なり
酒の座に紅一点の坐りどこ
三人が三人酔って別れ得ず
下戸にただ川風寒くあるばかり
浅草の奇遇どっちも子供連れ
節穴の向うの動きおもしろし

犬小屋に子の手で犬の名がかかれ
そのほかに用なき顔で落葉焚く
まだ声が涸れて祭りのしめくくり
得たりかしこと垣根へへちま延び
雨漏も二ヶ所ぐらいはリズムもち
おでん屋にまで女癖知れわたり
闘鶏のあと吹く風に羽が舞い

「川柳さいたま」（一九八三・四）の「自選五十句」より

老妻の執着となり梅漬ける
雛の灯を消すと寒さが戻る部屋
昏れ早き奥の一間を老舗もち
荷造りのあとの荒縄蹴とばされ
つつましき余生を送る蠅叩き

「川柳さいたま」（一九八三・一一）の「さいたま遺句抄」より

北村雨垂

きたむら・うすい
（一九〇一・一・二八〜一九八六・八・一）
一九二九年頃から兄・邦春の勧めで川柳を始める。「よこはま」「紀元」「途上」「ふいご」「川柳路」同人を経て、川上三太郎に師事。川柳研究社幹事、晩年顧問を務める。横浜川柳界の革新系作家の一人。
夜具の襟うそもまことも面白し
花ほどに蝶ほどによき春ならず
飼へば餌を争ふ鯉になりさがり
月と海月と明け易き夜を語る
泣くなこの父の白髪をみせてやる
悲曲その子守唄から夢となる
いしくれに絶壁のいろ見あたらず
鬼の面だけがさすがに生きてゐる
反省を落葉のうへに陽だまりに
吐くは火かうらむは秋か無花果は
嵐の跡のひらひらとひと葉
生きてゐるとの曲線ぢやあるまいか
闘病記　蠅の臓器を画描き　絶ゆ
闘争のほこおさむるに何ぞ夕陽
美しき旅の山山何か冷ゆ
蟷螂のかほがこよひの月となる
　　鬮晶編『現代川柳句集』（一九四八、神奈川文化会）

秋の葉擦れ畑の玉蜀黍は奴隷
理智　無智　狡知　植民地の情痴
山脈は月に孤独を盗られたか
凬と賛美歌　十字架　港の見える丘
　　『ハマの川柳人たち』（一九七七、横浜市教育委員会）

ボロ靴の思想は昇天したよ　野菊
純粋な灰色に　梟が鳴いた
悲鳴を奪られ　臓器を盗られ　肉屋の鉤
画家よ　私なら　一切を無色で描く
泰平や　蜥蜴に　またも尾が生えて
　　『川柳研究合同句集』（一九八〇、川柳研究社）

藤島茶六

ふじしま・さろく
（一九〇一・二・五〜一九八八・一一・一二）
一九一八年頃から川柳を始める。二六年尾藤三笠らと「すずめ」創刊。句会の名手として活躍するが、約二〇年間川柳界を遠ざかる。復帰後、川柳人協会会長、日本川柳協会会長等を務める。

母ひとり静けさにいるお元日
風の中駈けて来た子の熱い銭
風鈴がよく鳴る縁でシャツを脱ぎ
簾越し女ばかりがちゃんといる
振り子よく夜の寂しさに応え
裏門の方の桜は地味に咲き
決め兼る心鏡へ来て座り
送り出す客と一緒に月を褒め
座布団を重ねて夫婦暇乞い
星の名を覚えた星のきれいな夜
病人が寝返りを打つ陽が移り
大掃除捨てる帽子を父被り
カーテンを替えた日藤の花が咲き

劇薬の秤僅かな風を知り
蒲鉾の工場窓から海が見え
パトロンが変り香水まで変り
熊狩りの名人熊の子を育て
雲、月をさえぎり虫を啼き止ませ
別々に鸚鵡をあやす倦怠期
交番を困らすケチな拾いもの
途中から海が見え出す島の坂
落ちぶれた先輩妻と気が合わず
滝壺へ下りてく行者みな無口
本堂の鐘一斉に鳩が飛び
片側はまだ雪がある寺の塀

『川柳全集⑩ 藤島茶六』（一九八三、構造社出版）

大島無冠王

おおしま・むかんおう
（一九〇一・一二・一〜一九七八・八・一一）
一九一八年療養中に「講談雑誌」「面白倶楽部」に投句。二八年御大典後、「尖光会」主宰。三〇年斎藤松窓らと「川柳街」創立。三六年「同人」創刊。戦後は「でるた」を経て、五九年「川柳平安」に参加。

机から妻を見るのも春のうち
絵日傘の下に鴨川育ち也
ものみんな青きがなかに陽を拝み
八月を観る剃刀の深みどり
澄む秋の空へ狼藉者喇叭
馬蹄かつかつ騎兵屯所は霧の中
凩の夜をどこからか銭の音

『川柳街第一句集』（一九三四、川柳叢書刊行会）

極道と苦学へおなじ夜が白み
闘魚なお動かず春の灯の下に
小説を書く空想にちるさくら
雪ひそと卍をえがき夜もすがら
むぎわら帽やがては秋の風に捨て

てんち　しんかんとして二つの息
月蒼く金持ちの門閉ざされし
目醒むれば山むらさきに人をみず
秋の夜の黄菊白菊頬寄せて
春光のあまねき中に蜘蛛動き
一枚の白紙を秋の化身とも
荘厳　荘厳　太陽と海の結婚
きさらぎの衾けんらんたり情事
秋さ中わが顔さえもなつかしき
ふたありに油のごとき潮が見え
秋の鬼うごかずわれと夜もすがら
本を読むさみしさにいて本を読む
鴉鴉かねがほしいと言うてみよ

鴨谷瑠美子『花と恋』（二〇〇二、大同印刷）所収の田中博造集録
「川柳平安」（昭和三十二年〜四十五年）作品より

河野春三

こうの・はるぞう
（一九〇二・三・一〇～一九八四・六・三）
一九二三年夏、新聞投句を契機に、「番傘茶話会」に入会。二七年「番傘」退会、翌年「川柳使命会」結成。戦後、川柳革新のため「私」「人間派」「天馬」「匹」等創刊。著書に『現代川柳への理解』（六二）等。

赤い赤い夕陽の中の竹箒
ものいわぬ一と日なりしか目刺焼く
水栓のもるる枯野を故郷とす
恍惚と吸う少年よ何処へゆく
爪剪って爪に執着ある夜かな
子らといて独楽がとまりしこと見届く
母系につながる一本の高い細い桐の木
今も眼底に　ブランコの不逞垂る
流木の哭かぬ夜はなし　天を指す
祖国脱出は難し　流木の沈む部分
捨子の影がゆらぐ　やがてローソクの鏖殺《みなごろし》
鏡の中の道化おじぎをすればおじぎする
骨まで貧しき魚なり　骨まで啖う

水底《みなそこ》にひらく花火も裂けにけり
たてがみに夜が来て木馬眠り落つ
どの皿も脱走兵の翳をもつ
今日を山と積まれ傷つき合う卵
弾痕を深く抱いて　蟇《ひきがえる》
ドラム缶蹴っても　冬は動かない
片翅でまわる風車のひとりごと
おれの　ひつぎは　おれがくぎうつ
あくびしている　のっぺらぼうの墓一基
ずるずると沈む鎖のファンファーレ
歩道橋から真逆さまに落ちる便器
鉄カブト笑いころげて溝に落つ

『定本 河野春三川柳集』（一九八二、たいまつ社）

林田馬行

はやしだ・ばこう
（一九〇二・七・八〜一九八九・一一・一二）
一九一九年から川柳を始める。二五年二月から二年半「川柳雑誌」同人。その後「川柳使命会」「私」「馬」「川柳ジャーナル」等、河野春三と長年活動を共にした。句集に「林田馬行句集」（七三）等。

いつからの夫婦の胸の海の青
肩を組み地を蹴り秋の空を見ず
ステッキにあご　いつまでの政治不信
音楽流れるところ我が家の椅子でない
ピストルの弾に山河の映るとき
ここ掘れワンワンなんてこの国多い嘘
汚職ぐらいと海賊の子孫たち
デモは蟻か　黄昏のビルの底辺
河は流れる方へ流れている　勤め
還らない　ポケツに硬貨鳴らす日よ
絶対多数党の党首の防弾チョッキ
けさも鶏啼いて言うほど貧しからず
口笛に来るものなくて散る木の葉

襟首へむんずと伸びる手を怖れ
めし屋の夢に出てくる鬼も大中小
デモのあと中小企業ゴミの中
おかしさ　或夜勲章が踊り出す
机まで転ぶ毛糸の嬉々として
死に遠く時計鳴り居りゆるやかに
拳骨となりゆく指をまたひろげ
胸の中のラッパ忘れずけさも鳴る
ふりむくや一すじ長い白い道
物価日に騰り山頭火売れる街
二重人格の時計のねぢを巻く
抽斗の底に日の丸まだ赤し

『私版・短詩型文学全書48　川柳篇・第7集　林田馬行集』
（一九七四、八幡船社）

河柳雨吉

かわやぎ・あめきち
（一九〇二・一二・一～一九七一・三・一〇）
小学校五年のとき川柳を知り、一九一四年頃から作句。二五年、前田雀郎の都川柳会創立に参画。昭和一〇年代おもひで吟社、香車吟社を創立、それぞれを主宰。戦後は川柳人クラブ、長屋連に属した。
元日の夜は寂しく床が敷け
二月とはなりぬ陶器の藍寒し
水仙を見てゐてぬるい炬燵なり
赤ン坊の見詰るとこに風があり
カナリヤは陽を黄ばませてもとの籠
妹と二人暮らしの衣紋掛
雨ぞらに電線二本うつとしい
床の間の椿が一つ落ちてゐた
百合の花独りでゐれば匂ふなり
筍があつて明るい台所
木場の雨右に左に橋があり
鏡台に雨の紫陽花写るなり
寝そべつて女と食べる桜んぼ
松の木がはつきり見える稲光り
児の声のやがて出て来る草の丈
日盛りの簾を過ぎる人の影
伝票が肱にくつつく日の盛り
甲板の歩けるだけを皆歩き
籐椅子に露けき夜空覚えつゝ
峠茶屋草鞋一ン日陽があたり
茶簞笥に柿を見つける酔ひの中
穏かな陽が届いてる釜の蓋
硝子戸に馬が映つていゝ天気
電車いつぱいに冬の陽の匂ひ
雪の傘たゝめば雪の音がする

『柳風雨調』（一九三五、川柳おもひで吟社）

井上刀三

いのうえ・とうぞう
（一九〇二・一二・一二～一九三七・一二・三）
一九二三年一二月から川柳を始める。二四年、林田馬行らと「灰」創刊。「大大阪」「川柳雑誌」同人を経て、二八年、河野春三らと川柳使命会を結成。翌年合同句集『雑音に生く』刊行後、川柳界を去る。

酔ひしれて摑めば札の重からず
空想の顔を見られて眼をつむり
片付けてみると淋しい部屋になり
恋を知る頃は菜種へ話しかけ
心の緩みか此頃世辞を言ふ
熱のある日は旅人の心なり
あきらめてゐたがいよ〳〵あきらめる
雨の日の線路光るを独身の

「川柳雑誌」（一九二四～一九二六）

安楽を希ふこゝろの冬しづか
エナメル靴の小賢しき光りゐる
猥談の友とは会はず秋をゐる
冬近きこのごろ妻もあわれにて

シンシ張り妻の日和となりにけり
愚痴つぽい男となりぬ爪の垢
ほろにがきものに紅ありかなしきも紅
短篇ぐらひ書ける男に黄昏る、
世帯して俺のくらさにおどろくな
意地悪な蠅と孤独の僕とゐる
眼をとぢるくせも恋しい人のくせ
貝釦働かむ気の朝を落つ
背広着ぬ日の憂鬱も弱気から
人妻の笑へば笑ふだけのこと
春をよそにバクチしてゐる
目薬さして生きんとぞ思ふ
淋しいと言へば淋しい銀のいろ

『雑音に生く』（一九二九、川柳使命会）

雨宮八重夫

あめみや・やえお
（一九〇三・一・二一～一九九一・一〇・二七）
一九一九年九月頃、篠原春雨の「さんにち柳壇」に初投句。その後「川柳群」に参加。四七年「川柳ころ柿」創刊。五七年現代川柳作家連盟に参加。連盟解散後は「鷹」に参加。七〇年「川柳青空」創刊。

縋りたき心冬田の畔歩む
鴉おりゐて冬の野をさびしゆうす
決意たのもしく波止場の風に佇つ
火を点ける智恵と消す智恵地球はまはる
堪へたへし鬱情芝に哄笑す
街路樹の青さへ話題尽きている

『群鼓　川柳群同人未発表百句集』（一九四一、川柳群発行所）

月おぼろ石けん箱を持ったまま
炎天の石ら小作の貌となる
村のならわしの退屈にいる葦一本
枯野漆黒ぼくの狼起ちあがる
蜂は蜂の存在を主張しつゝ焼かれ
くもの営みを見つくして無為に倦む

策つきし真昼どこかで汽笛鳴る
果樹園の真冬をよぎるひとり言
山火事を美しと見つ満たされず
冬の野に尿し守銭奴と叫ぶ
許されず帰るうるしの様な闇
栓かたく炎天に傷だらけのボンベ
炎―その青い涙が好きなのだ
わが鼻梁見つめ怒りに耐えている
芝焼けば憂悶うすれゆくおろか
風向きへ多弁の風船ころげ
闇の厚さが押し戻す夜の湖畔
存在を主張しトタン屋根の逆光
遠くひとつともるは人をいとう火か

『遍路美知』（一九七七、サンケイ新聞社）

葵徳三

あおい・とくぞう
（一九〇三・三・二〜一九七七・一・一七）
少年期から川柳に関心を持つ。一九三三年一〇月から、「ふあうすと」に投句を始め、三六年同人となる。「視野」「せんば」等にも作品を発表。還暦を機に〈雲〉をテーマにした句を作り続けた。
別れきて拾う松かさ掌にかろし
夕焼は空に宗教もたぬ日々
貨車寒く見送るクリスマスの星
菜の花の一輪机辺整理せず
夜の驟雨西瓜の皮を捨てに出る
ビラ呉れる人夕焼けを背にする
潮黒く見し新婚の日を忘れず
情痴の窓あけて春昼の雲を見る
衆愚でよかったよ雲は切れぎれ
杭を打つ音永劫に雲高く見て
孤りできた砂浜に雲をうずめる
オバＱの口春闘の雲も呑めよ
冬雲の悲曲終れり背伸びせよ

「ふあうすと」（一九五四〜一九六七）
雲春を胎み石の顔を整える
鰯雲が湖底に沈む寡黙な昼
冬雲暖かけれど屠殺場へ歩く
新しい雲新しい椅子生るべし
雪雲に影を失うニヒリスト
雲を指す　仏の指の爪伸びず
あの老樹切らねば雲の行方見られず
爪を剪る　雲の囮になっていて
帯締めて出て来たひとと雲をみる
雲乾ききり石仏の頭ひび割れて
杭一本　梅雨の運河に沈みきり
わが位牌わが書いて置く雲けわし

「ふあうすと」（一九七七・四）の中川一「徳三・十年句抄　雲の行方」より

田中南都

たなか・なんと
（一九〇三・五・九～一九九〇・四・二三）
一九三四年から川柳を始める。三七年番傘川柳社同人。四〇年～五一年、川柳活動中止。五二年作句を再開、五五年番傘川柳社同人に復帰する。

天井へ壁へたっしゃな子が産まれ
唇をガラスへつけて淋しい子
ままごとの莫蓙へきっちり下駄を脱ぎ
真ん中に引きずってくるおもちゃ箱
息止めて線香花火の美しさ
兄弟の声が似すぎている茶の間
ステテコへ氷が落ちて冷たがり
チョコレートの色で包んだチョコレート
物干しがまだ濡れている虹の色
マンホール乗ればくるくる回りそう
女房へ授けるように下ろす額
唐草の風呂敷抱いてさようなら
クリップに我が指はさむ所在なさ

下駄箱をあけるとボール転げ落ち
鉄工所しめ縄だけが新しい
モノレール地球の外へ走りそう
筍の縄がゆるんだバスの床
記念切手貼ってどうでもよい便り
仲のよい二人っきりの立泳ぎ
奥の院水は冷たく細くなり
ほんものの葉がカンバスへ散ってくる
サーカスの裏へ回れば蹴つまずき
ペン皿に耳かきがある虫の声
学校の歴史も古い藤の棚
目をあけたらまだそこにいたつむじ風

『田中南都川柳集』（一九七九、番傘ひまわり川柳会）

土橋芳浪

どばし・ほうろう
（一九〇三・六・二三～一九六五・八・七）
一九二六年八月から川柳を始める。「都新聞」の「都柳壇」（前田雀郎選）で頭角を現し、二九年には川柳八笑会を組織、また観音吟社を結成。戦後は、東都川柳長屋連代表や川柳人クラブ会長を務めた。

戸がこわれそうに物置陽が当り
独り旅浴衣になつてもの足らず
心太どつち風だか吹いて居る
雲脚の速さに足場怖くなり
鬼瓦三度に飛んで雀乗り
親二人住ませる家の棚を吊り
独酌の面白くなく注ぎこぼし
風呂敷の米どうしても米に見え

宮尾しげを編『昭和川柳百人一句 貳編』（一九三七、小噺研究会）

言ひにくい話で通る石畳
妓の背丈浴衣になつて見直され
手洗の杓子一本落ちかゝり
風の無い日の風鈴を吊り替へる

起されて出て行く犬はちとよろけ
曲るとこ曲つて荷馬車黄昏る
交番に若い巡査のチユーリツプ
うすものになる日の帯が不服なり
蔦紅葉このお屋敷も代変り
手袋の中に確かな電車賃
若いのに似合つて憎いヘルメツト
チンドン屋今度はこつち側へ来る
一つだけ穴子が伸びる魚籠の底
月の庭池が光つて池の位置
つぼ焼がやつと落ちつく皿の上
ベレー帽とらずに軽い用が済み
五位鷺の絵に五位鷺と書いてあり

『川柳長屋』（一九四七～一九六七）

堀口塊人

ほりぐち・かいじん
（一九〇三・七・一一〜一九八〇・一二・一四）
一九二四年頃から川柳を始める。二六年「番傘」同人となり、三五年退会、「昭和川柳」を創刊。四七年再刊した「せんりう昭和」を、五五年「川柳文学」に改題。著書に『昭和川柳読本』（三七）等。

おのずからそんな気になるお元日
十二月今遮断機が下りるとこ
雨ぽつり〳〵九回の裏もつれ
新築のビルうまそうな灯がともり
五分ほど時計遅れている暑さ
気のきいたことは言へない稲荷寿司
夕映えに蓑虫思ふこともなし
風呂敷に母の匂ひがまだ残り
七回忌ばらずしの味ほめながら
いつまでも酷使されてるドラム缶
町工場桜一本こゝに咲き
仙人掌の鉢それ〴〵に眼をさまし
瓦斯タンク今年空梅雨かも知れず
コスモスに有刺鉄線錆びている
空缶が砂場に二つ三つ暮れる
憲法第九条男性化粧品
みほとけのうしろ姿も美術館
小料理屋軒を並べて梅雨の入り
この暑いのに蟻がいっぴき
音も無く車窓に迫る日本海
枕元たしかめながら船に寝る
かさこそと朝の音して寝台車
ふるさとへ新幹線の雪無情
棚吊ってもろておちつく老夫婦
自転車へ自転車が来て立話

「川柳文学」（一九五八〜一九七八）

清水白柳

しみず・はくりゅう
（一九〇五・三・二一〜一九七〇・一一・一二）
一九二三年から川柳を始める。二四年「川柳雑誌」創刊号から投句。「川柳若葉」「三味線草」「川柳国」等を経て、三一年「川柳雑誌」不朽洞会員。六五年「川柳雑誌」改め「川柳塔」の初代編集長。

棟梁がわざわざ見せる脛の傷
ペンキ塗立桜頓着なしに散る
一人だけ財布を持って来た水着
人去って鳩も淋しくなって去に
レール炎えて午後の電車のあえぎけり
看板で古い二階をかくすなり
割箸でつままれ毛虫うろたえる
巫女一人人身御供のように居る
貸本の小説そこだけが汚れ
どんなつもりか籠を嚙む小鳥
ガードレール分校まではつづいてず
たばこやのとこで木枯曲るなり
団地出て土やわらかいものと知る

逆光線アベックの服透けて見え
壁に塗る土へ雑草根をおろし
まん中に交番がある長い坂
グループのおばはんひとり小走りす
橋は右手へ坂道は闇へつづく
柿の葉が落ちる縁側だれも見ず
ぬかみそにつけても指輪くさらない
淡雪は老舗の灯りつけさせる
バスに道ゆずって春の草を踏み
仏だんでマッチの燃える音を知る
菊活けてひととき欲を忘れたり
春日遅々として仁王さんねむくなり

『清水白柳遺句集』（一九七一、川柳塔社）

森下冬青

もりした・とうせい
(一九〇五・六・一四〜一九八五・五・二九)
一九二一年から川柳を始めるが一年で中絶、二五年から再開。「よそご」「海鳴り」等を経て、四二年頃の「柳俳一如」の俳詩運動に共鳴。四六年蟹の目川柳社を創設。句文集に『ぽかたん人生』(七七)。

福寿草あんな暮しを遠く見る
すねた娘が突けば達磨は後ろ向き
ストッキング脱ぐ小鳥だけがいる
鳥籠へ自分も入れて悲しい夜
「馬鹿野郎」と云つたに水仙静かなり
タンポヽに灰色などをぬり覚え
釣り上る小鮒春草の中へ落ち
めだか泳ぐめだかの世界青い空
散り切つた桜の下を急ぐ用
落葉かく音海鳴りの重なりし
さくら餅くず餅そんな弱さに人は生き
税務署のトラック春の雨に濡れ
微震やみもとの貧富にみなかえり
何事もあなたまかせの蛙の死
夜店の灯思い出せない人がいる
旅愁しきりそこへ苺が運ばれる
墨染の肩へとまつた夜の蝉
川があるお地蔵様の笑い顔
玩具屋へグワツと炎天おしかける
洗濯の水の流れと子が走り
裏町のたそがれ米の汁流れ
一切は空なり指の骨が鳴り
旅に寝て極平凡な妻のこと
横にいる人の銅貨の音を聞く
死ぬことを忘れ勝ちなる人の顔

『うみなり』(一九五五)

増井不二也

ますい・ふじや
（一九〇五・九・二六〜一九八四・七・一四）
一九三六年一月三日から川柳を始める。三九年「ふあうすと」同人。四六年から約二年、六九年から約六年、編集担当。戦後、「はなびし川柳会」で初心時代の去来川巨城や藤本静港子らを指導する。

見積書急所急所へ太い指
春の灯に団子の淡い色を賞で
愛という字のくずし方稽古する
青春の退屈蜘蛛の巣を見上げ
塵取の塵落ちたがり落ちたがり
庭を掃く神主ぬくい冬をほめ
勝手口から北風へ捨てるもの
段梯子バケツが重い声となり
朝顔の鉢へしやがめば児もしやがみ
スケートに行く四、五人の溌剌さ
父のするとおり可愛いうがいなり
また一人割り込んでくる焚火の輪
シグナルの赤美しと見たる酔い
茹で卵むきむき案内地図へ佇ち
赤とんぼ一家で出るも久しぶり
湯上りに借下駄がちと小さすぎ
知らぬ町歩いておれば橋へ出る
牡丹雪三味もそこらで置くがよい
我が影の長さへ冬の旅ごころ
封切を既に見てきた社の机
選挙日の隣夫婦とすれ違い
鶴の足一番寒い日と思い
気が付けば足を組んでる応接間
へつこんだままブリキ缶用を足し
友達の連れて戻つた鍵の穴

『不二』（一九六五、句集不二刊行会）

佐藤鶯溪

さとう・おうけい
（一九〇六・一・一〇〜二〇〇二・四・一）
一九三〇年頃から川柳を始める。三六年、川柳あさひ会を旭川川柳社と改め、その機関誌として創刊された「川柳あさひ」（発行人・敦賀谷夢楽）に同人として参加。
曲芸師淋しく雨の街へ着き
ふと母の白髪へ映える陽を眺め
逼迫の窓へ氷柱が地へ届き
月給日近く机にある財布
まだ地味かしらと遺品を出して見る
御無沙汰を詫びて師弟の美しい
毛虫フト反抗的な毛の動き
鍬置いてしばしを土の香に浸り
雨蛙泳ぎ疲れた様に浮き
理髪屋の鏡へ暮の人通り
ひつそりと小使い室の湯が沸り
明月へ歩哨墨絵のように浮き
夜学から帰る垣根の白い花
積木の子今日は此処まで智恵が延び
川端へ来ておセンチな娘がしやがみ
療養所湖畔に月がまん丸い
ポケツトに両手を入れて秋深い
夫婦して訪えば夫婦で出迎える
五分五分に話の出来る湯に浸り
赤蜻蛉此処もやつぱり凶作地
嫁が来てから台所光るもの
アパートへ故郷の母が来る便り
落選のビラ電柱の雨に濡れ
寝台車挨拶もなく顔洗う
早起きを褒めて牛乳屋が通り
『ひとりごと』（一九七一、旭川川柳社）

児玉はる

こだま・はる
（一九〇六・三・一五〜一九八八・三・二二）
一九三六年夏から川上三太郎門下の一番弟子である山本半竹に師事する。「川柳研究」幹事。句集に『むさしのの雨』（六九）等。

掌へ時計をのせてさびしく見
ていねいに雫を切ってだめでした
秒針が耳にかなしいひじ枕
ていねいに洗い小さきかおになり
つかれ果てて花のうつくしさにまける
ひきだしにこぼれて古き花のたね
水出して人のこころにさからわず
すこしずつものわかりゆくたのしさ灯を消す
草の葉を掴んで死ねるとも思う
池に降る雨子に親に縁うすし
追いつめられてひょっとこの面
巡礼の秩父の秋にまぎれたる

爪先を重ねてシーツ真白なる
糸底へ指をそろえる朝のお茶
青空へ大海原が盛り上り
新妻のやたらに紅茶入れたがり
身に余る心配に水ばかり飲み
のんきにも西洋の絵を夢に見る
夢の人うしろを向いたまま話し
感情を抑えて海苔の裏表
帰らねばならぬところに我が机
ひとつかみ土鍋の米の美しさ
うしろ手に閉める障子も秋のもの
一生のところどころに公孫樹
病人とくらして四季の果物

『むらさきの衿』（一九八三）

三條東洋樹

さんじょう・とよき
（一九〇六・四・二一〜一九八三・一一・一二）
一九二〇年の春から川柳を始める。二一年頃「柳太刀」で活躍し、二三年「覆面」を創刊。二九年「ふあうすと」創立同人。五七年同人を辞退し、「時の川柳」を創刊。句集に『ひとすじの春』（四〇）等。

ひとすじの春は障子の破れから
正月のさびしさ飯を三度食べ
憎めない男の姿鶏を追う
物干の傾いたまま秋逝くか
葱一把ある雪の日の台所
点しても消しても匂う春の部屋
雪国の赤いポストを探し当て
よい知恵もなくて西日へすだれ吊る
負うて来た月をわが家の門で捨て
振り子を見給え突き当り突き当り
捨てる気になった玩具の笛を吹き
いつからか筏動かず運河冬
椿掃く世の辛酸を知り尽し

本当の母娘茶漬を旨く食べ
湯の宿にあしたの用のない手摺
踏切に無事な日続く葉鶏頭
雑踏を抜けると買った虫が鳴き
水仙に眼をやる静かなる怒り
ペン皿に乗って一円年を越し
成るようにならぬ世の中金魚の死
火葬場のふと見る雲が見逃せず
霧の夜の灯台しかと灯をともし
バラひそと咲く離職後を誰も来ず
男なり観念をした眼鏡拭く
羅漢百体枯葉の曲へ耳を貸す

『川柳全集⑭　三條東洋樹』（一九八二、構造社出版）

柴田午朗

しばた・ごろう
（一九〇六・四・二八〜二〇一〇・一二・八）
一九二七年八月から川柳を始める。「番傘」同人。島根県川柳協会初代理事長。六九年から二年間「番傘」一般近詠選者を務め、〈川柳に詩性を〉と提唱。句集に『母里《もり》』（五六）、『伯太川』（九〇）等多数。

地下売場男さみしきものを買う
ふるさとの川は失意の背を流れ
男痩せて一息に飲む昼の酒
冬ある日こんな静かな海がある
人間であることの淋しさ昆布煮る
ふるさとを跨いで痩せた虹がたつ
こころ空しく夕陽は石の上を這う
わが胸に鶴は音なく来てとまる

『痩せた虹』（一九七〇）

川の音高まりひとの便り絶ゆ
焚火して永き歳月なりしかな
鰈白きわが片側をかなしめり
旅ひとり青いみかんは青いまま
断絶や橋脚赤く塗られたまま

餅焼いて他人のことは考えず
一歩づつ女と降りる海の階段
男老いてコップの水をひといきに
かなしくて一匹の馬山を去る
わが坂に花の咲かない樹を植える

『黐の木』（一九七九、島根県川柳協会）

子が欲しやくちなわ掴む子が欲しや
歯が痛い痛いと鳴いたキリギリス
ひとりになると胸にたたんだ地図を出す
面脱いださみしい顔が水を飲む
墨をする胸一筋の川流れ
寝てる間も雪わが胸へ重く降る
先頭を逃げてゆくのはカブトムシ

『空鉄砲』（一九八七、島根県川柳協会）

岡田某人

あなたふとぬかるみに月揺れもせで
旅疲れうちの竈の火が赤い
秋の蝶洗濯の手を拭いて立ち
背の子がしみ〴〵ぬくい秋祭
菊の鉢役所は正に下半期
奈良の秋は帽子へ木の実落ちた音
夜警の触れた鉄の冷たさ
鯛の目に春いつはらぬ灯が映り
無為無策八ツ手の花を見て暮し
客絶えてプールに秋の雲一つ
子の寝返りのひどい遠雷
夜は静かに更けるものなり壺に影
寒椿耳打ちをする目にうつり

おかだ・ぼうじん
（一九〇六・一〇・一四〜一九八〇）
一九三三年から川柳を始める。三五年「川柳雑誌」同人。五五年「銀杏物語」で芥川賞候補となる。受賞者は遠藤周作。その生涯は、河津武俊『漂白の詩人　岡田徳次郎』（一四、文芸社）に詳しい。

旅の眼へ軒並みにある燕の巣
風のある日のネクタイの若さよ
極月の窓竹竿の影一つ
爪切れば爪の行衛も春の中
泡一つ蛙の鼻の先で消え
山桜史蹟のひるを音もなく
遊び呆ける子へきんの風ぎんの風
ゆふ闇に子等むれてゐて藻の如し
たびびとが擦れればマツチのなほ赤く
一徹な男の瞳にうつつてゐる炭火
学校へ犬と来てしやがむ夕空
子を得たり練炭の穴も楽しきかな

「川柳雑誌」（一九三五〜一九四三）

牧四方

まき・よも
（一九〇六・一〇・二七～一九五七・五・二一）
堀口祐助の京橋川柳社等に参加。川上三太郎に師事し、「川柳研究」幹事。「句会で抜けて恥かしいと思ふやうな句は作つて出すな」という主義で、四方作品の多くは句会吟であった。

兜町天に唾して人去れり
兜町自分のからだだけ残り
この人も馬券を抱いて風の中
蛍籠夢のつづきに似て光り
爪先は笑つてゐない綱渡り
光つてるものを指さすものごころ
錦蛇夢をほどいて動き出し
東京にかうまでゐたいガード下
ガード下誰のクルスかくだけをり
何時からか夫婦茶碗の欠けしまま
デスマスクにもありありと人嫌ひ
終生をこのビルにわが靴音す
このつめたさをふるさとと呼ぶ　さようなら

顔あげて歩かうとするまた落葉
月見草あついからだだなと思ひ
握手して生活が違ふなと思ひ
熱帯魚見てゐたり　なにもかも尽き
唇を嚙むと血が出るそんな日もあり
アドバルーン身のたそがれを嗤ふかに
四面楚歌子と指相撲してゐたり
万人にすぐれよと子を洗ひをり
長い塀だつたと思ふ金魚売り
淡雪は身のほどを知る折りもおり
真眉間に家族の鞭を発矢受け
身を責める酒とは知らぬ子に注がれ

「川柳研究」（一九五七・九）の「遺作抄」より

丸山弓削平

まるやま・ゆげへい
（一九〇七・三・二〇〜一九九〇・一・一一）
戦後まもなく川柳を始める。一九四九年「川柳雑誌」不朽洞会員。同年弓削川柳社を創立、岡山県久米南町を〈日本一の川柳の町〉にする運動を推進、川柳の句碑公園等の設置に尽力した。

菊を貰う菊より美しいひとに
胸が牢屋になっている
荷造りの結び目にある父がある
背景は森狙われる鹿となる
孤独ですだからガラスを拭くのです
とめどなく笑って我を失おう
影が大欠伸して私が消える
石仏を縛る縄なう女たち
蒼い夜塔が歩いていたと云う
空瓶が並んでるコーラスしてる
闘病が今日も蟻の巣見付けて来
女が歩く前を家鴨が歩いている
牛乳の立ち飲み目玉がよく動き

杭を打ち続けて父は樹になれぬ
ふる里に障子を洗う川がある
花のある村に居着いた流れ者
無言劇いいえお金が無いのです
暗がりの話一人は腕を組み
駈け抜けてみる愉しさの木立かな
電柱もひとりぽっちだ凭れよう
押ピンの四つとも残りいて哀れ
石を押すと石が動いたので慌て
チンドン屋胸のゼンマイが軋り
逆光線へ消えるピエロよ
砂丘に残す今日だけの影

『六塵』（一九八三、弓削川柳社）

鈴木九葉

すずき・きゅうよう
（一九〇七・五・一〜一九七六・一二・二九）
一九二三、四年頃、神戸商業在学中から川柳を始める。二九年七月「ふあうすと」二号から同人として参加。六五年七月、椙元紋太は初代代表会長、九葉は主幹となる。著書に『小さな発言』（六四）。
風神も雷神も描き画伯老ゆ
草原を横切るものがみな豊か
海は静か援軍は来たりはしない
川の名が人の名よりもなつかしく
友のこと　すだちをしぼる夜があり
水甕に水満ち冬の日の天地
湖が見えたと神のような声
暗い昇天　天使の身にもある序列
人間を遠避けている冬の滝
花びらを踏んで帰るは裏切りか
黄昏の庭木がみんな僕のもの
夕暮れがなくなってゆく町に住み
なによりも汚れずとんどの火を見つめ
縄梯子が降りて来そうに夕焼ける
冬の河杭につぶやく水があり
雪国の消印うすく友も老い
産卵期の鮭の話を詩のように
秋の日の羊百頭名を持たず
旅信など書かぬわたしに月明り
薬玉が割れた一瞬すぐ汚れ
飛魚が飛んでわたしの生きる道
三角はどちら向けても気に入らず
純金の傷つき易さ詩にならず
橋越えて帰る故郷がある友よ
バスが出てしまい炎天の無一物

『川柳・鑑賞と解釈』（一九七七、構造社出版）

尼緑之助

あま・ろくのすけ
（一九〇七・六・一一〜一九八八・四・六）
一九二六年、島根県初の柳社である川柳たかせ会を結成。以後、川柳雑誌簸川支部、大地吟社を経て、二八年いづも吟社（現・いずも川柳社）を創設。二九年「川柳雑誌」同人、六五年「川柳塔」同人。

寒風に案山子の骨がさらわれた
嘗て絵にもなき月の小川なる
酔いが覚めたら　あらしを聞きなさい
そーれ天をついている草の青
大きな寺だ　春の色だ
雪降る――出雲製織株式会社
秋立つや南瓜あらわに横たわり
まだ暑い豚舎のわめき覗く月
変な物が流れてくるぞ寒の月
信念がゆれて顎髯抜いている
みんな沈黙　月光下の農家
凍死した金魚華麗なままでいる
水仙のつぼみ積雪つきやぶり

五月の陽　座敷へ入れて皆んな留守
有線の長い話しも春のもの
新緑のウエーブなだらかなる乳房
箒の目砂のいのちを呼びもどし
宍道湖の夕陽本日凪がなし
灯台の夕陽　神話を抱きよせる
だまってだまって踏切りの石地蔵
もりもり若葉　湖をのぞいてる
雨蛙　みな東向き朝の雨
竹竿が落ちてお喋りやめにする
春の川アワアワアワと河童の屁
春の海テトラポットのひとりごと

『生かされて』（一九八三、川柳塔社）

大石鶴子

おおいし・つるこ
（一九〇七・六・二〇〜一九九九・五・二四）
父・井上剣花坊、母・信子の次女。若い頃から川柳を始める。一九五八年母・信子の死後、川柳作句を復活。剣花坊が創刊した「川柳人」の編集に、六〇一号（八二年四月二〇日発行）から携わる。
水盤を溢れる水の春の唄
気がつけば素足になって春を踏む
大蝶の影恐しい白い土
物の影しっとり落ちる夜の疲れ
頬に来る春の光の一とつかみ
絶対の否定空いっぱいに立つ
地の春にそうて新たな星の配列
太陽はいつも白目の工場街
江東の雨人肉を腐らせる
風鈴に呼びかけられる昼一人
秋晴れの下に汚染の穂の重さ
絶叫の木枯らしを聞く自己批判
青草へ一と味添えて蛇苺
転がったとこに住みつく石一つ
水底の神秘に溶けぬポリ袋
ウサギ小屋文化をいっぱい頬張って
シャボン玉大きく吹いてそれっきり
ほんとうの声はかすれる風の中
みんな去りふるさと東京蟬しぐれ
削る山腐る川山頭火の絶句
さらさらと春を語らぬ川ばかり
まぼろしが消えていつもの壁となり
海昏れて港は母の顔で待つ
一と言にあたためられて枯野ゆく
清貧の風いっぱいに開く窓
『大石鶴子川柳句文集』（一九九三、柳樽寺川柳会）

黒川紫香

くろかわ・しこう
（一九〇七・八・一二～二〇〇六・九・二三）
一九三〇年頃から川柳を始める。三七年「川柳雑誌」不朽洞会員。六五年麻生路郎死去に伴い、改題後の「川柳塔」に参加。西宮北口川柳会など多くの句会を指導する。句文集に『地球の塵』（九九）等。

戸を開ける音さえ違う長女次女
朝顔のとこまで妻に見送られ
親の靴子の靴ちがうとこがへり
ステッキで来ればカマキリ身構える
番号をつけデンデン虫を庭へ捨て
停電へ猫思いきり踏まれたり
ふとキリン遠くの方をふりかえり
犬抱いて勧誘員を煙にまき
子と鳩の歩調が合うた影となり
屋根瓦落ちそなとこで柿が熟れ
物干の上でこの家借るときめ

『三人』（一九五八、川柳雑誌社）

人間の世界へスルリ蜘蛛が下り
集金に来れば線香の匂いする
老犬に重たくなって来た首輪
フルートが森を少しずつゆする
手話と手話電車の中を明るくす
美しい金魚はいつも逃げまわる
地下室に置くと無気味な箱になる
電柱が少うし揺れている陽気
校門を出ると一年生走る
野仏の体温露が乾きかけ
猛獣の檻を出入りする雀
お辞儀せぬ鹿が一頭山を見る
なんべんも名前が変わる長い川
駅裏のうまいコーヒと雑音と

『むらさき』（一九八九、川柳塔社）

正本水客

まさもと・すいきゃく
（一九〇七・八・二二〜二〇〇二・六・三〇）
一九二九年頃から川柳を始める。三七年「川柳雑誌」不朽洞会員。黒川紫香、丸尾潮花とともに、〈川柳雑誌の三羽烏〉と呼ばれた。六五年麻生路郎死去に伴い、改題後の「川柳塔」に参加。

子沢山　使いにやったのを忘れ
洗濯の雫の下へ鶏がくる
近づけば山羊はゆっくり道をあけ
釣鐘の下をしばらく蝶去らず
握りしめれば砂の　かそけき反抗よ
赤電話　視線の端を雲がゆく
逆光のなかを家鴨が帰ってき
近代人気質　花の匂いをすぐに嗅ぎ
手洗いに蟹がいるのも旅のこと
山の湯の涼しさ　葉書ひとつ書き

『三人』（一九五八、川柳雑誌社）

水を飲む音こころよき音のうち
太陽がまともに沈む非常口

ふるさとの朝は一人で爪を切り
踏切はジンガジンガと夕焼ける
薄氷してすいれんのうごかずに
落葉焚く煙は白い笑い持つ
蜆とる舟か動くともなく動く
じょろじょろと胡瓜がのびて雲の峰
苔の庭　大屋根の影うごかずに
ヒラヒラとさかな釣られた色になる
回廊は緑の風が従いてくる
牛のよだれの地につくまでに風が吹く
女湯も空いているらしい桶の音
いちめんの芒　月は隠れるとこがない
逆さ富士対岸の灯も起きている

『わ　正本水客とその仲間』（一九九六、川柳塔社）

三宅巨郎

みやけ・きょろう

（一九〇七・一二・一〇〜一九六六・一二・五）

村田周魚に入門し、「きやり」社人。四一年日本川柳協会発足と同時に書記長を務める。戦後は、川柳長屋連、川柳人クラブの発起人となる。著書に『川柳翼賛』（四二）、『葭のずいから』（六七）。

祇園町舞妓に暑いアスファルト
どびん蒸やっぱり呑ける手つきなり
名所図会昔は海苔の採れたとこ
純喫茶梅雨を楽しむ一人ぼち
きやら蕗へこの頃舌の荒れたこと
鈴虫を逃がしたあたり月見草
とこぶしの砂ほろ苦き旅の膳
南天の紅さ茶釜のたぎる音
みつ豆をつき合ふ春の銀座裏
数学にうとく机の疵をなで
夏の児のほくろ見つける坊子刈り
社務所にも夕刊が来る陽の盛り
こほろぎへ我に返つてペンを執り
初節句児の瞳に赤いものばかり
「きやり」（一九三四〜一九四二）
箱庭にくまなく陽あり初日の出
つくばいの苔のひととこ春の色
裁ちもの、女房に蝿がつきまとい
集金の女将に暑いエレベーター
婚礼のくずれもや〳〵もやと酔い
信号が多すぎますわコンパクト
片肌を脱ぎ白玉に想うこと
すぐきには少うし早い京の冷え
菊なます金の話はよしにする
風呂吹に一座の誰か水ツぱな
愚痴つぽい顔へ壺焼出来上り

「きやり」（一九五二〜一九六三）

近江砂人

おうみ・さじん
（一九〇八・二・一一～一九七九・一・一〇）
岸本水府夫人の実弟。一九二五年から川柳を始める。二八年「番傘」同人。六五年岸本水府没後、「番傘」主幹となる。著書に『川柳の作り方』（六九）、『川柳実作入門』（七三）、『川柳入門』（七七）等。

月代がちと青すぎる絵看板
恋人が少し猫背なのに気付き
牡蠣船が待ち草臥れた眼にうつり
金魚鉢こう置くと陽があたりすぎ
磯千鳥桟橋に灯がともるころ
湯の街のキャベツ畑へ一時雨
牧場に天をみつめる子がひとり
絵葉書の宿屋の広間誰もいず
大らかに生きん丹頂翔ぶごとく
滝壺へひく母の手の軟らかさ
ややあって間違いと知る西出口
これもわが肌のうちなり足の裏
私の財布ゼムピン一つ出る

食堂からまだ帰らない浅黄幕
苔寺へ文学少女ひとり来る
ひれざけはしのびあう人待つ酒か
四五二十饅頭の箱値踏みする
今通った踏切渡り宿へ着き
二つ持てば叩きたくなる鰹節
風に散る雪を見ている家族風呂
母と来たころの芦の湖小さい船
若人はいいな揃うた笑い声
ハイキングのトップに立ってすすき持つ
自宅にも社にもおんなじ辞書を置き
エレベーター型とエスカレーター型夫婦

『近江砂人川柳集』（一九七八、番傘川柳本社）

大山竹二

おおやま・たけじ
（一九〇八・二・一四〜一九六二・一一・五）
一九二三年秋から川柳を始める。前号・一狂。二八年「番傘」同人。三三年「ふあうすと」に転じ、一狂を竹二と改号。戦前は「ふあうすと」の雑詠〈新詠集〉を、戦後は〈無辺抄〉の選を担当した。

恩人は月のある夜の月の中
海に降る雨を見ていて宿を出ず
渡り鳥夫婦で家を空けるとき
ひらかなのよき人の世をおくるかな
中学と六年の差で焚火に居
灯台は日が落ちるまで日があたり
脛立てたままで病人少し寝る
門標に竹二としるすいのちかな
風邪癒えず机の角が目に剰り
昼を病んで泣虫の子が多い町
まっすぐに子のない家の夜が更ける
口臭が自分に返る日向ぼこ
昼の花火妻が居らねば誰も居ず

柚もなか友の身にまだ旅匂う
花火黄に空の重心全く西
かぶと虫死んだ軽さになっている
友だちを五人選んでやっと睡る
春の雪もとより我は勤め人
中年に残るかがやき富士を見る
窓一つそれに向き合う窓も一つ
城跡の虚無の深さを逃れ得ず
しゃぼん玉逆説若き代を風靡
乳母車あまりの青葉から逃れ
蝶ゆらぐボリユームのない美しさ
近代にねじ伏せられて蚊を叩く

『大山竹二句集』（一九六四、竹二句集刊行会）

泉淳夫

いずみ・あつお
（一九〇八・二・二五〜一九八八・七・一九）
一九三六年博多番傘川柳会に入会、三八年から「ふあうすと」に投句。四八年「ふあうすと」同人。六五年現代川柳・藍グループを結成、七六年「藍」（季刊）を創刊。句集に『女絵師』（六五）等多数。

歯を磨く親子に寒い鶏がくる
鉄錆を寒く子の掌がつけてくる
貨車長し子の掌の蓬捨てられる
子らねむる春の河口に蹠向け
妻の掌に十粒ほどなる落花生

『平日』（一九六五、福岡ふあうすと会）

如月の街　まぼろしの鶴吹かれ
呼ばぬ男が曠野の涯で振り返る
塔に棲む女と月の夜毎会う
わが影の琵琶の法師とすれ違う
雲ゆき雲往きジャガタラ文の流れる空
漂泊の男が基地を覗いている
凍魚たちの眼だけが海に還って行く
おとし穴　終日風が吹いている

馬が嘶き　花嫁が来て　火口が赫い
数え唄　生れ死ぬ地の口うつし
凧絵師の一生賭けてきた軽さ
城があって耳朶うつくしい女いる

『風話』（一九七二、藍グループ）

葦枯れて身の韻《おと》ほどの水往かす
夢のなか絶えて会わざる馬立てり
満月の花揺れ嬰揺れ無数に鈴
流れ藻がおんおん哭いて遁げてゆく
わが死後の二月よ蒼いランプを吊れ
風花や羽根賜わりて羽搏く影
文様に一点の朱のひろがれり
男来て芒野に笙降らしけり

『風祷』（一九八七）

藤村青一

ふじむら・せいいち
（一九〇八・二・二七〜一九八九・四・一五）
中学時代から詩を作り、一九三二年『保羅《パウロ》』刊行。その頃、勤務先の大坂形水に川柳を勧められ、麻生路郎を知る。「川柳雑誌」では、高鷲亜鈍の号で主に評論活動をする。著書に『詩川柳考』（六一）等。

春風をXに斬る白い杖
感傷の秋を舵とる白い杖
首筋に冷たく白と覚える雪少し
肩に手に鳩の重みを愉しむ日
黄か赤か西瓜の色を聞いて食べ
花火も見えず空を叩いた音ばかり
窓開けて空をめがけて双手づき
曇天へ皿の欲情消えやらず
晩秋の光額へ擦りこまし
石一つ光りの映える日はいつか
冷たく固い衣を被せた石仏
寒風に骨を鳴らして石うごく
風雪に耐え白骨へ蝶がとまる

風船も凧も揚げずに地にすがり
思考とは闇から闇にうつ礫
牛の鼻の輪からエリート意識する
金銀の鞍で王子の悲しそう
しゃぼん玉へ鼻をうずめて虹を吸う
能面をかぶって冬がやってくる
褪せている造花へ狂う蝶ならん
卑屈なまでに頭をさげる蜘蛛が匍う
洞窟にうずくまれば世界はわがもの
蓬髪が雀のように泣き笑う
黒色の血も情熱にかわりなし
詩か神か稲妻か眼底射る

『白黒記』（一九六八、白黒記発行所）

田辺幻樹

たなべ・げんじゅ
（一九〇八・三・一〇～一九四四・三・五）
一九三一、二年頃から川柳を始める。前号・清幻。川上三太郎に師事し、「川柳研究」幹事として編集を担当。三太郎の提唱する〈詩性川柳〉作家の中枢として、若手作家の育成に努めた。

精悍に断髪《かみ》振っていもうと風に佇つ
妻走りきて言葉なく風に添ひ
秋風の過失二つの白き皿
水脈《ミヲ》きよらぬるむこころと花ながす
すでに遠きまなざし独り蜜柑むく
逃れられずにボロボロと風を拾ふて
満たされずなほへうたんを描きつづく
疎林縫ふゆるき歩みと還らぬ日
描きし日来らず芝を瞳に残す
ここ雑木林自分をいぢめ抜く
歪みなきまことを芝に解き得るや
美しき莫迦となりたり杉木立
百合は野にたった一つの名を護る

母に聴くわがおひたちの蝶遠き
病めば冬タオルの白が痛ましや
水仙と冬の呼吸を三つほど
松籟空に想ひ寒鰤の如く病む
散薬の光るひととこ枯野見る
吸ひのみに寄り合ふ泡の私語は何
鶏卵の病む人よりもつよき肌
癒えて踏む土生きてゐて下駄を咬む
屋根を見てひとのこころを追ひ詰める
判断に尽きて黙って駅へ来る
風かなと呟く足の爪が伸び
ペン持って今こそ遠き文字の数

嶋田扶実雄『回想の田辺幻樹』（一九八〇、川柳研究社）

鶴彬

つる・あきら
（一九〇九・一・一〜一九三八・九・一四）
一九二五年「影像」に喜多一児の号で投句する。二七年、井上剣花坊を知る。二八年、鶴彬に改名。多くのプロレタリア川柳・評論を残す。三七年特高警察に検挙され、収監中の翌年赤痢で死去。

暴風と海との恋を見ましたか
銭呉れと出した掌は黙って大きい
地を噛まむ夜の海海の白き歯よ
太陽の真下に蟻の唯物論
猥談が不平に変る職場裏
凶作を救へぬ仏を売り残してゐる
これからも不平言ふなと表彰状
ざん壕で読む妹を売る手紙
暁をいだいて闇にゐる蕾
転向をしろと性慾がうづく春
孔雀　けんらんと尾をひろげれば生殖器
踏み殺し切れぬ蟻に孔雀は気が狂ひ
もう綿くずも吸へない肺でクビになる

夜業の煤煙を吸へといふ朝々のラジオ体操か
奴隷となる小鳥を残すはかない交尾である
エノケンの笑ひにつゞく暗い明日
殴られる鞭を軍馬は背負はされ
蟻食ひの糞殺された蟻ばかり
蟻食ひを噛み殺したまゝ死んだ蟻
蜜箱空っぽにする手を知らず稼ぐばかりの蜂
蜂ら刺しちがへて死んで花園を埋めてゐる
屍のゐないニュース映画で勇ましい
出征の門標があってがらんどうの小店
万歳とあげて行った手を大陸へおいて来た
手と足をもいだ丸太にしてかへし

一叩人編『鶴彬全集』（一九七七、たいまつ社）

西尾栞

にしお・しおり
(一九〇九・三・六〜一九九五・五・一七)
一九三一年七月二五日、麻生路郎指導の阪大川柳会に入会。三七年「川柳雑誌」不朽洞会員。八二年「川柳塔」の二代目主幹となる。句集に『水鶏笛』(七〇)等、著書に『水鶏庵こらむ散歩』(九三)。

温泉や座り羅漢に寝る羅漢
張り替えた障子の中に母います
菜の花の中の工場は閉めてあり
挨拶のものをもらった声になり
人恋し人煩わし波の音
宿の下駄濡らして小蟹捕えて来
一歩出ずれば吾れ旅人となる心
露天風呂一葉浮かべているぬるさ
応接間の金魚逆立ちしてくれる
あの晩の風邪よと女嬉しそう
ワイシャツを着かえることで妻ともめ
植木市妻は咲いてる方を買い
酢昆布の匂いで妻にささやかれ

牛の瞳に人間何をあわてとる
虞や虞や汝を如何せん四十八
かき氷ここらあたりはもと廓
せつのうてせつのうてサンダル履きで来
シャンデリアここはお寺の応接間
夕ざくら我七十の血の騒ぎ
金魚掬う金魚の柄の浴衣着て
おはぐろとんぼ川の流れに逆らう気
糸底を撫でつつ話す去年今年
孑孑《ぼうふら》に意見をきけば沈みけり
落葉掃くもう人間にあきました
命の恩人へいつしか賀状だけとなり

『定本　西尾栞句集』(一九九六、川柳塔社)

高橋散二

たかはし・さんじ
（一九〇九・七・七〜一九七一・八・一八）
一九三三年頃から「番傘」に投句を始める。四八年「番傘」本社同人となる。散二は、「川柳雑誌」の須崎豆秋、「ふあうすと」の延原句沙弥とともに〈ユーモア作家三羽烏〉と呼ばれた。

牛を売る方も買い手もふところ手
長火鉢前の幕から五年たち
親の腹ばかり蹴る子を抱いて寝る
漱石へ梯子をかける古本屋
巡礼に暫くついて行く蝶々
子供より鹿がはっきり撮れている
明日帰る筈の社長が今日帰り
お嬢ちゃん御覧と孔雀尾をひろげ
れんげ草市営住宅建つうわさ
よいことをして警察の椅子にかけ
十円のちがい金魚の尾がきれい
仲よしの色みな違うソーダ水
雲一つ写しても小津安二郎

虚無僧の袂から出す定期券
庖丁を置いてつまんださくらんぼ
腰元になって舞台で眠くなり
魚屋のなまこの色がみな違い
長崎と奈良では音の違う鐘
学芸会胸がどきどきしたうさぎ
友達の友達がいる撮影所
石垣にとかげの尻尾暮れのこり
食堂車どのテーブルも同じ花
割箸にはっきりウニの色がつき
雑巾で顔を拭かれた招き猫
正直に粗品と書いてある粗品

『花道』（一九七三）

新田川草

にった・せんそう

（一九〇九・九・二三〜一九七二・一二・五）

一九三八年四月、濱夢助の「北斗」で川柳を始める。戦時休刊した「北斗」は四六年復刊するが、翌年七月終刊。同年一〇月夢助の「宮城野」発刊に対して、川草は「杜人」を発刊。〈考える川柳〉を提唱した。

米俵しばって縄の光る自負
花一つ萎れ空ろな喫茶店
盃へ触れまいとする手の置場
主題なき詩を奏でる波がしら
逆立ちをすると間抜けな友の顔
仲裁も酔が廻った屋台店
煙突へ昇れば空が遠くなり
慾満ち満ちて蜘蛛静かな夕ぐれ
遁れ行く蟹のはさみの重たげな
風鈴は風の野望へたくらまず
颱風へ静かなる水壺の水
酒呑みが酒呑む話ききたがり
畳冷えびえ不倫の恋を支えたり

孤愁あり玻璃にへだつる熱帯魚
雨を聴く妻の寝呼吸に背を向けて
わが妻の艶があふれる小抽斗
慾望と別に財布の手垢じみ
手枕に馴れて甲斐性のない男
チュウインガム闇に唇だけ生きる
白ペンキ皆純情になりすまし
藤の房ゆれるおむつも又ゆれる
友達のお妾さんを良しとする
骨壺――ストレスの凝視
単純に男を懲罰して丘いつも緑
命への執着トマトの赤胡瓜の青

『囃子』（一九七五、川柳杜人社）

渡辺銀雨

わたなべ・ぎんう
（一九〇九・九・二六～一九八五・九・二五）
二〇歳の頃、川柳を趣味にしていた母・タニの勧めで川柳を始める。一九三六年、青年団仲間と〈三人寄れば句会〉を合言葉に、すずむし吟社を結成。七六年、吟社の機関誌「すずむし」を月刊にする。

縄とびへ妻も入って春うらら
客へ出すお茶とは違う夫婦の茶
赤ちゃんの伸び伸び風を握りしめ
意のままに父をあやつる肩車
影踏みをしながら帰る夕茜
青空へ梯子をかける日の少年
米研いで妻の闘志は明日へ向く
黙秘権揺れる夫婦の縄梯子
雲二つならんで夫婦の会話とも
白旗を素直にあげてからの策
ときに父枯野の顔をして眠る
見る方も力のこもるネジ回し
待合いで続きの見えぬマンガ読む
ふるさとの灯りは蛍に似て淡し
裸馬だから故郷を振り向かず
塀越しに覗くキリンの首がある
爪切りを探す退庁五分前
ワンテンポ遅れて笑う几帳面
不意打ちのように雨だれ首に落ち
どう首を振っても張り子の虎である
牛ひいて行く子が蝶に追い越され
春雷は一本杉の上あたり
野仏のそこまで続く雪の道
ひとり居て何か足りないおぼろ月
難しい話はよそう海は夏

『共に生きて』（一九八五）

永田暁風

ながた・ぎょうふう
（一九〇九・一一・二一～二〇〇二・一〇・一六）
一九二五年から川柳を始める。二八年「番傘」に投句し、一時期同人になるが短期で辞退する。以後は無所属を通し、多数の川柳誌に投句した。句集に『木馬』（九八）、『ベレー帽』（〇一）等多数。

ほんとうに疲れた足袋を　母は脱ぎ
今吹いた汽笛を　夜汽車淋しがり
文鎮の重たさを知る　春の宵
ポストだけ赤く　この町さびれゆく
びっくりするほど近いところで　虫が鳴く
明治ここに　陸軍一等兵の墓
洗面器　両手でまるい水すくう
吹雪　視野にありて　思うこと一つ
えんどうを剥く　やわらかき膝を持つ
花びらを浮かべて　運河死んでいる

『白磁の壺』（一九七二）

てのひらの砂をはらって妥協せず
枯葉が一枚　くちびるはふさがれる
両腕は　ついに出さない雪だるま
かたくなな頭に小さい冬帽子
象を見ていたと刑事に答えよう
乾電池の重さで乾電池を捨てる
仮の世の風と転がる紙コップ
塀にもたれて塀にもたれし頃おもう

『風の貌』（一九八九）

椿　地に落ちて完き一つの絵
秋風がポストの底に落ちた音
真夜中の亀の子タワシひとり歩く
老いのひととき裸馬一頭が駆け抜ける
レモンが転ろげ　やがて黄色がころげゆく
何もかも見てきた夕日に凭れている
引き返せぬところに鈴が置いてある

『祷り』（一九九五）

伊藤愚陀

いとう・ぐだ
（一九〇九・一一・二四～一九三一・一二・二七）
一九二八年一月号から「川柳雑誌」に投句を始める。二九年「川柳雑誌」維持社友、のちに編集局の一員として活躍する。句集『潮騒』は親友・住田乱耽が愚陀の一周忌に刊行した二人の合同句集。

河童同志愛の言葉は泡になり
童貞へ吹く春の風春の風
コケテツシユな女硝子に息をかけ
近代美鋭く迫る唇よ
肩ふれあふて初鮎のごと
生活をうたふに黒き屋根の数
涙涙よなぜにまろきか
善き事を数ふれば壁は笑ひぬ
BUILDINGが面食つちやつた彼女のキス
剃刀の刃から生れたナンセンス
主義をひそめて寺の庭ゆく
幻は春の襖のものなれや
髪一すぢの肉の香に金屏風

情痴の風景にリツプステイツクが折れていた
こんばんはベツドの上の人形よ
性愛技巧がネオンサインに霧散する
共同便所に性慾的な陽が這ひ込んだ
猫が窓へ来て女の顔してた
描いた眉へ冬の雨さむ〴〵と
KISSの唇が河豚に見へます
牛の性慾が街並に春めく
抽斗の数と二十の恋の数
止まる時計へ金平糖を入れておけ
どの汽車も胃袋を運んで来たよ
訪へば鍵穴に住むダルシニイア

『潮騒』（一九三三、不朽洞）

住田乱耽

すみた・らんたん
（一九〇九・一二・八～一九七一・一・五）
一九二六年から「川柳雑誌」に投句する。二八年「川柳雑誌」維持社友となる。親友の伊藤愚陀とともに「川柳雑誌」の若手として嘱目されたが、三八年「川柳雑誌」を離れ、樽吟社を興す。

硝子の中で人間が泳いでゐる泡
小さき母いよ〱小さく経をよむ

『潮騒』（一九三三、不朽洞）

陽を探すたのしみを知るテリアの仔
友と別れて淀川の灯をわたりつゝあり
父と子と玩具の動くだけの距離
薄情な街昏れてゐる高架線
朝の酒南天のいろ眼に近し
米をつゝんだ風呂敷のかさ
ひとり旅のもそ〱とくふハムサンド
春の窓生れくる子の顔描く
陶枕に子をもつた幸知る宵寝

『蚤の足音』（一九三八、食通社）

酒蔵のひねもす桶と影ばかり
豆の葉のそよぎ幸ある恋となれ
ガレーヂの鏡真昼の風にゆれ
停車場から一すぢに風の街
彼岸の空が映る風船
煙突の下に眼ばかりうごめくよ
極月と言ふ牛の洟水
外套の肩が重苦しきノート
外套を腕にかゝへし反逆児
雀斑の奥様すましてゐらつしやる
午後の授業へ草笛が鳴る
蝙蝠傘をひろげし音のものうかり
夕の心トマトの色を見てあれば
城が見え出してタクシー曲るなり

山本芳伸

やまもと・ほうしん
（一九〇九・一二・二六〜一九八三・五・一五）
一九三二年頃から椙元紋太に師事、三六年「ふあうすと」同人となる。のち副主幹として雑詠〈真珠圏〉選者を務める。七七年、鱗川柳作家グループを結成して「鱗」（季刊）を発刊する。

きょうは元日の水臭い兄弟である
新聞をちょんと頭に外野席
風の日の窓から卵の殻を捨て
ふるさとの渚にうにの殻を蹴る
子を抱いて布団を跨ぐ夫なり
ねんねこのおとこ夕日へねぎをさげ
秋雨に人形の鼻ひょいと突く
すうっと抜く茶筅唯物論いずこ
豆腐切るてのひら妻に齢が見え
財布乏しいので　海を見ている
レントゲンのなんでもなかった昼のぶらんこ
あの頃の名刺を妻にみせて裂く
厠から戻ってすこし気が変り

父のそばいっしんに竹削ってる
眼帯のいつか月日のたつばかり
髪を刈ろうとシグナルの青を待ち
ひょいとふれた墓石陽を吸うていた
窓の人首の運動まだしてる
銀婚式もうそこところてんすする
老いてゆくことが飛行機を仰ぐ
老いの胸をエレベーターが落ちてゆく
林檎噛むただ存在を信じたし
老病者にぶどうの粒のびっしりと
水飴に匙を落してしまう老い
しゃぼん玉飛ばす　末枯れるものの中

『老い』（一九八三、白凰社）

笹本英子

ささもと・ひでこ
（一九一〇・二・二八～一九六四・八・一四）
一九三四年頃、長宗白鬼らに川柳を学び、「番傘」に投句。以来番傘いざよい会草創期の一人として活躍。五六年「番傘」同人。溝上泰子『日本の底辺』（五八、未来社）のモデルに登場した。

脱ぎ捨てて一枚ずつを洗う春
ふたありの見守る中のすべり台
母に似た欠点母がなぐさめる
郷愁が朝の障子を開け放ち
離愁ひしひし駅まではついていく
百姓になりきり眠るのがたのし
エプロンをやっとはずしたお月様
荒れた手を一人も口にしない家
停電をみなほっといて月へ出る
うちかえす鍬にこころの通うなり
釣竿へ何をいうてもうなずいて
落ち葉踏む音は一人の音でなし
ふくよかな感情ありて餅を焼く

雲早し妬心の底にひそむもの
植付けが済んだ浴衣の肌ざわり
散歩にも村はついでに牛を連れ
よいことはないかとお茶を飲みにくる
親と子と月とだんごと差し向い
万策のつきたとこからねむくなり
消ゴムで消せぬ言葉を考える
老夫婦山は色づきくり返えし
友恋えばたらいのような月が出る
みかん色の灯がこぼれているそとは雪
遠雷の客へわたしも山も萌え
山にいて他人をうらむ日とてなし

『土』（一九九一、松江番傘川柳社）

神谷三八朗

かみや・さんぱろう
（一九一〇・四・二八～二〇一〇・一・七）
一九三三年四月、新聞柳壇に投句。翌月、名古屋番傘後援会に入会。その後、番傘川柳本社優待同人。八三年、グループ創の創立同人となる。長年にわたり、愛知県川柳界の発展に貢献した。

花撰れば花屋は何故に齢を訊く
恋遅々と進まず菊は匂うのみ
風も無いのに散る花がある日だね
冬の花持つ足早の女に会う
落ち葉さくさく今日母さんと町へ行く
義理厚き人訪ね来て雪語る
ゲンマンをする花束を持ちかえる
花孤独　花びら更に孤独なり
朝顔のつる弱々し原爆忌
朝の花　人は素直に歯をみがく
花じっと見つめ女が愚痴を言う
老化でもよし菊活ける日の正座
雨の旅　悲恋の塚も見ず帰る

遠景の山がぼやけて来る別れ
水に花浮かべ　独りの男がいる
遠き人いよいよ遠く沈丁花
花提げて巷の人に追い抜かれ
人くさい花咲いているバーである
過去遙かなり水蓮の池に佇つ
朝顔を孫と十八まで数え
つるバラは咲くにまかせた貸家札
バラ垣に孫見えかくれ帰りけり
秋小雨　散る花も無し返書書く
想い破れてバラ垣の根にしゃがむ
花は地に還り　寒風なお熄まず

『花』（一九七三、名古屋番傘川柳会）

石曽根民郎

いしぞね・たみろう
（一九一〇・八・一六〜二〇〇五・九・二一）
一九三〇年一月号から「川柳雑誌」に投句を始め、麻生路郎に師事。前号・らっぱ。三一年「川柳雑誌」社友。三七年、しなの川柳社を興す。『川柳の話』（四七）、『現代川柳展望』（五二）等編著書多数。

さすらひの或る日は柿が落ちてゐる
現実がこれか硝子に鼻をあて
木の肌の片つぽ濡れてゐるこゝろ
ガソリンの臭ひ旅愁のやまずゐる
運命はおほきな月のかげにある

『大空』（一九四一、不朽洞）

おのおののいろを揃へて秋といふ
石材に生命はあるか霰打つ
想ひ出のひと多くみな月のなか
運命に負けじと聴いた滝の音
紙障子ふるい思ひをあたためて
踏切のあつちも春が来た帽子
インポテンツ　青葉若葉に裏切られ
器用貧乏　コツプに酒を漲らせ

白鳥は哀しや影を拾ひ合ふ
山彦の還りてはなほもてあそび
幾山河　活字の飢ゑをおもひやる
ものを忘れるがたのしき春の眺め
電光ニュース　よしなき別れして帰り
象は尻つ尾で今日を振れ切れず歩く
墓の片隅に残る風置いて来た

『山彦』（一九七〇、しなの川柳社）

風去つて茶碗の影もひとつずつ
裸馬洗うと月が生まれて来
葬列が進む見事な裏切りだ
一片の雲すべてを解こうとはしない
野菊あふれさよならの手はまだ見える

『道草』（一九七六、しなの川柳社）

山村祐

やまむら・ゆう
（一九一一・六・七〜二〇〇七・九・二）
一九五四年春、現代詩から川柳へ転身。東京川柳会に所属しながら、『川柳新書』全四二集を無料で刊行。五七年「鴉」に参加。その後「海図」「森林」「短詩」等を発行。著書に『短詩詩論』（六〇）等多数。

剥製の鳥の瞳《め》に　世界は閉ざされた
皮膚よ愛《かな》しめ　神は皮膚持たず
鳥　地を這い　にんげん蒼穹へ堕ち
肋は鳥籠　囚われた時間啄ばむ
小鳥の巣が宇宙でいちばん温い
神の羞恥へ　小鳥の黒い骸を吊るせ
カラの胃袋　風の洗う秋である
恥しがっている少年　のあしうら
雪崩のあとの一本の手の如し　墓標とは
一ぽんの縄をない　千年を土間に繋がれ
肋骨から掘出す既に童話めいた弾丸《たま》一つ
神さまに聞こえる声で　ごはんだよ　ごはんだよ
無数の掌《て》がさし伸される　神の不在の夕映へ

夥しい蝶の流れよ　暮れ残る死人のあしうら
木洩陽の肋骨《あばら》のなかの　けものみち
無とは何　虚実の間《あい》へ咳ひとつ
能面の割れて一すじむらさきの血が
頭《づ》に深く山河埋れて巷かな
読経かな　一まい一まい猫背の銭《ぜに》
頭蓋に沈む軍艦　酎の海面　緑泡立ち
鰊食《クラ》へバ骨ノ透間ニ独語スル島
曇天——巨大な胃袋垂れさがる
夕映は繰返され　地には人影　折れクギのごと
鏡の中の　のっぺらぼーと睨み合う
縄一ぽんひょろりと立って歩きだす

『肋骨《あばら》の唄』（一九九八、近代文芸社）

柏葉みのる

かしわば・みのる
（一九一一・八・二八〜一九八七・一一・八）
一九三〇年、「東奥日報」へ投句する。田名部川柳社に所属。「ひづめ」「みちのく」等にも参加。四八年、青森県川柳社創立に参画。六〇年、田名部川柳社を下北川柳社に拡大し、県内外で幅広く活動する。

とびきりの馬鹿と逢いたい金魚売り
千本の桜を愛す旅がらす
四つん這い男の髭が邪魔になる
生活に追われ横切る墓の道
ローソクにへつらいのなきみのあかし
銃眼にぽっかり浮ぶ月見草
子の熱はさがらずおたまじゃくしの足が出る
大胆な体位へ星が落ちてくる
帽子掛けなさい天狗の鼻がある

『銃眼』（一九八二、かもしか川柳社）

絵馬堂の蟻　空腹の日がつづく
黄金虫難なく知恵の輪をくぐる
走馬灯鳥獣戯画が駈けめぐる

大志抱くかたわらのもの手にふれず
手花火を終えたらいのちもやしたい
昼花火人の離合のままならず
ひょっとこの面にかくれて火種ふく
添寝する等身大の石ころよ
供応の蕎麦がぶつぶつ切れていく
嫌われているのに髭が生えてくる
抱きあえば昔の水が飲めるのか
弁解にならぬ時計が止ってる
裏面工作死んでる馬に注射うつ
段違い平行棒の阿修羅かな
秋の風電池の切れた甲虫
みかえりの坂ででんでん虫乾く

『鳥獣戯画』（一九八九、かもしか川柳社）

桑原狂雨

くわばら・きょうう
（一九一一・一一・一五〜一九八六・三・一六）
一九二八年頃「毎夕柳壇」への投句から川柳を始める。二九年、鬼灯川柳社同人。三一年、鬼灯川柳社が番傘川柳社と合併し、「番傘」同人となる。

電光ニュースせかせか歩く人ばかり
股火しているとますますほしい金
雑巾もかわけば世帯やつれして
けとばされそうな身なりの鰹節
いつ売れているのか寒い瀬戸物屋
おばあさんに散歩をさせる乳母車
春の汽車他人にものがいいやすし
工事場でよばれる酒はすぐまわり
ベレー帽すいも甘いも知らぬふり
ベテランの欠席何か訳があり
道草の味がヒューマニズムなり
ネクタイの柄まで虫の好かぬ人
かわらけを投げてますます青い空

貧血のようにローカル線停る
暑がり屋の厚着寒がり屋の薄着
要らぬお節介が握手をさせるなり
バトミントンへ青白き会社員
結婚はまだしたくないオルゴール
邪魔者でよし消火器の物思い
ファイトありごくごく水の音をさせ
台風は沖縄にいる屋台の灯
うしろからみてもやっぱり七五三
もう飽きがきた立乗りの三輪車
窓に腰かけて肝胆相照す
感情の嵐のなかの角砂糖

『桜橋』（一九六二、番傘川柳社）

佐藤冬児

さとう・とうる
（一九一二・一・二～一九八五・四・二）
一九歳のとき雪降ろし中転落、以後病臥生活となる。一九三五年から川柳を始める。「こなゆき」「しなの」「川柳研究」「諷詩人」「川柳ジャーナル」等に作品を発表。著書に『冬のばらは棘だらけ』（八五）。

神風の吹かない空の　赤とんぼ
ひとりっ子　ひとり遊びのひとりごと
蝶二つ　吹きあげられたまんまとぶ
辿り着いた　そこに木の葉の裏返り
ジェット機に空をとられた　煙突
船のない　海のなげきはただ青い
弗　しゃぶり〳〵　アジヤの孤児となる
ペンペン草に　人類史をひもとく
明るさが　そのままくらい基地の街
サインするだけの平和が　ならんでる
人の上を人が行く　陸橋のたそがれ
飼いならされた　なみだのから揚げ
巨大な尻が匂う　伝統の草むら
月を見上げて　忘れる他人のなみだ
デラックス貧乏　ピアノの上のポリバケツ
中ソの谷間で　リンゴの丸かじり
高度成長　河のない橋づくり
海を渡って来た　核色の甲虫
核かくし　基地にふる雪もえる雪
詩語は死語に　ひとしく物価上昇
政教分離　昼は分れた顔をして
ビルの谷間で　人間のかげ干し
縦割りの社会で　福祉の水割り
バスに乗りおくれた　空気のすがしさ
冬のばら　刺は嘆きか諧謔か

『冬のばら』（一九七九、小樽川柳社）

中村冨二

なかむら・とみじ
（一九一二・一二・一五〜一九八〇・五・三）
一九二四年から川柳を始める。前号・冨山人《ふさんじん》。三八年、金子勘九郎と「土龍」を発刊。戦後は「路」「白帆」等を経て、五一年「鴉」を創刊。七二年、川柳とaの会の主宰者となり、「人」を創刊。

人形の帽子はみんな生意気だ
私の影よ　そんなに夢中で鰯を食ふなよ
セロファンを買いに出掛ける蝶夫妻
たちあがると、鬼である
パチンコ屋　オヤ　貴方にも影が無い
では私のシッポを振ってごらんにいれる
マンボ五番「ヤア」とこども等私を越える
神が売る安きてんぷら子と買いし
病院をはさむ大きなピンセット
税務署に　金魚を置けば　うごく哉
美少年　ゼリーのように裸だね
少年は匂い、馬糞は微笑せり
千人の爪の　のびてゆく静けさ
鼻はピアノの上で　鼻に逢う
舞妓はん地の果てに棲み　手に鴉
煙草屋さんは二十年も笑わない
地上より三尺を行く性器　その他
鯛焼きを蛙の顔になって食う
みんな去って　全身に降る味の素
鈴虫と名づけし時は　腐りゆく
怪獣よ　櫛笄も亡びたか
長靴は　電線わたり別れゆく
帽子を脱ぐ　目と鼻が　はらはら落ち
眠むくなると　遠くに好きな帽子がある
見たような街で別れし　バイオリン

『中村冨二・千句集』（一九八一、ナカトミ書房）

高橋放浪児

たかはし・ほうろうじ
（一九一二・一〇・一七～一九八一・六・一〇）
昭和の初めから川柳を始める。北海道の「茶柱」に拠ったが、同誌終刊後、濱夢助の「北斗」、川上三太郎の「川柳研究」に所属。五六年北上吟社を興し、「北上」を発行。岩手県川柳界の発展に貢献する。

隣から声かけてくるうららかさ
少女楚々としてつつじの白が好き
梅の芽のささやきに似て春の雨
陽炎も線路工夫の唄にゆれ
色街に来て戯れる春の風
日雇に桜が咲いて散ったとさ
ふる里は水の音から夜が明ける
引っ越して来たお隣りがよく笑い
旅の宿思わぬ方へ陽が沈み
二ツ三ツ吹いて買う気の風車
夫婦して線香花火侘しいな
故郷の水をほめてる咽喉仏
夕立ちへ先ず甦える薯畑

白いもの白く洗って満ち足りる
倦怠期コケシも横を向いたまま
釘一つ打つにも秋の音である
どう向きをかえても秋の風ばかり
雨降れば雨も祝辞としてほめる
人垣がマラソン通す幅となり
縫いあげたうれしさを知る糸切歯
吊棚の高さを決める妻を呼び
泊める気へ吹雪も味方してくれる
冬の海キラリともせず人拒む
煙突を叩けば冬の音がする
何をする人で師走を懐ろ手

『春光』（一九八九）

河村露村女

かわむら・ろそんじょ
（一九一二・一二・二六～二〇〇七・四・二一）
一九三四年春から「番傘」に投句を始める。同年発足した小田夢路指導の女性だけの集い・番傘いざよい会で、笹本英子、藪内千代子らと研鑽に励んだ。四一年「番傘」同人。

疎開してゆく大阪は朝あらし
壕を出た無事な母子の手の温み
生き抜いた母子より添う雑煮箸
売つた着物に出逢わぬが仕合せな
いま寝ると又朝が来る明日の糧
しばらくは柱にもたれ大晦日
雨を行く母のつくろう傘さして
人形を惜しむ小さな戦災者
遊ぶ子を制し復員だより聞く
熱が出たので約束のりんご買う
船還れ母子の手足動く間に
父と子のどちらも見えるお月様
復員の迷いへ妻の強い夜
ああ日本ひとが餓えつつ桜咲く

だまされて来た戦争の疲れよう
住めば都の井戸をくむよい響き
熱の子を見守る母に蚊帳暑く

復刻版『船還るまで』（一九九七）

言葉あり人間同士無理をいう
叱るとき母は一対一の愛
神は人だった英霊は神のまま
灯を追ってゆく淋しさを人と呼ぶ
灯台の灯は真っすぐに男達
良識の池のほとりを往き来して
君が代は残るが消えてゆく唱歌
黙祷に目をあけてもうだまされぬ

「川柳展望」（一九七八・一一）の「百句集」より

草刈蒼之助

くさかり・そうのすけ
（一九一三・一・一〜一九九二・八・八）
三〇歳のとき今井鴨平を知る。一九五四年清水汪夕発行の「創天」、六五年蒼之助発行の「腕」で川柳を模索する。五〇歳のとき河野春三に出遭い、六四年「馬」に参加。句集に『草刈蒼之助集』（七二）。

月も死ぬ崖　はいあがる　一匹
ボロボロの汽車が平和を画く
小僧の涙痕いまもあり山河
秋死せり　神より温き　オーバー買う
相寄りて　一つを灯す　雪の底
冬天を冠り　一歩も退かず
秋天を汚す　ペンキ屋である
カラスかな俺より蒼い鴉かな
雪の白さを汚し得ず去りぬ
火を噴いて死んで見せたい　蝸牛
花吹雪しきりに鐘をつくおとこ
怖ろしや鈴虫ばかり月ばかり
善玉か悪玉かパチンコ玉か

草笛を吹いた男の成れの果て
寂しさを届けにきたか傘さして
白衣干されあり数字ふる空
天皇の猫背に触れた　日章旗
ポケットに尻尾をつかむ手が二本
仏像はひっくり返る穴が欲し
患者《びょうにん》が　医師を診ている　牡丹雪
ドラム叩いて　明日は他人となる夫婦
鬼は助かって座り　風は死ぬ
杖はもう山の向こうをゆくだろう
千切れても花屋へ寄ってゆく夫婦
我を待つふるさとの断崖一つ

「川柳サーカス」（一九九三・四）の「蒼之助作品」（石田柊馬・松本仁抜粋）より

宮本紗光

みやもと・しゃこう
(一九一三・二・四～一九九〇・三・二五)
一九三三年頃から川柳を始める。三五年、成田我洲らと弘前川柳社を創立。みちのく吟社同人等を経て、四八年、後藤蝶五郎らと青森県川柳社創立に関わる。また、「ほのぼの川柳会」で新人を育成する。

林檎樹の芯にこそある数え歌
土工昼寝扁平足を陽に曝らす
持ち駒のない両の掌を摺り合せ
放浪の影は傾く独楽に似る
ポケットに尻尾を隠し妥協する
最後尾歩く家鴨の尾がよじれ
稲妻が少しも怖くない無職
花活けて花と語らう妻を視る
いつまでも凧を待ってる奴凧
津軽野に哭いた数だけ垂る氷柱
津軽弁いつも無罪を主張する
コスモスの道に再起の杖を持ち
わらび狩り妻の小欲が逞しい

働かぬ女の指は反り返り
廃村の空は綺麗に明けて暮れ
春雷が別れ話の腰を折る
風向きを模索している蟹の泡
大空に凧一管の笛となる
生傷が絶えぬ天狗の赤い鼻
壺を抱く聖女の部屋で待たされる
五線譜のドレミあたりを往き来する
飽食の街で躓くチンドン屋
千羽鶴いのち短き子と眠る
空腹が続きピアノが狂い出す
一本の葦を小さな笛にする

『林檎樹』(一九八九、弘前川柳社)

堀豊次

ほり・とよじ
（一九一三・三・八〜二〇〇七・五・四）
一九三二年、川柳木馬の会に入会。その後「川柳街」「川柳ビル」同人。戦後は「人間派」「天馬」「でるた」等を経て、「川柳平安」「川柳新京都」「川柳黎明」と息の長い作家活動を展開した。

山高帽を頭に画きたり　たのし
白日にさらされし如　妻就職
眼を閉ぢると家鴨が今日も歩いてる
大晦日のエスカレーターに　乗せられ
中年の掌に蟬殻《セミガラ》をのせている
別れ来し静かな町の帽子店
絵の中に一つの椅子が置いてある

山村祐・坂本幸四郎編『現代川柳の鑑賞』（一九八一、たいまつ社）

妻の耳がなんとも淋しそうにある
止ってる回転木馬の高低や
そんなに遠いことは考えない夫婦
寒いはなしの途中で渡る交差点
旅の犬と眼があい心軽くなる
夜汽車の人蜜柑をへたにむいている

角砂糖の重さ自分を許せるか
水たまりに写るものから良心よ
下駄かくしの下駄は見つからない切り絵
運河に浮く下駄の片一方を想う
星を見ることを忘れている夫婦
トンボ釣りの友みな逝けりトンボ飛ぶ

『川柳・鑑賞と解釈』（一九七七、構造社出版）

柔らかい時間をさがす歩道橋
ひとり芝居は終りとみたり水のいろ
記憶のページを一匹の蟹走り抜け
犬小屋を壊す臭いをかぎながら
押入れを開けると落ちてくる枕
人間を逃げたい老眼鏡を置く

『新京都　創立5周年記念』（一九八三、川柳新京都社）

後藤閑人

ごとう・かんじん
（一九一三・三・二八〜一九八〇・六・二三）
一九三一年から川柳を始める。濱夢助に師事、三六年「北斗」創刊と共に編集同人。「北斗」は四七年七月終刊。同年一〇月、夢助が創刊した「宮城野」に編集同人として参加、六七年から主幹となる。

魂のない銅像と冬の月
鉄柱の伸びたそこから秋の空
復員をして日本の草を食い
寝ころべばからくりもなき空の青
孤独から孤独の果てにありし海
犬の舌うたがいもなく夏きたる
十二月他人ばかりが歩いてる
小笊にも表情がある安来節
北風へ無職の友を送り出す
きりたんぽ雪はななめにふりやまず
にくしみの真っ只中を毛虫はう
生きている者のみにあり原爆忌
鉄橋もふるさと近い音となり
寝返りをうつたび金がほしくなり
春の雨ポストは赤いものと知り
一に一足して善人くたびれる
老眼鏡かけてしぶとい妻となり
勝ってなお東北人という無口
ふるさとは眠いとこなり木々に雨
ばらばらにされると価値のない鎖
病み上りうどんの長さにも疲れ
なまけ者働く蟻を見て飽かず
岸辺まで植えて海では食えぬ村
ナイターへ価値なき月として光り
秋ひそむ花火パチパチ猫の髭

『あしあと』（一九六八、川柳宮城野社）

佐藤正敏

さとう・まさとし
（一九一三・七・六〜一九九九・一〇・五）
一九三〇年から川柳を始める。「川柳紅座」「川柳芥子粒」「川柳研究」等の各句会で活躍。四七年「川柳研究」幹事。五二年「川柳思潮」同人。六九年、川上三太郎没後の「川柳研究」幹事長となる。

夢の中の自分の悪が小気味よし
背を向けてなんの優越感なりし
目礼を返し隔たるものを知り
庭も暮れるよ厠の手拭き吹かれて
抽象に暗喩に壁と対峙する
曲り角から一枚の夜空となる
白鳥の虚無とも別な静かさよ
因習の中に不敵なもの育つ
ひとときの素直さ花を嗅ぎいたり
暮れちかきみぞれ工場の明りとり
妻になど言えぬ見えてる先のこと
熱の子に玩具も影を置くばかり
貸し借りも十年憎しみだけ残り
蝶が来てあるかなしかの花の風
盃を置いた瞬時の真顔なる
窓の灯の届くかぎりを粉雪舞う
テレビ塔早春の空微塵なし
干竿に背丈低がるいい天気
個展から出れば狂つたような街
そむかれた日の雲浮いたままの位置
ハンカチを自分で洗い怒つてる
水郷はひたひた暮れる風の中
物の影すべてがいやになつた夜
何気なくあけた窓にも秋の果て
毛穴さえ意識の中の憤り

『ひとりの道』（一九六五、川柳研究社）

山崎涼史

やまざき・りょうし
（一九一三・九・一三〜二〇〇三・五・二七）
一九三〇年頃から川柳を始める。三七年、初雁川柳会の創立同人。その後「川柳研究」幹事を経て、「きやり」社人。戦後は、初雁川柳会会長として新人を育成。八八年、埼玉川柳協会会長に就任。
上陸だ千人針を二枚締め
流弾に頓狂な声一人揚げ
昼の飯敵の屍体を避けて食ひ
砲声の途切れいみじき虫の声
捕虜ひとり泥土の中によく転び
伝令を果し一服うまく吸ひ
白々と敵の屍体に月が澄み
砲声にコスモスの花少し揺れ
城壁に光も凍りさうな月
流弾に綿の実ぱらりぱらり散る
三角な尻激戦に馬も痩せ
警備兵サイダー瓶へ花を生け
向き変へて月影に読む内地便
恋になりさうに優しい慰問文
霜深し影法師長く立つ歩哨
寝返りも打てず武装をして眠る
生水をがぶ〳〵と苦力飲み
城壁に佇み故国を想ふ夜
寝つかれぬ夜に限つて夜襲なし
薬夾を花立にして戦友の墓
新しき墓標菜の花匂ふ中
恋猫を追つて寝つかぬ兵ひとり
蟋蟀に手の傷いたむ夜の冷え
看護婦へ兵士の傷が大きすぎ
あゝさらば白衣で還る船に乗り
『裂ける楊柳』（一九三九）

工藤甲吉

くどう・こうきち
（一九一三・一二・八〜二〇〇九・一二・一）
一九二八年から川柳を始め、松尾一寸らと尾上川柳社を創立。翌年「みちのく」に入会、小林不浪人、長谷川霜鳥に師事。各柳誌に投句後、五九年「川柳雑誌」（現「川柳塔」）不朽洞会員となる。

流れ星我が薄給に似たるかな
カーテンの今度こっちを引いて午後
十月と書いて十二月を思い
牛の尻凸凹だけで出来ている
猫どこで何食ったのか水を飲み
釜の艶　青葉ここまでとどいてる
寝転んだ証拠に赤い糸がつき
サボテンはしかし怒ってるに非ず
ひよこピヨピヨ千切った綿のようにいる
一列にこちらを恨むメザシの目
火の神をねぶたのゆれるときに見る
いのちまで見せて白魚透きとおり
みちのくのさいはてここで石拾う

モンローのヒップのような西瓜抱く
人生はよいしょこらしょにどっこいしょ
唐辛子かっかっかっという赤さ
生卵のようなはかない平和なる
ヤジロベエ君は非武装中立か
蟹の泡うふふうふふと笑ってる
荒武者に似る鱈の貌北の貌
欠伸するたびに涙が出て侘し
亡妻よ亡妻よボタンが一つまた落ちる
ありがとうさんと風船逃げてゆく
ワケもなく北という文字泣けてくる
炎天をテクテクテクと自嘲する

『甲吉川柳』（一九九四、川柳塔社）

定金冬二

さだがね・ふゆじ
（一九一四・一・三〜一九九九・一〇・一）
一九三二年から川柳を始める。前号・白柳子。四八年津山番傘川柳会、五六年川柳みまさか吟社を創立。「番傘」「ふあうすと」「せんば」「川柳ジャーナル」「川柳展望」等を経て、八〇年「一枚の会」を創立。

うどん屋の椅子から刑務所が見える
妹よ　冬の洗濯機がまわる
花火屋で死なないほどに巫山戯よう
割箸を割ると枯野が見えてくる

『無双』（一九八四、川柳〈一枚の会〉）

思いつめるとテトラポットに雪が降る
来る来ないさくらは炎えてしまったり
ぼくのこころに這入りこめないぼくのしっぽ
哀しみは両手にあまり　顔あらう
一老人　交尾の姿勢ならできる
うかつにもマッチをすって傷を見る
この世からすこし外れて見る夕陽

『一老人』（二〇〇三、詩遊社）

父の手にしばらく廻る風ぐるま
穴は掘れた死体を一つ創らねば
ふところの鴉が哭けば逢いたくなる
にんげんのことばで折れている芒
悲の面はたった一つで下りてくる
ふるさとの駅に卑怯な貌で下り
絵のおんなぼくのマッチを返さない
百人もならぶと死者もおもしろや
痛いところに朱の椀が置いてある
象を見に行くやさしさを一杯に
一本の蠟燭なれば地に灯す
一〇〇挺のヴァイオリンには負けられぬ
なんとなく人の世がある水ぐるま
障子から顔を出すのは悪い猫

盛合秋水

もりあい・しゅうすい
（一九一四・三・一〇～二〇一一・六）
一九六九年から川柳を始める。大野風柳を師と仰ぎ、「宮古」「宮城野」「柳都」「川柳展望」等に参加。
秋の色ここに極まる無人駅
つむじ風はたちの思考巻きあげる
敗者復活紙風船をふくらます
所詮これ泣くも笑うも壷一つ
橋のない川へ向かってかたつむり
生と死の谷間にへのへのもへじ書く
眼を描けばこけし静かに笑いだし
つらよつらら星を宿して消えてくれ
指切りをしながらさくら散ってゆく
酒うましいま散る花の名は問わじ
ベレー帽斜めに秋が好きという
どこまでがほんとか句読点がない
哲学も持てずに風花の中にあり
かくれんぼ鬼も味方も消えている
労働歌歌うと雲が速くなる

『象の目』（一九八四、象の目刊行会）

ユーモアのない背へ落書きしてあげる
薄味に慣れた夫婦の寝息かな
風花やわが身一つの置きどころ
木魚の軽いジョークは聴いてやる
気が向かぬときもあるらしロバの耳
憎しみをもてば一気に割れる笛
寂しくて海の背中を撫でている
たんぽぽへ旅の話をしてあげる
新しい帽子下さい水平線
藁一本長い話をしてくれる

『風の岬』（一九九四、風の岬刊行会）

伊東静夢

いとう・せいむ
（一九一五・三・五～一九九三・一〇・二〇）
一九三三年から川柳を始める。四九年発刊した岡橋宣介の「せんば」創立同人。その後、「ふあうすと」「川柳展望」「新京都」等に参加。合同句集に『燎原』（六八）等。

ふるさとの木にふるさとが枯れている
売られ来て風に構えるかぶと虫
秋の雑草サイダー瓶を寝ころばす
帰郷せぬと決めて紫蘇をはびこらす
北風にむかうひょっとこ面がない

「せんば」（一九五一～一九七〇）

まぼろしの兵団が征くいわし雲
肉切り庖丁曇って誰か逝くのかな
憎しみや　いっぴきの魚天を打つ
いつもの道でいつもの犬の首環だけ
還えらざる島を鎮めて烏賊を裂く
透析や走りつづける古時計

『燎原　第2集』（一九八二、燎原句集刊行会）

葉ぼたんのぽつかりとある退屈
剃刀のすずしさ人を信じない
口あけて目刺は青き海の色
花売りの少女が押せば扉が重し
文学のきびしさにいて葉鶏頭
冬濤に佇ちて愛語を口にせず
温室に胡瓜を育てていて子なき
いちまいの鰈となりて露地に住む
児を生まぬうしろ姿が菜をきざむ
白桃を啜り我欲をまきちらす
晩年の愛撫風鈴鳴りやまず
練炭の穴を瞶めて胃の不安
こがらしの言葉砂紋に刻み去る
炎天の蟻は慈悲なきもの運ぶ

石森騎久夫

いしもり・きくお
（一九一五・三・三一〜二〇〇五・二・二七）
一九三〇年頃から川柳を始める。三三年「六文銭」同人。四九年「川柳評論」を創刊するが六年で休刊し、川柳活動を停止。七四年再開、八三年グループ創を創設する。著書に『対話』（八四）等。

かくてみな堕ちるを夜々の紅は濃し
予報どうあろうと父に朝の靴
洗面器昨夜のことは話すまい
足音をたしかに聞いたスリ硝子
ささやかな抵抗返事まだ書かぬ
ころがした嘘の行方の冬木立
靴ベラに一日ごとのさむい賭け
こんな別れが仕掛けてあった自動ドア
風が来て鳴らない笛を吹けという
生きのびてだんだん風の背が見える
半生を問われて風の絵を渡す
薫風裡人間喜劇おとろえず
対岸の灯がちらちらとふたごころ
坂を登って無いものねだりかもしれぬ
だれも逃げられぬ　桜が散っている
いつかゆっくり話し合おうか飯茶碗
森の樹のどの一本も子を許す
振り向くと置いてあるのは箸二本
未練かな独りになると樹をゆする
攻めるにはこの手もあった包装紙
自称さむらいたちが眠っている河口
割箸が割れずに曇後曇
ひょっとしてひょっとするかもしれぬ縄
陽は西に小骨一本抜けはせぬ
淋しい人が秋のブザーを押しに来る

『振り向けば風』（二〇〇六）

去来川巨城

いさがわ・きょじょう
（一九一五・七・二一〜二〇〇六・六・二）
戦時中、増井不二也から川柳を教わる。四八年、はなびし川柳会設立、「ふあうすと」同人。六七年頃、泉淳夫の「藍」で研鑽。七七年鈴木九葉亡き後、「ふあうすと」主幹を引き継ぐ。

老鷺のふかき命へ鼓鳴る
愚かにも政争を聴く葱坊主
道を描く白より見えず白でかく
紫陽花にますます影の深き人
ハンカチを愛のぬけがらとも見る日
年月を語るに壷はよいかたち
大根ほど素直に折れるものはない
朱墨磨る明日のこころに灯を点し
ひらがなの白樺となれ池中樹よ
指人形ひとつは消せぬ貌を持ち
男とはこんな瞳をする試運転
夕鶴に似たりと散らすひらかなや
雪の夜の嘘は豊かに聴いておく

ビル瀟洒父子のかるい別れあり
没日に人未練なく城を去り
いくらでも睡れる不安 旗 無色
風の日は風の子となり絵具溶く
菊咲いて素うどんでよい君と僕
人情のここから異う船着場
町ふるく運河は雨を吸うごとく
花筵城は気高さまだ捨てず
人はいま別離鸚鵡は船に馴れ
紫陽花を飾り家族会議です
薄なさけ固い蕾のままがよい
島に灯が点り海峡船が無し

『さんれい抄』（一九九一、ふあうすと川柳社）

室田千尋

むろた・ちひろ
（一九一五〜一九八六・一〇・九）
一九三〇年、岡山県で冠句を学ぶ。五七年、新明和工業（元・川西航空機）で職場川柳を始める。六五年「ふあうすと」同人。八〇年、ふあうすと川柳社副主幹。八二年、兵庫県川柳協会副理事長。

逢いに来て祭ばやしを遠く聞く
呼鈴に雀がこぼす萩の花
月あかりを受胎しそうな草の露
コーヒーに唇だけでほほえめる
背泳の真上に昼の月があり
その頭食べてやりたい程まるし
糸切歯若くして人妻となり
有線放送雪の田圃に鶴が降り
吸取紙逆さに君の名が写り
コスモスに義理ある母娘とは見えず

『青い果実』（一九六八）

春が来るので潜り戸を開けておく
湯豆腐はいつも赦してばかりいる
砂袋にはこわぁい思い出がつまり
言うことをきかない影を連れて出る
言質をとられて茄子の花が咲く
門だけが残って夢を見つづける
人を憶い扇をすこしずつひらく
いい言葉だけが集めてある焚火
散るものがなくなりポプラ立っている
安らぎやてんぷらひとつひとつ浮く
絵の中にひとつランプを置き忘れ
新妻につくしはいっぽんずつ生える
カメレオンが陽を食べようとしているぞ
徒食して長い物干竿である
ひととき の証しに下駄の緒が赤い

『遺句集 風の子守歌』（一九八七、ふあうすと川柳社）

にし・さざんか
（一九一六・二・七～二〇一八・三・一八）
一九五九年頃川柳に出会い、六二年から本格的に始める。「川柳岡山」「川柳平安」「川柳展望」「藍」等を経て、「新思潮」会員。句集に『堆朱』（八六）、『さざんか曼陀羅』（九四）、『伽羅の道』（二〇〇三）等。

西山茶花

何をはかなみ　首折りたたむ　葱坊主
水は水の　掟でくぐる　橋がある
何かを喪うたびに　おぼえるかぞえ唄
崖に咲く　決意の　はての　夕桜
花散って　水にいのちを　ちりばめる
悲の極に　ただつくんねんとかたつむり
元結の　キリリと　ひとを　遠くする
やさしくて　おそろしき人と　雪の坂
雷鳴に　ゆくえ知れずの　炎の匂い
さすらいの果て　ひょっとこの面を購う
逆立ちが　いつまでつづく　太郎冠者
放埒な　男が　流れ星を　指す
雪の戸を　開けて　女に　濯ぐもの
少し　頓馬な帽子で　友と　仲直り
ずっと　遠くの人に合わせる　深呼吸

『山茶花』（一九七七、川柳岡山社）

咲き満ちた花が天窓くらくする
未練でしょうか未完の運河の光るのは
たましいをこぼしながらも月の橋
昏れて来てここな小指の役立たず
憎し恋しと枕に詰める菊の花
音曲にゆるみ易くて　春の帯
百冊の本を跨いで逢いに行く
生涯川を挟んで暮らす泣黒子
バカと書く鏡の中もどしゃぶりで
相対死なら赤い椿を敷きつめて

『瑠璃暮色』（一九八七、かもしか川柳社）

北川絢一朗

きたがわ・けんいちろう

（一九一六・五・一〇～一九九九・一・一三）

一九三二年六月から川柳を始める。三五年「京」同人。四一年、大京都川柳社創立に参加。四七年復刊した「京」に参加。五七年「川柳平安」創刊。七七年同誌終刊後、翌年「川柳新京都」創刊。

樹の下の湿りを味方かと思う
りんご食む音のよろしき下ごころ
思い上がりなのか小さくたためない
赤とんぼ全く素っ裸の空だ

『泰山木』（一九九五）

綿菓子はピンクでそんな日の記憶
重なり合うて蛍になろう月見草
胴上げのあとも囲んでくれている
ずいぶん前のひとを気弱のとき思う
おもしろやコスモス数万本の無駄
白椿斑入りのあたりさわがしい
あすは明日夕陽にすこしある濁り

『北川絢一朗句集』（二〇〇一、川柳・凛）

百冊の本をまたいでなお飢えに
たいせつな時間を昼の裏通り
すさまじいいとなみが植木鉢の底に
多恨かなごまめ数の子などあって
寒の水青年の歯のあかるさよ
私よりすこうし長く縄を綯う
雲のかたちは不足のかたち流れゆく
修飾語いつまで見栄を張り通す
ちりれんげことしは何を失おう
包み隠さずはらわたを酢につける
まだ嘘が器用に言えて木を揺らす
白鳥も鶴もしかしの首で去る
故あって土鈴を一つ割ることに
空が痒がっているので鰯雲

中津泰人

なかつ・やすと
（一九一七・三・五～一九八四・一・一五）
一九五三年、川柳に惹かれる。六一年、呉番傘呉柳会入会。六六年、番傘川柳本社同人。串かつ川柳会主宰。八一年、呉市大空山公園の「平和の碑」に〈生きぬいてやらねばならぬ肩車〉を刻む。

原爆砂漠素足が灼ける人探し
原爆砂漠恥毛を蝿に晒されて
原爆砂漠雲は昨日の雲でない
原爆砂漠計何名とする卒塔婆
救援のむすびへピカで開かぬ口
ピカドンの皮膚が若布になって垂れ
手のり文鳥ケロイドの掌と知ってるか
被爆者の会世話人も病みつかれ
ブラブラ病ヒロシマ病とさげすまれ
逝った朝届いた被爆認定書
鶴を折る被爆の指のすきとおる
ヒロシマの砂がやけつく蟻地獄
被爆者へ病苦と貧の独楽まわる

悪運にされて被爆のほっとかれ
被爆者に駈け足でくる老いの坂
被爆手帳持つをタブーにして勤め
被爆検診三階までの息がきれ
カナリヤがまだ戦争の歌うたう
ヒロシマの平和橋から橋が見え
慟哭の髪が両手の中にある
石に灼く被爆の影もうなだれて
生きぬいてやらねばならぬ肩車
死を語る妻のいちずな瞳をさける
極道の果て病妻のかゆを煮る
花鋏きちんと座る母である

『慟哭』（一九七四）

田向秀史

たむかい・しゅうし
（一九一七・一〇・八～一九九二・一二・三〇）
一九三一年、大阪造兵廠に勤務中、職場文芸誌「大造」に投句、「番傘」「きやり」を知る。四一年川柳活動中断、五八年一一月再開する。えんぴつ川柳社、番傘川柳本社、番傘加越能川柳社等に所属。

漁火をくらしの火とは見てくれず
秋の陽がたたみへ長く入りこみ
川へ石投げれば水も春の音
花活ける花のこころになりきれず
童顔の地蔵椿の赤が好き
恋にまだ少し間があるヘアーバンド
干物に庭のみどりが染まりそう
てのひらの粉雪はずかしそうにとけ

『漁火』（一九七二、番傘加越能川柳社）

菩提寺の石段の数おぼえてる
みろくぼさつの指が闇夜に浮いている
神様に聞えぬ鈴を一つもつ
座禅堂出ると聞える人の声

人買いの人より憎い舟が着く
筆立てに乾いたままの父の筆
梅雨続く無口の母の偏頭痛
一冊の本から軽いトゲを抜く
竹トンボ無口な父の掌をはなれ
塗り箸をすべるわかめも春の色
雪を掻く海へ通ずる雪を掻く
職安に忘れたままの冬帽子
夫婦旅ラクダの瘤は信じよう
めぐり逢いきれいに抜ける鮎の骨
一本のマッチに男借りがある
歯医者から帰るおとこはあてにせぬ
檻にいて尻尾の手入れおこたらぬ

『起舟』（一九八七、番傘加越能川柳社）

小宮山雅登

こみやま・まさと
（一九一七・一〇・三〇〜一九七六・八・一二）
一九三七年一〇月から川柳を始める。石曽根民郎の「川柳しなの」に所属しながら、「人間派」「鴉」「でるた」「創天」「せんば」「天馬」「馬」「鷹」「川柳ジャーナル」等、多くの柳誌に作品を発表。

放浪の月煌とあり脱皮せむ
落葉落葉人の美醜のつゞく日に
銀杏掌に倖せうすき妻たりき
子と仰ぐ青葉はゞかりなく青し
電柱夕べによろめき生きるパンを掌に
鉄塔に鴉ゐて日を暗くする
傲慢に歩きたし冬帽眼ぶかくす
われら老いず雪逆捲けと思ひしよ
文学や月の切尖われに向く
妻とよき言葉を得たり林檎むく
地におりて凧すでに汚されをり
作業衣の貪慾　麦の郷愁をゆけり
低賃金の　いまも脳裏に蟹匍ふおと
炎天の　狂ひなき　いちまいの　食器
家へいそぐ　花弁一片見んがため
日めくりのなか　雪より白く馬馳けたり
橋脚　目前に打ち込まれ充実してくる
足なげ出してゐて秋かな
雪ふんで雪ふんで詫びにゆく影か
葱にほひして夕やけをふと帰る
肩ぐるま落葉ちるちるあとやさき
壷の嘘ころがってゆくが愉快
葉は葉のまづしい言葉で話してゐる
生きるほか主義なし焚火かきたてぬ
ふゆぞらの遠のいていくインキ壷

『昏れて』（一九七七、しなの川柳社）

中尾藻介

なかお・もすけ
（一九一七・一二・一二～一九九八・二・一五）
一九四一年四月、大京都川柳社の「川柳月刊」に初投句。以後、大京都川柳社同人、川柳ひめじ同人、ふあうすと川柳社同人、川柳春秋社同人を経て、「川柳展望」「川柳大学」等に参加。

少年の瞳ははつなつのもの凝視む
手をつなぐ親子それから塀に沿う
ゆくりなく夫婦花壇へ来てしゃがみ
散髪を黙っていると気がつかず
草原を駈けて来た馬駈けてゆき
スリッパを履いてくれないお客さま
踊り子に知り合いあろう筈がなし
学校の坂に一人もいなくなり
車窓から冬の小学校が見え
自動車を停めて見ている川の幅
球根をそれでは三つほど貰い
大阪市都島区に鳴るギター
なんべんも打てる草野球を見てる

学校のプールの秋に気がつかず
夕焼けをぱくぱく食べているポスト
エスカレーターを歩いて恋が欲しいんだ
人妻にハガキをすれば手紙くる
モンロー忌聖なるものは遠くなる
いやな男になってゆくのか年賀状
お地蔵さんのよだれかけなら盗めそう
友だちの家友だちが死んでから
氷屋の旗を味方にしてみせる
勘違いばかりしている夏の犬
紙吹雪男にはまだ息があり
恋人よ山には夏も雪がある

『中尾藻介川柳自選句集』（一九八七）

光武弦太朗

みったけ・げんたろう
（一九一八・二・一七〜一九八一・三・四）
一九四八年頃、平田のぼるに誘われ川柳を始める。五三年「ふあうすと」同人。同誌に「新興川柳批判　田中五呂八論」（五六〜五七）、「剣花坊ノート」（六二〜六三）等、多数の作家論・作品論を発表。

導火線しゅるしゅるしゅるとためらわず
母子ねむる勾玉のごと対い合い
わが靴をいたわり磨く秋日の中
島狭し恥毛のごとく麦芽ぐむ
つながれて曲馬貧乏くさく居る
君知るや五月の島の深みどり
茶ぶ台の角も心のよりどころ
往診に疲れて海を黒しと見
草青し人は死ぬべく生れしか
風呂の鏡にめがね外して埴輪の顔
てのひらの藁しゃりしゃりと縄になる
資本論みごと地球を真ッ二つ
肩を張る癖村童に真似られる
休診の札を掛けたい梅日和
海陽背に仔牛は金の尿りする
三度目の往診鶏が鳴きはじめ
春の海舟は蝸牛の水尾をひき
蚊帳の子のキョトンと坐る寝ぼけ癖
島の坂牛も老婆も草を背負い
遺憾なく跳ねて揺られて島のバス
島に呆けて冬日永しと思うなり
市の日を子供に還りナイフ買う
夏痩せて蟷螂のごと世を憎む
病人へ心を込めた嘘を言う
姿見の中のわが部屋みすぼらし

『鬼手仏心』（一九八二、壱岐川柳会）

花南井可

かなん・せいか
（一九一八〜一九九二・一一・六）
一九三五年「川柳研究」に入会、のち幹事。川上三太郎に師事。〈抒情の井可〉と言われ親しまれる。五六年、埼玉川柳社創立に参画。晩年は地元の「さいたま」「道の会」等で後進の育成に努める。

明日にさからい夢のなる木を切り倒す
ふり向いた唇が濡れてる下剋上
職人の曲った指がマッチ摺る
残り火がだんだん赤くなる訣れ
止まる時計を柱に戻し老いの自慰
敗者復活どこで落した目の鱗
円が円に描けなくて夜を潰す
納得がゆく迄達磨転がそう
空バケツ自分のほかは皆他人
出世魚貧しい耳は切り落す
狭い範囲の中で鎧を脱ぎ捨てる
悲しいときにこぶしひらくと顔がある
火をたたくのは妥協を許さない

どこまでが悪かったのかてのひらよ
回り道して元の二人になる帽子
影から嘘抜き取ると白い目が残る
妻の目に近いところで昼寝する
何ごともなかったように妻の膝
山の吊橋をピストル重く老巡査
山の吊橋の春を濡らして蛇渡る
蛤がひらく広重の雨が降る
交番で少女が足の蚊をはらう
招き猫片手は秋の中にある
秋を振りまき道化師は秋に叱られた
枯尾花霧の中なる声さがす

『霧の声』（一九九四）

髙杉鬼遊

たかすぎ・きゆう
（一九二〇・四・一二〜二〇〇〇・一二・七）
一九六五年一月、療養先羽曳野病院の川村好郎指導のどんぐり川柳会で川柳を始める。六六年「川柳塔」誌友、六八年同人となる。八一年から九〇年まで「川柳塔」編集部で活躍。

消えるから雪は刹那を浄く舞い
素うどんへ何ですかとは何ですか
エレベーターガールと僕と二人です
金平糖　先祖は遠い海を越え
勲章をいっぱいつけている化石
定期券いつから笑わなくなった
先生へ乳房豊かな生徒あり
駅前のカレーは人を騙さない
兄嫁を水鉄砲で苛めよう
年金のベンチへ鳩も近よらず
積立の満期に合わせ歯が痛む
長男にまだ嫁がない春の街
五月だな五月ですねと老夫婦
せんそうがやがてはじまる鳥の影
トイレから戻る女を待つ荷物
宿の下駄うまい珈琲が欲しくなり
紙風船やさしい人に巡り会う
仏壇を閉めて土地売る話なり
福の神と動く歩道ですれ違い
いつまでも少女ではないバスタオル
九官鳥までがわたしをおいと呼ぶ
この金は妻からもらう領収証
考えてなお考えているふりこ
やんわりとしたものを踏む夜の底
今日は　ではさようなら風になる

『髙杉鬼遊川柳句集』（二〇〇一、川柳塔社）

徳永操

とくなが・みさお
（一九二〇・六・六〜一九九九・七・二四）
一九五〇年、川上三太郎を知り教えを受ける。五五年「川柳研究」へ投句、五八年幹事。七三年「川柳平安」同人、七六年「藍」同人、七八年「川柳新京都」同人。その後「ふあうすと」に参加。

ものおもひつづけばうすむらさきにとけ
泡しかとかくあるいのちとぞおもふ
風が持って来た脅迫状がすばらしい
山脈にむらさきけぶる若い死か
山が好き哀しいときも動かない
二枚舌二枚やっぱり美しい
階段を数へる馬鹿な女かな
打楽器の何かすぐれぬ音を秘め
雨よ降れさうして濁流たる驕り
草の美熟れて敗北が輝きを増す
キヤベツ剥く被害者のごとうつむいて

『一葦』（一九六八、川柳研究社一葦刊行会）

猫と寝てます何となく空間つぶれます
さぼてんの花を数えるとひとりでなくなる
ストーブが背にある以外何もなし
通り雨何を聴いてもノーと云う
レモンはいつも人を信じている彩だ
水たまりゆえなく人を疑えり
いちごつぶす憎しみだけの楽しみが
駅弁は明日を信じて買えばよい
強くなるつもりでめくるカレンダー
とてもうつろに電車の走る音の中
夕闇にかくす昔の玩具箱
口下手な電話で秋も暮れました
或る終章杭一本が川に佇つ
今やかんを叱りましたさびしいですね

『或る終章』（一九八八、手帖舎）

垂井葵水

たるい・きすい
（一九二一・七・二二〜一九七三・一一・一）
大学時代から鈴鹿野風呂について俳句を始め、のち右城暮石に師事。暮石指導の和歌山短詩型クラブで、一九六七年清水白柳を知り、川柳入門。六八年「川柳塔」同人。七〇年「川柳わかやま」創刊。

お世辞抜きでという嘘の美しさ
自尊心影絵の中でクシャミする
ちょっとした風邪がさびしい夜となり
生きているふりして造花忘れられ
別室の慎重審議よく笑い
枯蔦に石仏がんじがらめなり
蟻の道ま横の餌を信じない
やわらかく払えば冬の蝿が触れ
春一番競輪の屑舞い上げる
柳絮散る散っては鯉を驚かす
トンネルを出るたび紅葉濃ゆくなり
椿落つ不貞寝の犬の耳動く
少年の蛍少女の掌に移る

風の夜の木の実は胸におちてくる
午後二時の向日葵誰も寄せつけず
軽い音して矢車は星の中
潮の香に歩板のきしむ音のどか
立ち退きの線をゆがめた寺の門
貨車去ってからの陽炎位置をかえ
野良犬の驕り最短距離走る
かまきりの鎌ふり上げたまま掃かれ
テープの屑が笑ってる桟橋
大広間浴衣の首が違うだけ
鈴虫に死ぬべき覚悟うかがえず
城番に落葉焚く日々始まりぬ

『垂井葵水遺句集』（一九七五、川柳わかやま吟社）

岩井三窓

いわい・さんそう
（一九二一・一〇・二九～二〇一一・九・二二）
少年時代から岸本水府選の川柳欄に投句。一九四一年「番傘」に投句。四七年「番傘」同人。四九年から番傘河童倶楽部（七五年、人間座に改題）を興し、座長を務める。著書に『川柳燦々』（九四）等。
聴診器淋しい胸に輪をつける
人の世の寂しきものにみちしるべ
へのへのもへの母さんはなぜ死んだ
別の女を思いつつ見る波がしら
貧しさを殊更見せる髯なのか
綴方貧しき父は母を打つ
力瘤愚人ますます愚に堕ちる
掌にインキがついた程の悔い
その人の骨の髄まで炭坑節
束の間の優しきこころ天瓜粉
眼鏡拭く男たしかに泣いている
寂しさに大根おろしをみんなすり
うどん食いながら二人に溝があり
恋ごころ断ち難くして書肆に佇つ
しんし張りの波をくぐれば母がいる

『三文オペラ』（一九五九、番傘ひこばえ）
夏みかん夫婦が同じ顔になる
一月四日たこ焼きを売るおばあさん
ストーブに涙が落ちて音がする
無駄にして美しきものビワの種
ハーモニカ誰かが噛んだ跡があり
わが部屋にみかんに勝る色がなし
恋人のどこか似ている熱帯魚
体制と反体制と風鈴と
大根おろしの山をこころの山とみる
踏切で可笑しなことを考える

『川柳読本』（一九八一、創元社）

小泉十支尾

こいずみ・としお
（一九二二・二・九～？）
一九四二年から川柳を始める。川上三太郎に師事、四三年から六八年まで「川柳研究」幹事。六三年、個人誌「しづおか」発刊。六四年「鷹」を経て、六六年「川柳ジャーナル」に参加。

月あれば月に挑むよ影法師
憂となる蹄に秋風も鳴るよ
喬木に夕陽血に似てなお昏れず
子の笑みもかのあきぞらに吸はれゆくか
雪嶺や妻と子ふたり灯にむくや
眠る子の頬に平仮名書かまほし
町小さし吾子につばくら低く来る
花束の一つ棄てられゐし港
硝子戸に曇天といふ寒さかな
山麓をめぐる単線やや錆びて
ふるさとは雨も声なく降るところ
月を砕いて運河の一日終る
傷口！　夕陽滴り滴り熄まず
指ならすことの愚かさ冬の玻璃

忘却を唯一の友としゆく砂丘
『朱の日々』（一九六三、静岡川柳研究社）

冬薔薇《そうび》　天の一角より匂う
風紋や　愛あざやかに哭くばかり
波の秀《ほ》が負い来る罪のきらめきだ！
珠を砕いてからは炎えたつだけの海
ひたすら導く　逆光の　墓ばかり
茜して橋けんめいに　顫える明日
ただまっしぐら　冬ぞらに魅せられた小石
凍てる樹々　ささやきそうでささやかぬ
逃亡の背景に　塔のゆれるは見逃そう
影だけが離れてしまう　砂丘の涯
『不協和音』（一九七四、川柳ジャーナル社）

濱本千寿

はまもと・せんじゅ
（一九二二・八・五〜二〇〇九・九・一二）
一九五二年、シベリア抑留から帰国後の戦傷病療養中に川柳を知り、翌年京都山呼川柳会、北垣咲也に師事。五五年「川柳公論（大阪）」同人。五六年「柳都」、八二年「川柳さっぽろ」同人。

花も素顔僕も素顔で病んでいる
セーターのグリーンいつまで孤をとおす
寒卵残り少なき紙幣にぎる
水仙へ下着を更えねばと思い
しおのはなどこまでたゝるはつこいや

『しおのはな』（一九五八、川柳公論社）

どこまでが本当岩海苔つみながら
あじさいのぽってりとした泣きぼくろ
きみといるただそれだけのなみをけり
リュック背負えば夫婦らしくない旅行
負けそうになって口ぐせ出てしまう
ピーナツのうす皮をはぐ毒舌や
鈴虫を飼う上役の頼りなく
ゆっくりと歩けば妻も口をきき

殺してやりたい程だったマッチすってやり
はんにんがいないかびんのはなにおう

『わたしの波』（一九八二、柳都川柳社）

石仏の鼻欠けている行き止まり
父ははの声がかすかにところてん
若者はみな出払って文化の日
まんじゅしゃげ去年の約束が痛い
水のうたときには月をまるのみに
犬と走るなんと素直なひとときよ
哀しみは雪にもあった解ける音
赤とんぼ戻って首をまた傾げ
大根をぐつぐつ明日も時雨るるか
なまけぐせついてすぐ児を抱きたがる

『波　その後』（一九九七、如舟庵）

唐沢春樹

からさわ・はるき
（一九二二・一〇・九～二〇〇四・八・二）
一九四六年、東芝社内に川柳若草会を結成、西島〇丸に師事。四七年、山本卓三太主幹「白帆」の創立同人。東都川柳長屋連の店子として関東川柳界で活躍。神奈川川柳人協会の第二代会長を務める。

朝霧へ豊かな言葉にはならず
春よさよなら妻子が重かつた
丘よ古い夫婦の唄も愛せよ
外套の下に語らねばならぬ戦災
子を叱る哀しきまでに父の貌して
豚の臓物が明日を得よと言ふ
雨の日の言葉少なく雨に負け
幻も消え僕も消え海の青

『川柳新書 第26集　唐沢春樹集』（一九五七、川柳新書刊行会）

休日の男が眠るコップの中
父の貌してるさんまを裏返す
傘ふたつ開いてむごい別れかた
交差点考え深いてんてまり

花火咲き終えて他人が佇っている
偉くなれなくて太鼓を聞いている
深い思いのひらがなが身をよじる
盆栽のきっと今でも人嫌い
戦火止む旗は女の子にあげる
神の立場でジャンケンを考える
断崖の罪ほろぼしを期待せよ
再軍備だと考えるきびだんご
月よ見て下さい僕は見張りだけ
峠まで追ってきたのは置き手紙
メロン抱えた不可解な通り道
耳打ちの耳も汚れているようだ
胡桃二個くれて耐えよと言うことか

『二人羽織』（一九九二）

小松原爽介

こまつばら・そうすけ
（一九二二・一二・二四〜二〇一九・五・一九）
一九五七年「時の川柳」創立とともに会員、三條東洋樹に師事。六〇年「時の川柳」同人。八〇年、東洋樹が提唱した〈中道川柳〉を受け継いで主幹となる。編著に『三條東洋樹の川柳と評言』（〇四）等。

身じろがず忌中の母が居るこたつ
街路樹の芽を言う妻も勤め人
事務的に灯を消す妻になっている
ポケットの靴べら悪人にはなれぬ
子はみんな手元離れて行く障子
焚火から離れ他人の目に戻る
竹箒そっとしておく傷がある
二枚目になれぬ男の紙袋
裸木よ開き直ってよろしいか
一切を拒絶みどりのただ中で

『草根』（一九八七）

人間ひとりグラスの底を離れない
さくら百本パントマイムをたのしまん

いつもリアルに木枯らしのごあいさつ
自動改札ここで振り向いてはならぬ
正義感はまだまだ目刺し丸かじり
自らを裁いています花吹雪
敗戦の日の空缶にけつまずき
指の節太くて困ることがない
切手一枚清濁を呑まんかな
少し受け身になってくる大根の白さ
温室を出るとアニマル臭くなる
悠々と雲は流れる村八分
抽象にならない俎板の凹み
風船を放す男の眼になって
九条はさわりたくない窓あかり

『窓あかり』（一九九九、葉文館出版）

今野空白

こんの・くうはく
（一九二三・四・二三〜一九九七・一〇・二）
一九四七年「北斗」の濱夢助と出会い、川柳を始める。同年「北斗」終刊後、夢助の「宮城野」同人。更に新田川草の「杜人」創立同人、六二年発行人となる。著書に『現代川柳のサムシング』（八六）。

悲しかり噴水に来て顔を洗へば
花摘めば花に蜘蛛居るその小さな青
秋の日を子犬の白いストッキング
白い白い墓　白い白い嘘
倦怠の日、アイアムアボーイ・アイアムアボーイ
熱きベエゼ、頭蓋骨と頭蓋骨
雨の夜の甲虫壁へ叩きつける
銀紙のその星を吹きとばす一人の夜
纜にづる〳〵続く時の腐臭
雨の日を十和田は寒きパチンコの店
影ばかり食らって歩いて野良犬の秋
バケツの音たてて心坐り直す
ボタンとれかゝってゐる冬の日曜を外に出る

ワンタンがどうしてもすくへぬ今日も徒食
あかりをつけると闇から急に雑音が生れる
ふとした風にアヒル歩き出す
想ひ出の影は透明な凧である
静かにおし——おたまじゃくしの笑ひ声
水湊の先は港の昼下り
雑踏の忘却　店に吊した牛肉の色
大きな夕焼けに舌なめずりされる
王手の布陣であったか墓石の列
こっそりくちづけしてしぜんないしのはだ
影がぼくをさがして迷子になる
河童ニユーッと搾り出す三日月の悲愁

『迷子の影』（一九六三、川柳杜人社）

藤本静港子

ふじもと・せいこうし
（一九二三・五・一七〜二〇〇四・九・四）
一九四〇年頃、小寺郁夢との縁で川柳を始め、四七年前田幻二との出会いで本格的に川柳に入る。四八年「ふあうすと」同人。八八年、去来川巨城の跡を継いで主幹となる。

沈みゆく石が最期の陽を放ち
分身になってしまった眼鏡拭く
瞳孔のないブロンズの目に負ける
称名や日毎蚕が澄んでゆく
春近き川上のひと朱を流す
文鳥よわかっちゃいない親父たち
光る微塵今日一日の主役になろう
虹が消えゆくあどけない手をふって
指をのがれた砂はそよ風にもなびく
ゆるされし少年のごと水ゆるむ
かたくりのきこきことなくうすなさけ
ハイハイと喧嘩にならぬ蝶つがい
何処からも鐘が聞こえていて迷路

月明に貨車一両を突き放す
そばえ降るごとく定年通知来る
湯豆腐が説教くさくなってくる
体温のまだありそうな葉を拾う
飛び翔った鶴が薬包紙に戻る
寂しい指で望遠鏡をつくる
風船のこころになって手を放す
溢れてるのではない淋しいから破調
あなただけ残してゆけぬ滑り台
五ミリほど動いただけなのになまず
雲を詰める瓢簞を抜いている
帽振って往ったたっきりの赤とんぼ

『うたかたの抄』（一九九九、葉文館出版）

清水汪夕

しみず・おうせき
（一九二三・一〇・一六～二〇〇三・二・七）
一九四一年頃から川柳を始める。四六年、金田眸花と「川柳花火」を創刊、五一年終刊。五四年から六五年にかけて、「創天」「地上派」「腕」等に関わる。俳号・冬視。

独楽廻る思想を撰ぶいとまなく
ピエロの斉唱に加はらない河童
賭の手を洗ふ水道ほとばしる
百頭の豚　爛漫とあり百の鼻
こころの中の雪の野に鈴鳴らず
消ゴムが浮かない夜の洗面器
とかげの尾が死んでゐる空間
炎天に蟻が一個の石動かず
太陽が熟れる共同便所の空
自分の中で蟋蟀が鳴いてるぞ
水を飲む貌０《ゼロ》と重なる
木の実が転がされてゆく冬の底

『偽冬』（一九六一、偽冬刊行所）

ビラ貼らる　水銀灯の偽昼の中
冬立てり　ふぐりとともにボンベを跨ぐ
冬舐めていつわりもなき犬の舌
林なす鉄骨を透き深創の傷
閥組まれ　秋のコーヒー沈殿す
胸の高さの暮色得て地下鉄へ
葦一群　鉄骨よりも垂直に
労使笑う　かたくなるはキャベツのみ
チューブの中に資本主義の知恵
確かに人生後半の時刻の寒い林
一月一日の白紙　虫も歩かず
石が冬を研ぎ　冬が石を研ぐぞ
個を主張する鶏卵の一山

『寒い林』（一九七〇、俳句研究社）

奥室数市

おくむろ・かずいち
（一九二三・一二・五～一九八六・二・一二）
一九五五年、川柳研究句会から川柳を始める。以後、「川柳アパート」「白帆」「鴉」「跨線橋」「現代川柳」「川柳ジャーナル」を経て、七四年中村冨二主宰の川柳とaの会同人。冨二没後、同人代表を務める。

金色《こんじき》に光る官吏の反吐を見た　か
メガネをはずすと突然貧乏が匂い
病人がぶら下げてゆく破裂しそうな鳥籠
校庭に積まれてゆく　誰彼のつけ髭
文語定型の　かの白手袋は大嫌い
胃の中で　暮しの蝙蝠傘　押しひろがり
胃袋のかたちしてねむる　都営住宅12の5

『鬼　十三人集』（一九七六、川柳とaの会）

花火果て死者の笑くぼを考える
私の老眼鏡を拾う春画のお殿さま
老婆二人をベンチに産んで昼の月逃げてゆく
アニメの猫ぞろぞろ夏の忌を舐めに
皺のある川キャッキャッと桃ながれ
花瓶の水の腐りゆく刻相抱く

『森林　第一集』（一九八三、森林書房）

蟻、蟻を曳いて寺より遠ざかる
満員車　帽子の中のあたたかい墓地
真っ黒い花火の芯に居残る僕
婆さんと歩いてくる　恐い満月
てんのうの顔を孕んで散るさくら
穴ぐらを覗くと膳が据えてある
笊の蜆の一個が見てるアド・バルーン
肩車　どうだ地獄が見えるかい
自民党嫌いの鳩は産みつづけ
紋付を着ると鳩を蹴飛ばしたくなる
交番の裏で毛深いシャツを干す
冷蔵庫を覗く男に幽界の灯パッと点く

「人」（一九七六～一九八四）

宮崎慶子

みやざき・けいこ
（一九二四・一・二四〜二〇〇二・一〇・二三）
一九四七年から川柳を始める。川上三太郎に師事し、五二年「川柳研究」幹事。七四年副幹事長となる。『ひとり舟』の序文で、三太郎は〈清純にして端然たり〉と評した。

マッチの火見てるひとりにされてゐる
忘れむとする手におもき水掬ふ
振りむけば粉雪があたたかきまつ毛
ものの芽へ音なき春の雨つづく
竹箒すなほになつてくるこころ
焦点を避けてるハンカチのましろ
しあはせへ遠くましろき足袋のひと
スタートに佇ち透明な風ばかり
雨の道行くひとことを信じきり
許さうとする雨だれを見てゐたり

『ひとり舟』（一九六五、川柳研究社）

片すみに虫死ぬ祈るかたちして
地下室に降りゆく賽を握りしめ
たそがれの風に負けたり掌の硬貨
幻の鳥発つ肩に手を置かれ
湖の底の祈りの眼鏡澄む
敗北の夢にまつわりつく揚羽
消灯のしじまに侏儒の列つづく
哄笑の甕ひとつ置く秋の暮
老いの手に音なく砂糖菓子崩れ
雪の日の出会い切絵へ還るひと
失った刻を探しに竹トンボ
一行を探しあぐねて菜をきざむ
かごめの輪抜けていくさはまだつゞく
風船割れてうしろ姿の人ばかり
雪明りいのちしみじみ冴えかえる

『めぐみの足跡』（二〇〇五、新葉館出版）

八木千代

やぎ・ちよ
（一九二四・一・二九～）
一九六四年、「日本海新聞」柳壇選者だった森田茗人に師事し、川柳を始める。六五年「川柳塔」同人。六七年、女性だけのグループ・きゃらぼく川柳会創立。八一年、山陰の作家による「風の会」会員となる。

河口まで月を送って引き返した
夜明けまで山の向こうに行ってくる
わたくしの枕に三日月の匂い
天の川よりゆらゆらともどるなり
われは雁　月の真上を渡るなり
現実に橋のたもとの一軒屋
睡蓮の下から話し声がする
いざとなればうしろの藁に火をつける
境界のところどころに椿の木
稜線で逢うお互いの馬連れて
綱引きの綱におびただしい鱗
椿守　死なぬかぎりは椿守
木の机　鳥の匂いがしてならぬ
わたくしの中を通って咲く椿
大きな桃が横を流れてくれている
桃の咲く丘は線路のずっと向こう
書きすぎぬように大事なひとに書く
桃の木の向うのひと世ふた世かな
花の散る音を金魚も聞いている
椿くわえて春を銜えて歩きたし
まだ言えないが蛍の宿はつきとめた
今はたましいの時間で月の下
新しい潮が玄関から入る
ゆるゆると私を縛る水の絵や
水の旅　鱗いちまいずつ流す

『椿守』（一九九九、葉文館出版）

西村恕葉

にしむら・じょよう
（一九二四・二・二三〜）
一六歳のとき、樺太の造材事務所に来ていた本山哲郎により川柳を知る。五二年「はこだて」同人、五三年「きやり」社人、同年「あさひ」同人。四二年から五四年まで旅役者生活を送る。

毛糸玉くるくる女老けてゆき
軒つらゝ不遇の膝を固く抱き
一家背負う口笛も吹く女なり
旅時雨諦めきれぬ背を濡らし
湯上りのどちらともなく横坐り
灰神楽灰にも匂いのあるを知り
宵の感傷へ街角のきび匂ふ
雪景色烟一すじ生きている
銀世界鴉の数がすばらしい
男は要らぬと庖丁を砥ぎはじめ
バラの赤さに諦めがまだつかず
丹前になると一度に隙が出来
湯の沸りどっちも聞いている無口
雪まんじいま煩悩の視野に降る

四面楚歌冬のブランコ吹き曝し
船だまりいつまで続く風の笛
胸の空洞へ牡丹雪つめておく
柿の皮こころ離れた人に剥く
ふたごころ篠つく雨をきいている
唇の薄い男とくぐる修羅

「きやり」（一九五三〜一九九四）

泣いて済まぬ事を他人は泣いてくれ
つけ髪が落ちるから待ってよ愛撫
数々を欺して古りし牡丹刷毛
白髪染めながらおんなを閉じてゆく
わが粥が煮えるひとりの静けさに

「現代川柳」（一九九一・一）の北川弘子「西村恕葉」より

外山あきら

とやま・あきら
（一九二四・三・一八～二〇〇五・二・一一）
一九五四年から川柳を始める。番傘川柳本社、番傘九州人間座、大牟田番傘川柳会等に所属。六三年、福岡県大牟田市の三井三池鉱炭塵爆発で罹災する。

尻ポケット裏返ってるそんな人
馬洗う青年馬に負けぬ色
干し物をくぐり民生委員来る
菜の花の真ん中にいる淋しがりや
エプロンで涙を拭いたよい話
ふる里の汽車に飛び乗り負けている
芒野に捨てた帽子は拾わない
原発反対父が再婚すると言う
川底の石を生涯ひとつ持つ

『川底の石』（一九八四、番傘九州人間座）

石炭《すみ》を掘るかたちに腰の曲りおり
共同水道鍋の底までお見通し
笑い転げて鉱山の運動会走る
一匹の蜉蝣落盤で死んだ
閉山や四コマ漫画だったのか
父から子へ確かに渡す捕虫網
ちちはは健在玉葱が吊ってある
記憶喪失がはじまっている父の斧
よい人がたくさん来てる帽子掛け
風呂敷に月をたたんで姉帰る
川底の石裏返り喪の明ける
借景の船がとまってくれぬなり
胸襟を開かぬうちに汽車が出る
壷に掌を入れる期待がおおきすぎ
ホラ吹きがいない寂しい夜道だな
草原に若い鎧が捨ててある

『燃える石』（一九九八、川柳人間座・大牟田番傘川柳会）

大友逸星

おおとも・いっせい
（一九二四・五・八〜二〇一一・四・一六）
一九四八年頃から川柳を始める。新田川草が創刊した「杜人」に、四九年同人として参加。九七年今野空白没後、「杜人」発行人となる。編集長の添田星人と〈杜人の二つ星〉と呼ばれた。

親子三代飯粒を付けている
蓮根の穴の向うの遊び人
流れ者輪ゴムを一つ持っている
一面の田圃一面の踏絵
味の素振り掛けられて蹲る

『寝待ちの月』（一九九三）

風紋や　女たらしは尚更に
人形の箱は途方もなく深い
煙草屋の角を曲がって救われぬ
君の掌の氷が溶けてから話す
二等辺三角形の立ち眩み
引き出しで紐になったり蛇になったり
喜びを花屋に漏らしてはならぬ
善人が一本足で立っている
凧の糸預かったまま日が暮れる
スリッパの音切腹は終わったか
君と行く匙一本のまぶしさで
切り株の失いしもの例えば火
郵便局でゆっくり雲を食っている

『なまけもののうた』（一九九〇）

欄干に両手をついて河を待つ
バラ線の奥に尿瓶が横たわる
女の子が一人寺からついて来る
人間の代わりに植木鉢を置く
真ん中に袋を置いていなくなる
天皇に花を摘ませる飽きるまで
老人とビニール傘の置きどころ

『新世紀の現代川柳20人集』（二〇〇一、北宋社）

奥 美瓜露

おく・みかろ
（一九二四・六・一四〜二〇一一・二）
一九三一年「俳詩」から川柳を始める。四六年「蟹の目」創立同人。同年一二月、蟹の目川柳社を辞し、川柳甘茶くらぶ創立に参加、のち代表。著書に『石川近代川柳史』（九二）等。

キャラメルの空き箱みたいにうら哀し
陽炎に尻ふり電車遠くなる
満天の星の一つとだけ話す
秋の虫蛍光灯の紐を這い
どこをどう歩いて来たか駅へ出る
蝙蝠を食べてしまった夕焼だ
着ぶくれて銭勘定がうまくなる
ずるい男が編物を編んでいる
コーヒーカップに雲が流れてゆくばかり

『浅野川』（一九九〇、川柳甘茶くらぶ）

銭湯の真昼生き下手生き上手
背信やひよこの黄が地にあふれ
テレビの上に昨日の数珠が置いてある

竹人形竹の精気がまだ抜けぬ
無縁墓丼鉢に溜まる雨
生贄に持たしてあげる握りめし
今にして遊び足りないあばら骨
ソフトクリームを食べる少女と目が合った
どうしようもなくて帽子に水を汲む
にんげんに近寄ってくる裸の木
机の下に抜け穴が掘ってある
行方不明の傘を仏がさしていた
花街の淫らでゆるい下り坂
目の前に妻の尻あり寺の段
放蕩の血が流れてる庭の松
傘さしたでんでん虫が通り過ぎ

『瓢箪町二十四番地』（一九九九、葉文館出版）

金森冬起夫

かなもり・ときお
（一九二四・九・二一〜）
一九四六年、岐阜川柳社発行の「うかご」、大分の「川柳花火」同人。その後、五六年河野春三の「天馬」、五七年今井鴨平の「地上派」等に参加。

今日無学たり父に山枯れはじむ
父よ石曳く己が墓碑とはならぬ石
かく青く湖憎しみの果てにある
夕日赫赫と　少年の嘘を溶かす
裸灯をつつむほそき炊煙　今日の汚点
わが徒食　橋脚太く打ち込まる
ジエツト機過ぎゆく　向日葵キクキクと首は振らぬ
「天馬」（一九五六〜一九五七）

野の果てに来て　てのひらを　みてしまう
そして明日も生きたい　紙幣うらがえす
馬鹿め　それは俺の尻ッ尾だ
テーブルに　硬貨ころげしよりひとり
憤りあり　胸より高き　焚火囲む

冬日背に墓碑杳き日の海を指す
そむかれもせで涸川をわたりきる
凧天に　わが容れられぬ思想をもつ
精液の匂いを愛し　月ある天
見事なる穴掘り春を眠るのみ
貪慾な玻璃戸で春の灯を食らい
河光る　すでにあしたは　賭けられし
蝶来しを　背徳の碑は越えがたき
遠雷に　書架の書倒る無学の日
橋渡る　人を愛せしことありや
許されぬこと多くして　夜の河
かくて愛は真実ならむ牛車ゆく
辞書厚く　今日飯足りし夜を眠る
『川柳新書 第37集　金森冬起夫集』（一九五八、川柳新書刊行会）

谷垣史好

たにがき・しこう
（一九二五・一・二〜一九九三・一〇・二六）
一九六四年頃から療養先羽曳野病院の川村好郎指導のどんぐり川柳会で川柳を始める。六八年「川柳塔」同人。髙杉鬼遊、香川酔々とともに〈好郎門下の三羽烏〉と呼ばれた。

ほしがれいとことん搾取された貌
お茶漬けもそこそこ花火あがりだし
唐草模様が子供心に恥ずかしく
死ぬときはひとりぼっちの雪だるま
現実やめしに大中小があり
闇が呟いている闇の静けさ
死体折るように寝椅子を折り畳む
その言葉教えた人は死んだんだよ鸚鵡
朝顔が咲いてるうちのひと仕事
世界地図日本は力んでるみたい
奴凧落ちても意地を張りつづけ
鉄橋に夕日倖せまだ遠い
空瓶のフタのないのは寒そうな

庭の八つ手のアナクロニズム
小公園　乾いた土と老人と
屑籠の位置まで腹が立ってくる
春ざわざわ一級河川まだ眠り
警報が遠く聞こえるわらび餅
鼻の穴性善説を信じよう
月光よいつか一人になる茶碗
軍備増強素肌に毛皮着る如し
鰺一尾　貴公子然と売れ残り
耄碌という字にひそむしたたかさ
裏表ないのは亀の子たわしだけ
魚屋が魚に水を掛けている

『谷垣史好句集』（一九九五、川柳塔社）

寺尾俊平

てらお・しゅんぺい
（一九二五・五・二〇〜一九九九・一〇・一九）
一九五四年頃から川柳を始める。五七年「川柳研究」幹事。八七年三月、岡山に「川柳塾」を創立し、後進の指導に励む。句集に『風の中』（九〇）等、著書に『海が砂漠か砂漠が海か』（九九）等。

やたら死にたがる大きなマスクの眼

『葦川』（一九八六）

帽子転げ思想が零となりしかな
てのひらのいっぽんの釘冬に入る
饒舌な鬼ははぐれてしまいけり
秋空もいっしょに回る皿回し
駱駝の背　あるあきらめをのせている
いっぽんの傘が屋台においてある
言いすぎた淋しさがある橋の風
杜甫よりも放浪癖のある蝶で
風を生むあたりに伎芸天が佇つ
物語続くかぎりのヴァイオリン

『寺尾俊平句集』（二〇〇〇、新葉館出版）

高い橋僕には捨てるものがない
淋しい日一人の敵を仮想する
尺取虫が樹の上からみた海だ
悲しみの掌に溢るるは水ならず
青空のたしかに音がして怖し
海を去る海の追撃許しつつ
玻璃につくわが倦怠の脂肪の掌
哲学やかくてかくてと鶴歩く
青葉若葉広重の馬みたいな馬
鮎の骨夫婦の旅は少し淋し
寺の祭りの冷えたるほとと火吹き竹
橋の上の馬車に冬の実在があった
弾道下のキャベツキャベツの匂いする
ぽくぽくと馬ぽくぽくと夢ぽたっと夢

片柳哲郎

かたやなぎ・てつろう
（一九二五・五・二八～二〇一二・四・二八）
一九四三年、中野懐窓、北村雨垂を訪ねる。四七年川上三太郎門に入り、のち「川柳研究」幹事。その後、「鴉」「鷹」「川柳ジャーナル」「藍」「とまり木」等を経て、九三年現代川柳「新思潮」を創刊。

凍天や　こゝら文芸盗む者ら
微光いざ　おお仏らの立ちあがる
陽は西に三枚五枚わが肋骨《あばら》
驢馬振り向くむかし愛せし夢いくつ
かの風の生れし葦は今日も折れぬ
父に秘あるがごとく　いまぞ夕日
風は野を　野は父と子を虫のごと
なべて春は長き長き太刀買いに
ともしびや静脈浮かせ飯ひろう
喪神のそこらひとりの画く円
凍原に残す一個の反旗たり
月の視野　誰か双刃を砥ぎ居たり
ロイド眼鏡の驢馬が麦食う口開けて
おみな　みな西へながれて夕焼す
あわれ　そが真珠を拾う夜の一隅

『黒塚』（一九六四、川柳鷹発行所）

火は放つもの　あるときは火の襤褸
おくれ毛や風立ちさわぐ虚無のあり
降る礫　うなづいている鏡の部落
花の村　尻取り唄のみな殺し
姥捨てのあそび言葉の輪唱や
三人の愚かが秋の鐘　乱打
原爆忌　堀っても堀っても埴輪の眼
雲ゆき　空ゆき　亡命の馬燃え落ちる
げんげ野に父を坐らせ　みんな消え
糸ぐるま　糸も老婆も舞いあがる

『乱々』（一九八九）

桑野晶子

愛憎もひとつに溶けて独楽の芯
こぼれ陽を掬う傷つき合いながら
雑木林で一直線になる夫婦
真実を問えば卵の黄身ふたつ
それほどの思想はないが胡麻はねる
流された橋を見ている昼の月
走らねば風車の赤が冷えてゆく
丸木橋渡って風になる女
ハイボール花の柩と眠りたし
ひらがながかすれて慕情ふくらみぬ
日溜りの回転木馬が褪せている
水色のポスト逢えなくなる予感
財布にも鍵にも鈴は淋しくて
かなしみよ集れ泡が逃げてゆく
くわの・あきこ
（一九二五・一一・四〜二〇一五・一〇・一九）
一九六八年から川柳を始める。「川柳きやり」「森林」「人」「魚」「さっぽろ」「川柳公論」「川柳展望」「点鐘」「とまり木」「川柳新京都」「新思潮」等、多くの柳誌に作品を発表する。

戻らない毬を鏡に追いつづけ

『眉の位置』（一九七八、札幌川柳社）

葡萄皿その一房の小言念仏
結界や莢豌豆のすじを取り
石造倉庫　雪にやさしく死ぬ日あり
生者必滅きりぎしに屑かご一個
シーツ真白　如意棒のない時間
ドーナツの穴から覗く禁猟区
胸板をこぼれる多感なビスケット
棒だら下げて一夜二夜の鈍色河口
缶切りを握る力の善と悪
編集後記雨はいつから穏やかに

『雪炎』（一九八八、かもしか川柳社）

森田栄一

もりた・えいいち
（一九二五・一二・六〜二〇〇六・一一・一八）
一九六三年、業界誌「川柳小路」を企画。六五年「ふあうすと」同人、高木夢二郎の「川柳人」にも参加。八三年「アトリエの会」を創刊。短詩形交流の会・短詩サロングループと交流。

月下独酌　秋刀魚の骨とわが肋
一束の人参があり人恋し
羯諦羯諦　棒をいっぽん立てて置く
八月の小石ならべてパントマイム
売約済の空を見ているマネキン人形
ながいながい喝采が止んだ　穴
秋の長雨川の向うの献血車
ピアスの穴から議事堂が見える
鳩を射落とす他に方法はなかったか
汚れた川に方法論が浮いている
出る筈のシャワーが出ない　無言劇
血の気の多いペンでたまごが割れるかな
力いっぱい抱いてやる　レモンの木

復讐を忘れた梟たちの宴
乾いた砂から銅鐸の青いおんがく
象の鼻からバロック音楽を聴いている
いつも途中で眠ってしまう深海魚
刑期を終えて壁の向うのヴァイオリン
共同墓地に投げ込まれたシンフォニー
傷のガーゼを独りで剥がす夜のピアノ
残尿感がまだある　夜明けのシューベルト
七色のシャワーを浴びる雨蛙の呪文
排水口から流してしまう　余白
メランコリックな都会を包む巨大なチョコレート
フィラメントを点す　青い林檎の木

『パストラル　森田栄一作品集』（一九九八）

飯尾麻佐子

いいお・まさこ
（一九二六・一・三〜二〇一五・七・二九）
一九五五年頃から川柳を始め、まもなく川上三太郎に師事し、「川柳研究」幹事。七二年、中村冨二主宰の川柳とａの会創立に参画。七八年「魚」創刊。九六年、グループ「あんぐる」創刊に参加。

矢をぬいてくれる訪問者のひとり
天井より紐吊るしている　やさしい魚
野の涯の一の樹になる血を売りに
鱗剥ぐ　煌煌と反る　人魚の朱
曇り日は岬めぐりの決意など
妻の曇天　金魚の死を裏返す
急がねば　たね屋の種が血をふくぞ
痩せてゆく枯野の底のホイッスル
人語のわかる巨きな鴉が来て坐る
いのち嫌いの男がひとり　休日のブランコ
魂は売らない夜の銀色感覚
共犯の梯子　死に真似も上手
一本の縄　赤ん坊をのぞきこむ

「魚」（一九七八〜一九八八）

子ら駿馬　裏切ってゆく素晴しさ
空間を火の矢がよぎり　みんな敵
さりげなく素顔をさらす敗けいくさ
喪服着て　暗い花火を遊ばせる
味噌汁に浮く暗殺者の帽子
今夜はシチュー　狙撃兵を煮つめよう
望郷の首刎ねられる白タンポポは
女　沈黙　某上人の鳥となる
意志の骨　枯れゆく午後は淫蕩に
復讐の好きな手袋が降るよ
もの書きの刃を研ぐ喉のうすあかり
樹を一本遠巻きにして命乞い

『小さな池』（二〇〇四）

松本芳味

まつもと・よしみ
(一九二六・三・五〜一九七五・三・六)
戦後、高須唖三味の手引きで川柳を始める。河野春三の「私」以後、「人間派」「天馬」「馬」「川柳ジャーナル」と、終始春三と行動を共にする。その間「鴉」「白帆」「鷹」でも同人として活躍。

路ばたの小さな石はわらわぬなり
暗き背を倚すれば支う壁はあり
生きたいか　ひとえに秋刀魚焼く母よ
空の奥恋ういっぴきの魚なれや
ふたたびのかかるしづかなまひるどき
手をひらき手を閉ぢ何を失ないし
童女哭く樹に倚れば樹の蒼さなど
たそがれの黄金《キン》の背文字に目まいしたり
はっぴーえんど金貨がポケットにて鳴れり
風の夜は風が「ちよいと」とささやくぞ
ぼろぼろの船が出てゆく　丘まひる
地に落ちた眼鏡に暗くピント合う
眼の中にまひるはあったまひるはおろか
おんがくが耳をさがしている　冬
キノコ雲もくもく
上ったままの
時間である

ローソクを点けろ!!
　にんげんの夕餉
　けものの眠り
クレーン飢え
にんげんを吊る
誕生日
胸に鉄柵
海に
墓標の列すすむ
遮断機が上ると
首が
地に落ちた
ぼくの中から
一羽の鳥がとび去ってゆく
ぶらんこ

ぬすびとが
相対死する
ブルースよ
難破船が
出てゆく丘の
ひそかな愛撫
無医村の
露天に晒す
生身《なまみ》の墓
胸の
　氷河の
　　軋む
　　　交媾
これはたたみか
芒が原か
父かえせ
母かえせ

『難破船』(一九七三、川柳ジャーナル社)

橘高薫風

きったか・くんぷう
（一九二六・七・一一～二〇〇五・四・二四）
一九五五年から川柳を始める。五七年「川柳雑誌（現・川柳塔）」不朽洞会員。九四年「川柳塔」第三代主幹。句集に『有情』（六二）、『檸檬』（六五）、『肉眼』（七三）等、著書に『橘高薫風川柳文集』（二〇〇二）等。

乱れ髪式部の世より恋は憂き
労働歌　蟻が歌えば凄かろう
四面楚歌　故郷は豆の花の頃
湯槽出る男　海より出るごとし
旅人も　月も　やがては去る砂丘
霊柩車　辻を曲ってから　速し
妻よ子よ水の深さが臍を越す
灯を消せば彌勒女菩薩毛糸編む
恋人の膝は檸檬のまるさかな
生まれし時灯ありき死に行く時灯あらん
遠き人を北斗の杓で掬わんか
長靴の片方どうしてもこける
われに過ぎたり　絢爛と死ねる歳

建国祭　寒の卵に血がまじり
てんとう虫　ここにも小さい輪島塗
漆黒のピアノから出る海の音
牡丹雪　ゆっくり俺が昇天す
人の世や　嗚呼にはじまる広辞苑
胃半分　肺半分の湯呑かな
恋人がいま肉眼に入り来る
睡蓮は万丈光の光源よ
孔雀羽根ひろげくるりと能役者
亡母の闇この世は雨が降っています
桐一葉猫も座禅の向うむき
老司祭黒にも無垢の衣あり

『喜寿薫風』（二〇〇三、沖積舎）

脇屋川柳

わきや・せんりゅう
（一九二六・九・二一〜二〇一七・三・三一）
一九五二年貧乏川柳会に所属していたが、五三年根岸川柳に入門、翌年東京川柳会同人。七七年同会代表、根岸川柳没後、その遺志により一五世を嗣号。著書に『甲子夜話の中の川柳』（九六）等。

憤懣を池へ投げ込めば　ポチャン
雨だれへ今日も終りのない話
にらめっこ浮輪の虹の中に居る
蛙　夕焼けは君のものだよ
うその話へ毛穴のそのまんま
蛇　愛されて瞼ができる
小便ちょっと曲げてみたら　童話
どうしてもヒップ夢をはずれる
風の中雅びな森は爪を切る
東京をそっとめくれば　ゴキブリ
巨大なる窓は窓を掘り続け
風紋の一つ　掌に遊ぶ
立ちくらみする飽食な花鋏

風鈴の欠けて夕日を盗み見る
故郷を握り続けている画鋲
ネジ　ぽつんと海を語りつぐ
日溜りへ虫の悟を吊しとく
余白あり　銀の写楽へ逢いにゆく
赤い少女は食べられそうな時計だな
虹のカケラ集めて昏れる紙の笛
ゆらゆらと花片を聴いているコップ
古代史とれんげが映る少女の掌
言霊や　雫へ映る平家琵琶
握りこぶしが　天国をはみ出す
明日は　無害な壺と戯れている

『現代川柳選集　第一巻』（一九八九、芸風書院）

小出智子

こいで・ともこ
（一九二六・一〇・二八〜一九九七・六・二二）
一九六七年九月、南大阪川柳会に初出席。七一年「川柳塔」同人。七九年、勝山双葉川柳会を興し、後進の育成に努める。九四年「川柳塔」副主幹、九六年女性として初めての理事長となる。

空瓶が溜って秋が深くなる
虫すだくこの身一つの置きどころ
新聞がいつものように入れてある
ところ天大きな喜びなどいらぬ
幸せすぎて風鈴を二つ買う
何でも話せるひとと夕べの柿を剥く
新しいカレンダーほど強くなし
大人にはいまだになれぬくすり指
梅干の種人生が解りかけ
あじさい寺の冬を想像せぬことだ
古いノートの真ん中辺にあった滝
夫より包容力のあるポスト
昔一人の弟がいた鬼やんま

失敗でふくらんでゆく雪だるま
月見草ひとりの湖をもつひとに
花屋よりこころの通う果物屋
雨の日のお洒落を雨に見てもらう
風船の数としばらく莫迦になる
トイレから出てきた顔は正直な
五十九歳これから川へ洗濯に
ほっとした処に置いてあるみかん
友達を裏切り障子張っている
ブランコがふたつあるから気を許す
春愁の飴玉一つ口にあり
去年のことは忘れて菫咲いている

『路の臺』（一九八九、川柳塔社）

墨作二郎

すみ・さくじろう
（一九二六・一一・二～二〇一六・一二・二三）
一九三四年詩人の安西冬衛を知り、三九年渡辺水巴門の大野翠峰に師事。四六年河野春三を知り、「私」に参加。八七年「点鐘」創刊。以後、川柳革新のため多くの川柳誌に作品を発表。句集多数。
ばざあるの　らくがきの汽車北を指す
蝶沈む　葱畑には私小説
川すじの日がないちにち　皿小鉢
秋の椅子　かたちばかりの駐在所
鳩笛を買う青年と　だるい河
逆流の河　にんげんに掟あり
行年五十　靴屋の椅子にあるトマト
殉教のように　集まる竹トンボ
俗悪の　大根の束並んでいる
あじさいの坂で　一度は死ぬつもり
菜の花に踞めば　遥かなるいくさ
長い貨車通り過ぎれば　てなし子
いくつかのトランプの裏　亡命す
死ぬときは海を見ている　水芸師
かくれんぼ　誰も探しに来てくれぬ
四月馬鹿　シルクロードを妊りぬ
処女膜とヒアシンスあり　せともの市
口きいてくれず　いまだに木の駅舎

『尾張一宮在』（一九八一）

阪神大震災

春を待つ鬼を　瓦礫に探さねば
埠頭クレーン傾斜のかたち　嘔吐のさま
大鳥居倒壊　焚火するしかない
陥没地下鉄　犬が犬舐め合う
水運んでいる　ことば掛け合っている
すこしづつ変る　震災後の狛犬
引き摺っている戦後　塗り絵を塗りつぶす

『墨作二郎集―第三集―』（一九九五、現代川柳点鐘の会）

林ふじを

貴方《あなた》の色彩が私をいつぱいにする
子を語る貴方と距離を生むあたし
うなづいたあごの丸みも主婦といふ
灯を消せば部屋いつぱいに充《み》つ鼓動
何とでも理由はついて小さないのち消え
奥さんと言はれて気づく身のまはり
子に送る金少しづつ病んでゐる
寝るだけに帰るそれすら嫉《や》けてくる
過去ばかり探る男のつまらなさ
接吻のまま窒息がしてみたし
コツプ固く握り怒るまいとする
駅前の別れに他人めく言葉
少女もう少女ではない桜の実

はやし・ふじを
（一九二六・一・二～一九五九・二・一九）
勤務先の印刷会社、孔版川柳社の経営者だった桑原正一（別号・句六）に川柳を教わる。一九五五年正一に連れられ、川柳研究社の句会に出席。五七年「川柳研究」幹事。句集に『林ふじを句集』（五九）等。

何も彼《か》も打明けられて息苦し
奥様と言はれ否定もせず笑ひ
湯がたぎるしづかにしづかに今を愛す
抱きよせてわが子の髪の素直さよ
言い切つた心の重さ抱いて寝る
子にあたふ乳房にあらず女なり
機械的愛撫の何と正確な
レツテルは寡婦《かふ》で賢母《けんぼ》であたしは女
台所妻にもなれず母にもなれず
己《おの》が血のいのちが見たく傷つける
月一度野獣と対す火を欲し
ベツドの絶叫夜のブランコに乗る

『川柳 みだれ髪』（二〇一四、ブラス出版）

前田芙巳代

母の手は人を赦して小さくなる
子供は母をためしつづける花畠
母の櫛どこにおいてもふしあわせ
あやとりのここから先は母ぎらい
喪の家のなにか毀れる台所
櫛を売るのは魂よりもすこしあと
髪を染めないでいる小さな賭
哀しみに深入りをしてきざむ葱
狂いはじめてひとつの唄を離さない
哀しみを一歩ぬけだす日和傘
放心の帯をぬけだす　あげは蝶
ありふれた釦を握り死んでいる
指が短いので哀しいのでしょうか
骨つぼの鶏のあばらはまぎれもなし
まえだ・ふみよ
（一九二七・九・六〜）
一九六六年「川柳塔」に初投句。六九年、岡橋宣介の「せんば」同人。七五年「川柳展望」会員。八〇年、定金冬二の「一枚の会」に参加。九七年、同誌改題の「明暗」代表となる。「明暗」は二〇一〇年終刊。

近道のそれより近い　けものみち

『しずく花』（一九八三、川柳「一枚の会」）

よろこびを伝えるためにある枕
ときどきは火をつけにゆくかたつむり
他人事のようにふとんが積んである
旅の終りの横にいるのはよその猫
一宿一飯きれいに拭いてある鏡
喪が明けて不意にまぶしい足の裏
情けには遠いところで傘を干す
花の名を忘れてからのひとり旅
炎から炎にかえすものがある
月光をつかみそこねた寺の塀

『日ぐれ坂』（一九九四）

大野風柳

おおの・ふうりゅう
（一九二八・一・六〜）
一九四三年の春頃から川柳を始める。四八年、江戸文学研究者阿達義雄と「柳都」を創刊。五一年川上三太郎、五九年白石朝太郎と出会う。著書に『定本 大野風柳の世界』（二〇〇八）等多数。

告別式どっと笑った台所
寂しさは帽子を脱がず部屋にいる
おはようは追いこす方が先に言い
襁褓くぐる時太陽の臭いする
とし甲斐もなく砂浜を駆けてくる
牛二匹視線を避けたような位置
海岸の松に名のない日本海
森抜けて来ててのひらのひややかに
いなないた馬に故郷はすでに無し
ひとりじめして坂道を駆けのぼる
腹からの笑いが湧いた稲の中
妻の留守ますます童顔になってくる
蟹の目にふたつの冬の海がある
枕木を歩くわたしの時間です
ひまわりの大中小の同じ向き
寒鮒のただ横顔を持つばかり
石段を降りるすこうし若返る
かざぐるま廻れ指紋を消してくれ
おしぼりのしぼり不足の家風なり
耳たてていても寂しいしろうさぎ
アリバイのような羊が一匹いる
それでいいのだとつぶやいているまるいつぼ
はくちょうの御用提灯らしき首
霧よ霧股間を抜けてもいいよ
ふるさとの風に道あり花の種

『定本 大野風柳句集』（一九九八、柳都川柳社）

進藤一車

しんどう・いっしゃ
（一九二八・六・一一〜二〇一五・一二・一五）
一九四五年川柳を知り、根室一川吟社の存在を知る。その後、釧路へ転じて釧路川柳社に所属。七一年函館へ転勤し、函館川柳社に所属。その後、札幌で九九年「劇場」を創刊。

虹はまだ消えず少年ひた走る
霧笛だけ鳴らし不妊の海黙す
善人がつけてさびしい鬼の面
吊り皮に個性がなくてみんな揺れ
おふくろと駅から歩く秋祭り

『日溜り』（一九八二）

屈葬のかたちで掛ける終電車
神々を吸えないストローの長さ
喉にある小骨は西田幾太郎
末世かも知れぬマンボウが目をつむる
美しい嘘を自分に言い聞かす
ふんぎりをつけると月も歩きだす
称賛を入れる大きな箱を買う
盛り場の朝に落ちてるうす笑い

どの花も好きでどの花も買わず
鉛筆がやたらに折れるさようなら
弥勒菩薩とゆっくり食べる茹で卵
鬼の面はずすと鬼がいる安堵

『日本現代川柳叢書　進藤一車句集 雪明り』（一九九一、芸風書院）

「通り抜けできます」人が好きになる
どまんじゅう　こんなやさしい絵があるか
凍土　この極まれる欲情
サヨナラのあとの逆上りが下手で
少しずつ納得させるししおどし
サクランボどこに置いても翔びたがる
ちんどんやのしんがりにいたてらやましゅうじ
玉乗りを好きでやってる訳じゃない

『その日ぐらし』（二〇一六）

田頭良子

たがしら・よしこ
（一九二八・一二・一〇〜二〇一九・一一・一三）
一九六八年、番傘いざよい川柳会へ初出席。七四年、番傘川柳本社同人。八六年、うめだ番傘川柳会へ移籍。九一年、「番傘」編集長、うめだ番傘川柳会会長となる。

郷愁がずきんと痛む地平線
午睡からさめ突然に何をいう
引っ張ったらあかんあんたはペットやで
各部屋に時計を置いて落ち着けず
いじめ甲斐ある人を待つきゅうりもみ
エスコートする最高の小雨降る
残暑きびしく少し破廉恥などいかが
紙さえも切れぬナイフになり果てて
突然の寝返り深い深いわけ
ハッスルをし過ぎて面がはずせない
足をひっぱる寒いさむいを口癖に
ふたごころない渋柿も甘柿も
欠点のない風船にあきがくる

海からの二つ返事を待っている
柘榴はじけて少しエッチな白い皿
自称詐欺師一級詐欺師とはいわず
死角からゆっくり船が出てゆくぞ
大仏さまをどんどん大きく造る莫迦
交番の奥はいまでもうす暗い
小さい机だが体温を持っている
聞いてごらんあの木がちょいちょい咳をする
床の間に知性のうすい壷がある
あの熱は何だったのかしゃぼん玉
安全ピンはずれて誰も来てくれぬ
誰もいないので夕陽へビールぶっかける

『もなみ抄』（一九九七、葉文館出版）

時実新子

ときざね・しんこ
（一九二九・一・二三〜二〇〇七・三・一〇）
一九五四年から川柳を始める。「ふあうすと」「川柳研究」「川柳ジャーナル」を経て、七五年「川柳展望」を創刊主宰。九五年主宰を辞め、「川柳大学」を創刊。句集に『有夫恋』（八七）等、著書多数。

約束の場所に他人が立っている
月のかさめぐり逢わねばただの暈
或る決意　動物園の檻の前
耳の形が思い出せない好きなひと
恋成れり四時には四時の汽車が出る
掌の中に響き鳴く蟬握りしめ
つらなってわたしを去ってゆく電車
鳴っていた矢車不意に鳴り出しぬ
何だ何だと大きな月が昇りくる
かの子には一平が居た長い雨
ころがしてころしてしまう雪だるま
咳きこめば遠くで沈む船がある
判決やたたまれてゆく鯉のぼり

何気なく樹に凭れると異邦人
したたかに二人三脚ころびけり
あかつきの豆電球のなつかしさ
挨拶をしない二本のさくらの木
面罵してしのつく雨の停留所
暗がりのバケツに鮒が入れてある
風呂まで三里唄も出つくしまだ一里
蝶の通る径あり私に細道あり
きらきらと鯖の二尾抱き戻るかな
れんげ菜の花この世の旅もあと少し
どこまでが夢の白桃ころがりぬ
愛咬やはるかはるかにさくら散る

『時実新子全句集』（一九九九、大巧社）

早良葉

さわら・よう
（一九二九・五・一九～二〇一八・六・四）
一九五二年から川柳を始める。福岡番傘を経て、五九年番傘川柳本社同人。七〇年、樋口千鶴子改め早良葉。七五年「川柳展望」創立会員。「川柳ぐるーぷせぴあ」「笛の会」会員。

入院をしたのも秋で秋淋し
内股に歩きこの世に欲を持ち
降りてみてあとから誰も降りぬ駅
満員車麦の青さを誰かいう
わかれゆくこの期におよび針と糸
残酷な言葉に節をつけてみる
あやとりの相手にならばよい男
おしろい花おんなであった日を数え
徐々に徐々に何かが狂い梅ひらく
愛涸れてイヌの匂いのする女
梨の芯ほどの女とおぼしめせ
黄蝶から頂くものは戴いて
現在の位置確認の芹を摘む

葉桜へおなじ言葉を言いもする
菜の花やおんなの顔は荒けずり
清流をふさぐ乳房を二つ置く
のぞましきかたちで闇に辿りつく
健全な犬の乳房を強く揉む
おんないまどこを見ている栗の花
干柿の里にわからず屋の老婆
冬苺裏切りやすきいろならむ
課せられたようにいちょうの葉を拾う
みどり濃き野へ突撃は成功す
ニワトリのたった一羽に愛そそぐ
レモン転がしてあしたのバネとせむ

『早良葉川柳集』（一九八二、川柳展望新社）

後藤柳允

ごとう・りゅういん
（一九二九・五・三〇～一九八二・五・八）
東北川柳界の先駆者であった蝶五郎の長男。一七歳頃から川上三太郎に師事。一九五一年から三一年間「ねぶた」編集長として青森県川柳界の発展に尽力。五九年父の没後、黒石川柳社主幹となる。

ゴールデンデリシャスすべてを許す影を置く
打てばすぐ響く若さへ苦笑する
人の世にあきれて人の数にいる
母の居ぬいろりなかなか火が燃えず
山の湯に語る語もなき凡夫たり
逆立ちをすればどうにかなる世相
落ち葉落ち葉女の過去にふれまいぞ
藁屋根がポツンと月を楽しませ
核爆の下におどけてねぎ坊主
三代の家業そろそろ世におくれ
意地悪な顔を淋しく見る日昏れ
死火山は端正に父ともおもう
臆すべき何物もなし山に向く

自尊心深く埋もる雪の里
新雪を視野に久しき血を湧かす
父に似てきた心境へ薬缶噴く
繭きらきらははの愛そこに
カラスいま愉快でござる貨車の列
故郷に帰れぬ嘘を積み上げる
呼びなれた妻の名ながらふとおかし
歳月や箸の長さも等しからず
隻眼の掌に花びらが冷えてゆく
荒縄をほぐすと藁のあたたかさ
雪の歌書くとかすれるボールペン
春を呼ぶさえ雪国は雪が降る

『餘香』（一九八四、黒石川柳社）

前田夕起子

まえだ・ゆきこ
（一九二九・七・三〇～二〇二一・一〇・九）
一九五七年創刊の「川柳平安」に、六七年同人として参加。七七年「川柳平安」終刊。翌年創刊した「川柳新京都」創立同人。九九年「川柳新京都」終刊。翌年創刊した「川柳凛」創立同人。

夕間暮れ琵琶の音色と響きあう
ちょっと絵を抜けて海でも見てきます
琵琶湖の水位てのひらの水位
筋書きのどのへんにある波しぶき
いますこし大人になろう滑走路
茜色に融けこんでゆく還らない
深爪といる静寂な淵にいる
目に宿す旅のさなかの水車小屋
終の部屋夕陽がこの部屋から見える
その果ては湖か油絵は未完
保護色のままで霧から出てゆくよ
夕方の絵に忽然とある肉屋
海沿いの駅に待たせてあるかもめ

身構えることを覚えてきたポスト
ちぎり絵に紛れこんでは昼寝など
絵にならぬようにタクシーから降りる
フラミンゴに蹤いてゆけそう身軽な日
病院の匂いもバスに乗っている
割れトマトそれでも貫き通すもの
話し甲斐があった蕎麦屋の低い椅子
切株にひとり表裏を干している
オブラートの感触この人とも他人
まやかしの石が湖まで敷いてある
さむい掌に遊ばせている金平糖
去り際の海がこんなに海らしい

『茜』（二〇〇七）

尾藤三柳

びとう・さんりゅう
(一九二九・八・一二〜二〇一六・一〇・一九)
一九四一年から川柳を始める。四八年から前田雀郎に師事。雀郎没後、「川柳研究」「柳友」「人」「対流」等を経て、七五年「川柳公論」を創刊。編著に『川柳総合事典』(八四)等多数。

墓の頭が光っている　平和だな
国ほろびても王様の手のえくぼ
きのうの馬でお悔やみを言いにくる
とある日の菊はトテチテタとひらく
むなしい口癖〈そら〉色という言葉
歯並びのわるいガイコツなら愛す
能面の緒ばかり拾うきのうの川
ぽきりぽきりとてのひらの虹を折る
こもりうた海をいちまいずつ剥がす
首塚や　ここに候ものは風
銅像の視野に華麗な行き倒れ
ブランコの蝶ネクタイを笑えるか
水底へしょせん届かぬ水かがみ

綿菓子をふるさとのない君にやる
ランチおわりしばらくぬくい人の皮
こっそり死んでゆくこがらしを見たか
靴を買う足のさむさを人には言えず
雨一夜すこし身になる雅語辞典
どうぶつ園の切符一枚枯葉一枚
かろやかにタンポポが翔ぶ鏖殺《みなごろ》し
縄跳びをして待っている教誨師
湿った街の路面電車はがに股だ
寺町の石屋の石と立ちばなし
ポケットにポケット型の不発弾
まるのうち　ゆうれい船は朝かえる

『川柳作家全集　尾藤三柳』(二〇〇九、新葉館出版)

福島真澄

教科書に咲いた桜は散り給へ
人臭い雲が漂ひ飾り窓
夜空に穴あけて　ほら　覗く誰か
うなだれた街灯に刻の袋が重たいぞ
裏通りに風の行きどまりがある
影は本物以上の不具に揺れてる
喚きたい涙ならば魚語よ光れ
空《から》の心に毛糸の玉が痩せてゆく
破廉恥が許されてゐる小銭汗ばむ
ものの影　月の雫の　水溜まる
毀れた谷底に　消えてゆく　人形の爪
盲ひ猿が火傷ある掌をなほかざす
耳底で生まれた胤は鳴くよ　背信よ
猫は死に　一枚の袋がずり落ちる

ふくしま・ますみ
（一九二九・九・二〜）
一九四九年、東北大学附属病院に入院。加療中、インターン生であった今野空白の勧めで「杜人」に投句を始める。以後、「川柳研究」「鷹」「川柳ジャーナル」「藍」等に参加する。

敗北は胸一杯の豆を弾じかせた
石の斧　かなしみの血脈吐けば　裂けよ
廃船に横たへられた眠り　花火はぜよ

『指人形』（一九六五、川柳研究社）

方舟や小袖に隠す胎児《こ》の夜泣き
祝唄を水児がのぞく母は新嫁
掌をひらけば失語の湖のおののく葦
うらみつらみの双手に余る芒刈る
百八つ吸うた口ほどすみれ摘む
首塚の木に鈴なりのあかるさや
子盗ろ子盗ろと女四十の蟬しぐれ
幾世ものかりそめごとと花の木花かげ

『私版・短詩型文学全書 川柳篇2　福島真澄集』（一九七三、八幡船社）

矢須岡　信

やすおか・しん
（一九二九・一〇・二八～二〇一一・八・二一）
一九五九年頃から川柳を始める。六五年、番傘川柳本社同人。その後、三重番傘川柳会会長、朝日新聞カルチャーみえ川柳選者、三重県川柳連盟理事等を務める。

ほんとうのわたしがねむる膝抱いて
灯を消して一人の敵を攻めあぐむ
引き潮の中ではっきり知らされる
イントロに弱い男が荷を担ぐ
生きようと思う消しゴム買い足して
幸せのどこかコトリと音がする
再会の微笑見事な復讐で
似たもの夫婦足らざるを補えず
とうさんは粉石鹸を入れ過ぎる
妻の吹く笛に何やらふしがある
援軍は来ないと妻は知っている
生き方を変えてごらんと金魚鉢
万国旗飾る　虚しくなってくる

塔のてっぺんでペンキをこぼすことがある
わかりましたから太鼓はもうやめて
少年のまだからくりは知らぬ汗
出るとこへ出て善人のひとりぽち
陸橋でむかしの人とすれ違う
ひとひらよ悲しい恋をしたんだね
古い古い壁はユーモアだったのさ
ロボットにそろそろ癖が出る頃か
墓購うてその日無口になる夫婦
はっきり言うとブランコから落ちる
うそまことこんなことかな万華鏡
指切りをしたのはもう一人のわたし

『数え歌』（二〇〇〇）

工藤寿久

くどう・じゅきゅう
（一九三〇・一・二八～二〇〇一・三・一三）
一九五六年から弘前川柳社に入会し、宮本紗光に師事、五九年同人となる。六八年、青森県川柳社同人。七〇年かもしか川柳社幹事などを経て、九〇年紗光没後、弘前川柳社代表となる。

地吹雪に噫と吐く息持ち去らる
卒塔婆に何を書き足す津軽村
凍てついて祈りを持たぬ村の虫
真冬日よ箸を凶器と見間違う
草笛に泣き癖があり語尾かすれ
雪沓を首まで履くとやや眠れ
人恋し肩の巾ほど雪を掻く
顔洗う顔より重いものはなし
花束を遠くへ運んで行った波
多目的にコンクリートを練る弱者
偏東風きてサイコロ二つ置いてゆく
死ぬことも考えている屋根の石
のっぺら棒が棲みついている鏡

人間不信目玉焼きだけうまくなる
握手した掌からこんなに雪が降る
銃口の視野には花が映らない
山彦を待っているのは行き倒れ
百人のははが生まれる蕎麦畑
駱駝の鈴に欺されて薄目をあける
葦ゆえに聞いた葦等の細き衣ずれ
貧しくてランプを振ってばかりいる
耳底からなぜ出てゆかぬカザグルマ
笛を吹くいちにち影を着忘れて
樹が歩く月の光りに縛られて
象の絵に蟻の所在を描き洩らす

『津軽村』（一九九六）

村井見也子

むらい・みやこ
（一九三〇・二・二八〜二〇一七・一・四）
一九七〇年から川柳を始め、北川絢一朗に師事。七三年「川柳平安」同人。「川柳平安」終刊後、七八年「川柳新京都」創立同人。絢一朗亡き後、二〇〇〇年「凛」創立。一〇年「凛」退会。

誰からも問われぬ花を生けている
ひたすらな掌にひそませている釦
ふりむくのを覚えてからの長い坂
降る雪の一色ならぬけもの道
いくつ訃に出会う厨の薄明り
うすいえにしの昼の湯ぶねをあふれさす
杭を打つ音ばかり聞く春の耳
不倫かなこの水桶の抱きごころ
木の芽立ち危うく人の手に縋る
あって無き味方をおもう桜餅
思い出せぬことがまだある花あらし
同じ日に逝くかもしれぬ雨やどり
美しく逢える日を待つ実南天
傷口はまだ新しい水びしゃく

低唱やうろこ一枚ずつ落す
彷徨の果ての果てなる線路沿い

『薄日』（一九九一、アカデミア出版会）

竹そよぐ生きて葬るものの数
湧き水をのぞく一会の肩寄せて
悪が目を覚まさぬように爪を切る
鳥抱いた月日ぼんやりある向こう
月見草の沖へ捧げるわが挽歌
むきだしの崖が目につく父の死後
河口まで来たのにのっぺらぼうの海
少し猫背になってやがてに近くいる
逃げ道を塞いでくれる焚き火あと

『月見草の沖』（二〇一七、あざみエージェント）

須田尚美

すだ・なおみ
（一九三〇・三・三〇〜二〇一一・二・二六）
一九五二年、中山翠月の毛野川柳クラブで川柳を始める。同郷の前田雀郎に私淑。五七年、清水美江を知り、あだち川柳会（後の埼玉川柳社）に入会。七七年から八九年まで「さいたま」編集人を務める。

価値観の違いあらわに目刺焼く
橋の向うにぽつんと立っている小指
追憶はいいな静かに卵割る
雪が降ると渡りたくなる丸木橋
満月へ覚めているのは落し穴
丸腰で登ると揺れる縄梯子
頭蓋骨の割れ目で遊ぶ竹トンボ
感動がじかに伝わる落し蓋

『螢火』（一九九一、川柳新聞社）

起立した背は一筋の川となり
化身願望抜いてはならぬ杭を抜く
おまけしてくれた寓話を持て余す
さだめと割り切れば気軽になるふぐり

バスを待つ時間も桃を剥いている
正論を笑うなんきんたますだれ
晴ればれとこの世を生きる立泳ぎ
二礼二拍一礼じゃがいもが転げ
三百六十五日机の上を蟹が這う
くちづけをすれば崩れる土用波
ユーモアが欲しくて貨車を突き放す
陽炎と戯れ返り血を浴びる
白線まで下がってうたう子守唄
落とし穴の空気がうまいのも困る
崩れない豆腐を父としておこう
コピーぞろぞろ花瓶に花がない
無色にもなれず鬼ごっこが続く

『自画像』（二〇〇三、新葉館出版）

成田孤舟

なりた・こしゅう
（一九三〇・三・三〇～）
一九四八年、新聞投句から川柳を始める。五一年、小樽市の川柳粉雪吟社に参加、句会にも出席。五三年同人となる。五五年上京、同年九月から白帆吟社に参加。五七年同人、七三年主幹となる。

たった一人の焚火に犬が来て坐る
墓地へ向く足どりとなり振り向かず
猿回し　猿の生理に逆らわず
ロボットの会話に句読点がないぞ
花鋏　心の傷を偽装する
テトラポッドは　泣き虫で　お喋りで
病院の匂いを抜けて　冬木立
一歩出て吾れ猪は風を嗅ぐ
さりげなく籤買う列に居たピエロ
寝押ししたままの背骨を持ち歩く
八月十五日の父のミイラが干してある
美人の鼻に鳩は止まろうとしない
趣味のない男　輪ゴムを貯めている
花曇り　候文が長くなる

アンパンの臍も身内のカオをする
密約のムードが好きな絵ローソク
そうめん流しと　ゆっくり泳ぐ日本語
頭脳集団から紙ヒコーキが飛んでくる

『風の四季』（一九九六、葉文館出版）

煮こぼれる土鍋の中の氏素姓
頂天の椅子まで届くところてん
ドミノ倒しの真ん中に靴置き忘れ
前例に添う役人の後頭部
含み笑いの背景にある氏素姓
迷走の果ては案山子に突き当る
葉桜の下に溜った鼻濁音

『氏す姓』（二〇〇七、新葉館出版）

藤沢三春

ふじさわ・みはる
（一九三〇・七・一五〜二〇〇七・三・二六）
一九四〇年頃から短文芸に関心を持ち、「信濃毎日新聞」の俳句、短歌、詩、石曽根民郎選の川柳欄に投稿、次第に川柳に集中するようになる。上京後、七三年中村冨二主宰の川柳とａの会に参加。

いっせいに落葉が刺さる　朝のパン
定期券モシモシ君も亀ですか
予備校へ飢えに行くのかハム　チーズ
支配者の肩窓を去り鳩が来る
地に落ちてから花びらは喋りだす
坂の一樹しくしく昏れる浪花節
ジャンケンポン負けたパアからたんぽぽ飛ぶ
月並みな挨拶森に蝿が飛ぶ
妻の留守煮干しを齧りカァと啼く
少年つぎつぎにぼくの帽子を奪ってきえる
入院を送る案山子の涙は　父
老母臥す　過疎の銀河を過去帳に

『鬼　十三人集』（一九七六、川柳とａの会）

石段に秒針埋めてゆく夕陽
近かよると橋のナイフが立ちあがる
通勤車、啼けない鳥をポケットに
割箸の箸よりかるい恩返し
日溜りの鍋と噂を売っている
渚の音楽をじっと視ている乳母車

『森林　第一集』（一九八三、森林書房）

樹液キラキラ下着売場の静かな熱気
案山子の背骨を一本道で焼いている
壁画の鳩はいつも横向きに海をくわえ
問屋街　紙の歯車降ってくる
雑貨屋の犬の尾を撫で信用金庫
チンドン屋枯木をのぼる蟻を見ず
味噌汁をエリートたちも嗅ぎにくる

「人」（一九七六〜一九八五）

伊藤律

いとう・りつ
（一九三〇・七・三〇〜）
一九六五年、川柳宮城野社会員。以後、「杜人」「川柳展望」「藍」「新思潮」等に参加する。八七年から川柳研究会・葱坊主のメンバーとなる。

今世にて風の旅路の花降りませ
しがらみの何に応える目鼻かな
軒下の三尺低い家族愛
花野より亡母来て父の浮かれよう
むすんでひらいて飛び立つ父よ
仏野に飯を乞われて跳び退く父よ
湖底老人　湖より蒼き少年期
血をうすめ父と真昼の月掬う
満月に父を咲かせて居座る天
うしろ手に大河を閉めて「父要らんかね」
なんの呵責で天にびっしり足の裏
まこと白粥しらしら妖し樹下の僧

夕顔に溺れて白きうねりかな
未明より未明へ赤い梯子売り
あかつきの蝶より白き鼻梁かな
血の奥へ奥へと走る乳母車
慟哭や髪のかたちに月射しかかる
馬跳ねよ跳ねて岬の誕生日
新緑や生身《なまみ》一体けぶりたる
ときどきは水子をあやす風鈴屋
爪を切る川の流れはそのままに
サーモンのうすくれないや眼帯す
約束をしたがる秋の駅舎かな
問い質すことあり夕陽美しい
抱き合うてはは一族の法蓮華経

『風の堂橋』（一九九一）

石川重尾

いしかわ・しげお
（一九三〇・一〇・一四〜）
一九五六年から川柳を始める。六二年「不死鳥」を発行、六六年「川柳ジャーナル」に統合する。八二年「群」発行後、「わだち」「わだち通信」「ゼロ通信」等、多くの柳誌を発行する。

どろんと目玉を置いて街点る
冗談がだんだんきつくなる花屋
こんどは神さまがバンザイする番だ
舐められてからの尻尾が動けない
血圧が落ちついてから絵に戻る
逃げたくて帽子に水を汲んでおく
一本の色鉛筆と飢えている
風景を破って馬車が来てしまう
にんげんが好きで風船ふくらます

『巨大迷路』（一九九三）

胃をなだめなだめ花屋に秋がある
音もなく降りてくるのは鬼の椅子
解けぬ知恵の輪　遠いいくさというなかれ

だるまさんが転んでからの凄い坂
国会の壁を洗ってばかりいる
森の掟をはみ出して鳴るバイオリン
綱引きのどん尻にいるあそびにん
新しい波がきているところてん
蓋をあけると無数の風が来る文箱
かさぶた　むかし戦争があったとさ
石はただ石の顔して人を討つ
旅の途中でラクダは過去を描きはじめ
風船に僕のパンツも吊るしたか
ギロチンの首が落ちても聞こえる　笛
黒装束になると奇妙に歩幅が揃う
まっすぐに不出来のビルを見てしまう

『雲から雲へ』（一九九八、川柳新聞社）

森中惠美子

もりなか・えみこ
（一九三〇・一二・一五～）
一九五〇年から川柳を始める。「津山番傘」の小島祝平の指導を受け、翌年から「番傘」にも投句。五六年「番傘」同人。その後、二〇年余り婦人部長を務める。句集に『水たまり今昔』（九四）等。

女嫌いでサーカスの象使い
母はまだひとりでまたぐ水たまり
母の髪の白さは一流だと思う

『水たまり』（一九八〇、番傘人間座）

朝ごはん男と食べたことがない
旅ひとり仁王の口を真似てみる
縄とびへ弱い男を入れて跳ぶ
とむらいのあとにちいさく洗うもの
菜の花の軽いゆれなら身をまかす
竹藪を歩くひとりの音になる
吹き抜けるものが枕の下にある
白菜をたっぷりと切る冬のおと

『仁王の口』（一九九六、葉文館出版）

雲ながれながれて友はみな嫁ぎ
蒼い月ちいさき乳房誰のもの
春すぎてきな粉がしめるひとり言
軽く開く障子も母と娘のくらし
パントマイム天を仰いで恋という
鍵の音女の胸にとどくおと
子を産まぬ約束で逢う雪しきり
パッと目をひらくと好きなひとがいる
人を憎めば河原の石もなま臭い
ひっそりと逢えば畳の匂う部屋
果物ナイフが光る逢いたくなってくる
風のたよりを信じてしまう彼岸花
鳩笛の哀しきまでに子が欲しや
逢うことに少し疲れる天の川

中沢久仁夫

なかざわ・くにお
（一九三一・一・二一～二〇一八・四・一〇）
一九五〇年山梨県の「ころ柿」で川柳を始め、中沢春雨に師事。「群狼」「山都」「次元」「歩道」「ひろば」を経て、九七年「轍」を創刊主宰。山梨県川柳協会会長。句集に『桜守』（二〇〇八）等。

椅子の脚みな天を指し意志ある夜
喝采待つやおつとせいの恥部濡れるばかり
船底に山靴一つ回帰の帆
政治経済、ばかにチヨークの折れる時間だ
龍骨《キール》組みゆくわが胃に残る麩の一片
ケース開けば胎児のようなジヤズの笛
驢馬がゆく行進曲でよごれた街
川渡る父の濡れゆく箇所若し
坂なす夜ひとつの技巧ころがせり
貨車整列させて君らのり丶しずむ
共稼ぎの妻帰りくるヨツトのように
青春や沈む火のいろ火の粉いろ
服吊つて今日の私の影も吊る

『川柳新書 第32集 中沢久仁夫集』（一九五八、川柳新書刊行会）

人間の心に似てる水たまり
今晩もお出かけですか酔芙蓉
おーいカラス総入れ歯とはわかるまい
洗い物畳みおわって故郷想う
友叱る洗い晒しのTシャツで
青空を牛のおっぱいが歩く
うたた寝の上を過ぎてく齢一つ
理科室の少年ひそと勃起せり
モンローを壁から剥がし楽になり
立ち上がる時突然に老い臭う
椿一つ落ちてそこから二人称
使ったら元に戻して置く台詞

『川柳作家全集 中沢久仁夫』（二〇〇九、新葉館出版）

谷口茂子

たにぐち・しげこ
（一九三一・六・二〜二〇一七・一一・一）
一九六九年頃から川柳を始める。七四年「こなゆき」同人、七六年「川柳さっぽろ」同人、七七年「川柳展望」会員、八三年「番傘九州人間座」座員。

振り向いてほしい鈴ふる風の中
櫛の背を渡るたしかな冬の風
橋のない別れだったね　風の街
しみじみと見る雑草の生えた手よ
石の鈴降り続けねば石になる
もの煮える音する手足抱きしめて
吐き出せぬ言葉を曳いた貨車の列
騙されたふりして覗く遠眼鏡
畳んでも雨の音する母の傘

『風の彩』（一九八四、札幌川柳社）

風の向き紙風船のままでいい
のり換えは出来ぬ女の肩の雪
いつからかひとりになった窓の雪

地吹雪や窓に張りつく古い地図
なつかしい傷に出逢った雪灯り
北むきに母一本の傘となる
冬の旅ひとつおぼえの鶴を折る
したたかに生きて淋しい麦焦し
レモン二個ぎゅうと絞って和解する
ブランコに還りつくのはいつだろう
私の尻尾にすずめが来て止まる
花の名をたずねて少し病んでいる
言いわけもせずに根づいたタンポポで
神経を病んでトマトの皮をむく
煙突の中ほどで見るお月様
ものを書く淋しさ窓に机置く

『北むきの傘』（一九九四）

山崎蒼平

やまざき・そうへい
（一九三一・九・九～二〇一三・一一・一六）
一八歳頃から川柳、俳句に親しむ。一九五二年「川柳研究」幹事。「崖集団」「黒潮」等を経て、七二年、川柳とａの会創立に参画。九七年、川柳蒼の会を創立主宰、また「現代川柳　隗」を創刊。

ベッドへ顔をうずめて春が逃げてゆく
蚊取線香の煙である父の小言である
私の窓へ　春のぶっきらぼうな郵便屋さん
鉛筆をけずってけずって哀しかった
大粒の雹である父の誠である
恋人の嫁くやインク壷みていたり
この風船はお前にあずけ外へ出る
口には出さぬ花一輪が解らぬか
子等揃うを見ればただただ眠りたし
花はこんなに積もり腹が減る
蓄えがない月光入れて眠る
ちり紙となるやわらかき妻はあり
扉閉じると拍手が聞こえ淋しくなる
家紋重たく蓑虫の蓑見ていたり

風船は天井に居り子等睦む
兄が登った木に弟が日暮れて登る
銃を向けても銃を知らない白兎

『山崎蒼平句集』（二〇〇二、現代川柳　柳人叢書刊行会）

胸中の金魚が跳ねて逢わんとす
病院が大きなマスクして白い
いつまでもをとこをんなでいたい雲
セロファンの袋の中の女学院
花びらを散らしてしまいたい月夜
一点にふれるとしだれやなぎかな
残り火を吹く火吹竹哀しいね
鬼ごっこ派手な振袖着ていこう

『川柳作家全集　山崎蒼平』（二〇〇九、新葉館出版）

藤川良子

ふじかわ・よしこ
（一九三一・一〇・二〇〜）
一九六三年、松村万古の水島川柳会に入会。六四年、大森風来子の「ますかっと」に入会、六六年同人。六七年、田中好啓のいずみの会に入会。七五年「川柳展望」創立会員。

梅雨重し　それより重き花の首
ごろーんと青梅一つ放心す
フラスコへ私を入れてちりちりと振る
新しき自転車あじさいまで走る
甕の水胎児のかたちして揺るる
忌中札　誰かどこかで葱刻む
水仙よぱらりと散っておくれでないか
鳴らさないよろこびもある銀の鈴
昼の月あわあわとあり契りたし
物置のたんす二棹対峙せり
一長一短の荒縄と昏れ残る
くるものはくる大根を抜いている
あでやかに乱れ箱から帯が這う
石地蔵すこし動いて楽になる
唄すこし歌えばそこら曼珠沙華
水すましの輪の中にあなたがいる
音もなく秋が動いた方眼紙
火吹き竹むかし豊かな火のありき
子守唄恋唄ある日同じ律
約束をころしてしまう走馬灯
瓶の中の私に砂を下さいな
あえかなる罪にいろあり桃畑
全身で風の便りを聴いている
しゃっくりの止まらぬ人と佇つ枯野
いま見えるものは　なずなの叢で

『さくら ちりぢり』（一九八六、川柳岡山社）

中川一

なかがわ・はじめ
（一九三二・三・二六～二〇一〇・六・二四）
一九六〇年から職域川柳で作句を始める。六八年「ふあうすと」同人。七〇年、泉淳夫の藍グループに加入、翌年から「ふあうすと」「藍」ほか多くの柳誌に評論、作家論、鑑賞等を発表。

星座燃ゆ石仏石に還りつつ
十字架に厚く霜おき生者の列
野良犬が討たれずにゆく―枯野
飯乾く水子地蔵の欠け手のさき
骨壺の白き素肌のわれらが縄文
青年消えし村　幾百の桜咲く
枯れし砲塔　一本の手を咲かせ
風ひとすじ誰彼見捨てきし銀河
雪に沈む野仏ならば眼つむりぬ
海面は静かにあがり化石の記憶
官邸へひそかに届く昼の月
約束は解けず星夜のさざれ石
落暉いま田水に揺らぐ母の半身

ケチャップ飛び散る　一面の「自衛権」
亡父《ちち》を呼ぶ風どこまでも雪後の天
父の死後　父より痩せて父の椅子
光散る父のプリズム　消えた町の名
母いつか寝て月光の写真集
母は名を忘れはじめてポピー咲く
薄れずに虹銃眼の視野に立つ
手をひらく月に斃れし手を開く
自画像の蒼より遠く旅に出る
旅は果てず夢の中までさくらに埋まり
白詰草幼い街に灯が点いて
肩寄せたまま夕映えの水の駅

『蒼より遠く』（二〇一六、新葉館出版）

宮川蓮子

みやがわ・れんこ

（一九三二・四・二七〜二〇〇六・一二・二二）

一九七五年、江戸川柳を学ぶため江戸文学研究者新潟大学教授・阿達義雄に師事。七六年「ふあうすと」、七八年「柳都」、八二年「川柳公論」に参加。九六年から「柳都」雑詠〈すばる抄〉選者。

現身よ魚開くも花摘むも

雪国の背骨に刺さるうしろ指

越後の詩鮭一匹をぶった切る

雪がふるバカバカ馬鹿と顔にふる

大落暉乳房きゅーんと谺する

古文書で拾うてのひら足の裏

青りんご絵本の窓を開けておくよ

てのひらの虹誰かさん手を振った

比喩暗喩にんまり笑った方の勝ち

紙ヒコーキその空間は君のもの

春画の灯浮きかつ沈み　菜の花よ

ヰタ・セクスアリス丘ことのほか微風

いま百花繚乱いまを狂わねば

彷徨や菜の花深く眠りたし

ガラスに唇押しあて薔薇は三分咲き

横抱きにさあ攫ってよ馬は三彩

逃亡の果ての果てなる水遊び

マリオネット今からだって遅くない

曲玉の謎にまつわる相姦図

耳朶を齧っていった四月馬鹿

風花のひとひらずつの寝返りか

年輪のはざまに吊るす自在鉤

過去帖へ唐草模様描き続け

サブタイトルに原寸大の鼻をおく

空間が少し広がるだけの死よ

『れんこ』（一九九六、柳都川柳社）

杉野草兵

すぎの・そうへい
（一九三二・六・二八〜二〇〇七・七・一二）
一九五七年から東京で川柳を始める。五九年青森に転じ、高田寄生木らと交流。七九年、研究句会Cの会を寄生木、北野岸柳、野沢省悟と創立。八二年から「かもしか」代表。八三年、川柳Z賞を制定。

億光年磨いた墓が土になる
下宿屋の天井に母壁に父
恋人を探してるような海蛍
真理とは竜飛の雨と黒い岩
ふるさとに来てふるさとの足の裏
海、雪を舌なめずりして食べる
ぼたん雪ふるき煉瓦のふるき息
野良去って無口な景色にかえり
末永けれと鳴るは太鼓降るは雪
渦は耳です　海峡を風わたる
オモチャの鼓笛隊がよぎる水溜り
オルガンを海に沈める独り酒
葉桜の先から連絡船が出る

死や生や　首振っている扇風機
雪軋る　ちちははの齢数えつつ
一円貨に秋さめざめとふけてゆく
おそれざんキラキラ眠る三輪車
さよならの一つ消えないシャボン玉
夏去って蛍は雨のひと粒に
津軽三味世去れ世去れと繭太る
火にしがみついて生きたしミズスマシ
鬼の顔浮かせ海に雪降る
吹雪の空を裸でわたる昼の月
あきらめの悪い河童の逆立ちか
肉体を脱ぎ棄てながら雪の海

『東奥文芸叢書 川柳21　海に雪降る』（二〇一五、東奥日報社）

坂根寛哉

さかね・かんや
（一九三二・九・三〇〜）
一九五五年、京都簡保紅川柳会で川柳を始める。五六年「京都番傘」同人、五七年「川柳平安」創立に参画、終刊まで編集責任者を務める。七八年「川柳新京都」創立同人。九九年「黎明」舎員。

使わないハンカチがあるあねいもと
傘さすと他人ばかりの町となる
マフラーのぬくもり視野を乏しくす
鉄骨に夕やけがあり救われる
自画自賛して秋の夜を退屈す
冬帽子流されまいとするばかり
青梅をまぶしがってる男かな
条件はもたぬキリンの首がある
れんこんの穴を平凡ともいえず
夕やけはきのうもあった手を洗う
陸橋に佇ちしばらくの求道者
青年が正面にいる豊かな日
球根のショック突然春になる

ラムネ瓶にほろほろ映る父の貨車
日傘くるくるよその夫婦は美しき
菜の花に染まるひとつの免罪符
夫婦して春のキャベツを買いにゆく
ろうそくの火に音があるかなしみや
バスで来てバスで帰って疑わず
休日の音楽がある足うらよ
向きあうとすぐに仆れるわが影よ
反乱というほどでなし木に登る
父はもう失うものがない帽子
枷のある首を毎日洗うなり
考える姿やっぱり目をつむる

『坂根寛哉川柳作品集』（二〇〇二、川柳黎明舎）

斎藤大雄

さいとう・だいゆう
（一九三三・二・一八〜二〇〇八・六・二九）
一九五一年から川柳を始める。五八年、札幌川柳社創立と同時に参加。六七年、同社主幹。北海道内を行脚し、川柳普及に努める。句集に『喜怒哀楽』（七四）等、著書に『北海道川柳史』（七九）等多数。

死がよぎるペンの重さよ肩の重さよ
帯硬く締めて明治のままの母
父笑う日は子供らは父につき
働いた軍手曲がったままで脱げ
心臓をドスンと落し雪落ちる
冬の蠅夫婦喧嘩へ一つ落ち
日本地図画きたい島が二つ三つ
悲しみへ夫婦悲しみまで違い
地球儀を回せば核がこぼれ落ち
死ぬ真似もできず三六五
髪洗う髪の中から男の眼
レモンティ君も独りかよくわかり
春の雪疲れたように重く降り

足の裏から投げ出した悲しさよ
鬼が舞う人間よりも人くさし
いろいろな寝息へ寝台車が停る
鳩だけが来てる鉄路の錆びたまま
盗み酒やがて影だけ飲んでいる
北風びゅうびゅうモノクロの旅へ出る
もう翔べぬ男の背なにあるシャボン
愛別離苦リンゴの皮をむきつづけ
明日があるから梅干の種を割る
真ん中に人間がいた猛吹雪
回転木馬が通過して行く悲しい眼
母さんがくれたいのちだ抱いて寝る

岡崎守編『斎藤大雄の川柳と命刻』（二〇〇九、新葉館出版）

奥野誠二

おくの・せいじ
（一九三三・二・二二〜二〇一〇・三・一一）
一九七三年から川柳を始める。七四年「川柳三重」同人。以後、「川柳平安」「みどり」「川柳新京都」「森林」「創」「隗」等に参加。八〇年から二〇〇七年まで藁半紙ホッチキス止めの句集を毎年刊行。

わたしの息で回る風ぐるまを選ぶ
浮いているだけの船にも船の位置
花の中年と夜店のかぶと虫
素うどんの湯気の向こうにある峠
せんそうと平和を包む化粧箱
逆立ちの男に遠くなる港
扇風機こんな暮らしも大切に
この明るさは正月の雑木林
正面のガスタンクには何もない
トランペットの向こうを歩く玉子売り
ひまわりの種ひとつずつ海を吐く
背番号貼られたまんま小便す
かくれんぼいつまでさむい膝小僧

物干竿の影がこちらへ伸びてくる
こんなよい天気に貰う変化球
窓ぎわの鉢と疑い深くなる
春が来て内緒で跳んでみる小川
祭りのあとのひとりの爪を剪っている
雪だるま穢れて父の顔になる
助太刀の来ないさんまを焼いている
ゴム長を履きゴム長をよろこばす
宅急便の蟹が笑ったまま着いた
何が不満か　電池が道に捨ててある
揃って笑うと菜の花も恐ろしい
どこまでを許そマヨネーズの気まま

『洞楽苑日記』（二〇〇八）

柏原幻四郎

かしはら・げんしろう
（一九三三・五・三〇～二〇一三・九・一一）
一九七〇年頃から川柳を始める。七三年「番傘」同人。岩井三窓の「番傘人間座」にも参加。その後、川柳瓦版の会会長を務める。九五年から「よみうり時事川柳」選者。編著に『震の年』（九六）等。

顔洗うたびのいのちを思うなり
人恋うてなお銀杏のほろにがき
家庭とは夫婦とはなに置き炬燵
どちらも大人で吊橋は揺れただけ
別れての男夜更けの栗を買う
いつかまた逢える地球は青いから
蒼々と川は流れて生き別れ
わたし以上に疲れた影がついてくる
小雪舞う辻でお辞儀を繰り返す
嘘をつけなくて最前線にいる
おとなとおとなの大切な一通話
妻でない女が剥いているりんご
死ねませんでした岬は雨でした

わけありの従姉妹と出合う鯨幕
人を焼く炉に番号が打ってある
縄文杉のいのち見上げているいのち
狼と月とどちらが寂しいか
つるし柿貧しい家系図が続く
まなうらをときどき通る金魚売り
死者生者公園墓地に雪が降る
ひとを待つ魁夷の青い絵の中で
郷土玩具展を見ている深い飢え
茶碗が割れる厳粛に滑稽に
帰省した男がつくる藁ぞうり
ふるさとの雨を聞いてる電話口

『現代川柳選集 第六巻 西日本篇』（一九九〇、芸風書院）

高田寄生木

たかだ・やどりぎ
（一九三三・六・二～二〇一八・一一・三）
一九六〇年から川柳を始める。六五年「かわうち句会報」創刊、六九年「川柳かわうち」に、七一年「かもしか」に改題。二〇〇二年「かもしか」終刊後、「北貌」創刊。この間一貫して編集を務める。

山頂に風あり人を信じます
しもきたの　なしょなりすとであるカラス
コーヒー吹きながらひとつの語をおもう
終日の雪をみている僧侶が通る
思いきり踏んづけて去るマンホール
原稿紙の涯を知らない夜の駱駝
男五十　黒いマントとすれちがう
オルゴールうすくれないの血を秘めり
くらやみのなかで　たまごをわっている
雪がふるにんげんくさき犬の眼に
あやとりをしている　もんしろちょうのかぜ
しもきたのかぜ　にんげんをおいつめる
のうてんにゆきふりしきる　たろうかじゃ

雨ふりやまずレール一本きりの町
ぼんのうをぶちこんでおく　かみぶくろ
ぎんこうのまえにまだいる　やきいもや
渚行くはぐれ鴉の自負と会う
空箱をゆすってみても七十一歳
一枚の硝子の向こうのハーモニカ
妻とはなれて　能面を見ている
えんぴつをけずりつくすと　きたのうみ
あわててはいるが計算してる蟹
わくらばのいちまいにまいいぬのしり
はらっぱにだあれもいないさびたくぎ
おりづるのいきたえだえのかぞえうた

『東奥文芸叢書 川柳1　北の炎《ほむら》』（二〇一四、東奥日報社）

石井有人

いしい・ありひと
（一九三三・八・七〜二〇一四・一・三一）
一九七〇年、小樽川柳社に入会。「こなゆき」編集長を経て、八三年小樽川柳社主幹。九三年、田中五呂八句碑建立（小樽市住吉神社境内）に尽力。句集に『群青』（八九）、『双曲線』（二〇〇六）等。

影去った後も揺れてるブランコよ
自らに問うひらがなの散らし書き
遮断機が上がらぬままの白昼夢
そこまでを許して風と揺れている
視界から消えても続く紙芝居
風紋にもつれた足が泣きそびれ
美しいままの　月光膝に置く
分身の笛一本をふところに
指切りの指の長さの雪の駅
モノローグ足の届かぬ椅子に揺れ
振り子に紛れ込む　第三の男
遮断機をくぐる玩具のハーモニカ
うす紙がゆっくり裂ける午後の空

体内の螺旋を降りてゆく夜汽車
脳天を叩けば裂けるバーコード
運命の迫る時刻の立ち泳ぎ
一本は己を試す鞭の音
昏れ残る丘に残せし風の耳
許されし本能として野火走る
太陽のくちびる落ちている水辺
石鹸の泡をはみだす美辞麗句
円周をゆっくり沈みゆく舟唄
折り鶴の薄いいのちに振り向かれ
ひかり横抱きにまぼろしの一騎追う
川底の一樹ひたすら火を恋うて

『川柳作家全集　石井有人』（二〇〇九、新葉館出版）

梅村暦郎

さびしき沼　いつまでも天になにもなき
金色の聖書は軽く　泥ひかる
人堕ちる　銀河は音なく流れ
オモチヤのピストルで神様が自殺しました
道標ここにつきにんげんの棲むところ
トロ押しの　押し終へてはまた罵り合ひ
汽車停る　昨日と同じ暮景にて
子は簡単に生れその午後　風となる
なにもなき街　なにもなく風通る
弾道下農夫らはげしく脱糞す
葬列を遅れ　放尿して帰る
にんげんが斃されてゐて鉄の響《おと》
ほら吹きが慥かに聴いたぞ　風の音
パンの唄は弾けない教会のオルガンです

なにが可笑しい　一文無しが口開けて
かなしき彩の金貨鳴らしていて睡い

『川柳新書 第28集　梅村暦郎集』(一九五八、川柳新書刊行会)

負け犬の引かれゆくらむ花盛り
王国の　この淋しさを　風車
一掬にその天地あり魚泳ぐ
繋がれた喉から金貨吐かされる
そこで夕暮　銀行の扉《ドア》見つめておく
狂うほかなし　梯子は空にかけて
人語尽き　潜艦黒く浮上せり
春にて候　子の追いすがる紙風船
妻に秘すなにもなくなり　昼の月

『花火』(一九九三)

うめむら・れきろう
(一九三三・八・一〇〜)
一九五五年二月、今井鴨平の「人間像」へ草刈蒼之助の紹介で初投句。以後、「創天」「鴉」等に参加。この間、片柳哲郎に私淑。「地上派」「天馬」「対流」「腕」同人等を経て、「新思潮」会員。

鶴本むねお

つるもと・むねお
（一九三三・一〇・三〜）
一九五四年、新聞柳壇へ投句を始める。「若鮎」「川柳平安」「川柳展望」等に参加。六三年平安賞受賞。九一年、奈良県吉野の「若鮎」を「新若鮎」と改題し、代表となる。二〇一四年「新若鮎」終刊。

下駄箱の上で必死に咲いている
いつまでも割れない寝室の花瓶
氷点下のスパナの独善でしかない
川底に呪いの飯粒の白さ
新緑の眩しさ嘘を吐きとおす
ひとを恋う　頭のなかの風ぐるま
微笑みをくれる夏手袋のまま
完全なストーリーがある火消し壺
逢いに行くのは提灯を張り替えてから
横転の案山子たしかな目鼻立ち
八月十五日へ伸びる芋の蔓
おきあがり小法師は起きて報われず
嗤いながら闇へ転げていった螺子

鹿おどし因習の部屋静かなり
壺は闇を抱いてひたすら人嫌い
ネギボウズつんつん生き恥を曝せ
たまねぎが吊されてゆく美しさ
雲浮いてうっかり人を好きになる
切羽詰まって雑巾しぼっている
寝返りを打つこと多し崖の上
遠い日のあやまちがある針の先
山へ行く約束がある胃腸薬
綿雲の向こうへ消えたチンドン屋
古箪笥から立ちのぼる薄けむり
ていねいに球根植えて旅人よ

『道草』（二〇〇五）

長町一吠

ながまち・いっこう
（一九三三・一〇・三〜二〇〇〇・二・七）
一九五七年療養中の岡山中央病院で、武田三猿子に川柳を教わる。「川柳岡山」「川柳平安」「せんば」「濤」「川柳展望」「川柳新京都」「とまり木」等を経て、「新思潮」会員。西条眞紀は妻。

こころ捨てればたしかに音がした河よ
反逆の系図正しくイワシ食う
平和論よりもたしかなブランコだ
陸橋で吹かれている　生きているのです
結婚十年ラクダの背からおりられぬ
生きているからもろいのですか地蔵尊
風のない風車よ四十が近づくぞ
紙人形よ最後は同じ炎で死ぬか
長男の帽子が父にとんでくる
月明や　ひとつの恥を忘れ得ず
ひとつ狂えば次々狂う糸車
人の世に哀しみがあり蠟燭屋
慚愧ひとつ柿の木をすべる
子等よ子らよと水車の馬鹿はまわるなり

臆病な酒屋は提灯ふたつもつ
心寒くてどんどん放つ流し雛
いっぽんのろうそくゆれる妻ゆれる

『岨道』（一九八八、手帖舎）

紋白蝶もわたしも少し軽薄だ
石けんの匂いよ馬齢重ねたり
誰も居なくなったので扉に触る
輓馬の目いつまで少年たり得るや
白いものを白いと思う遍路ゆく
美の意識霧谷の霧湧きあがる
菜の花や聖なる一灯消失せり
幻想は溶けて花茣蓙濡れていし

『沖』（一九九九、手帖舎）

竹本瓢太郎

家中で遊ぶお金は母が溜め
頼りない食通がいる縄のれん
日帰りで妻里へ行く急な金
へべれけで還り固体になり眠り
父と子に疑いもない肩車
勝利者のように消防車が帰る
奥様の趣味を知ってる贈り物
同じ雲見ている同じこと想う
蕾などなく咲いているクレヨン画
完璧な筋書きとなる稲光り
波じっと見ている勇気湧いてくる
サウナからのっぺら棒になって出る
日曜日出掛ける順に起きてくる
神経が踵にもある御飯粒
たけもと・ひょうたろう
（一九三三・一二・一二〜二〇一八・一一・五）
一九五四年から父・飛田瓢軽坊に川柳を学ぶ。五三年村田周魚に師事し、五八年「きやり」社人。東京の句会を中心に活躍し、数箇所で川柳教室を開き、新人育成に努める。九六年「きやり」主幹。

太陽がまぶしい怠け者らしい

『東京』（二〇〇五、新葉館出版）

女女おんな本能なき大根
菩薩の胸を抉りたくなる底冷え
罠かも知れぬ沼の静かな月明かり
鶴よりさびし闇ゆく首の包帯と
夏痩の爪のみ伸びて爪を切る
俺でない俺が載ってる電話帳
耳掻きを手にあいまいな受け応え
屋上に呼ばれて暖かい裁き
トップにはなれず豹変ばかりする
少年の両手は欲もなくひろげ

『江戸っ子』（二〇一〇、川柳きやり吟社）

児玉怡子

こだま・よしこ
（一九三四・三・一四〜二〇一三・一二・八）
一九五四年鹿島の療養先で川柳を知り、伊古田伊太古と出遭う。「川柳研究」幹事を経て、七〇年泉淳夫の藍グループに参加。八八年淳夫の死去に伴い、翌年グループ解散後は独自の川柳活動を続ける。
海猫の父よ父よと無数の眼
夕焼の亡父を見にゆく百済まで
ためらわず阿修羅の唇を拭く紅絹ぞ
縄文の水に字をかくいとまかな
菜の花や　村を出てゆく女下駄
昔語りの祭ばやしと帯解く音と
こぼれ飯もろもろの愛ひとつひとつ
鳩の胸毛がふるえて死んで小唄かな
風呂敷に西日を包み家を出る

『縄文記』（一九八五）

てのひらの傷から湧いて母の水
分身術を覚え白足袋ばかり干す
吊るされている愚かさを見る鏡
相撲甚句の存在感がうしろから
日銭のごとく菜の花こぼれいのちいちにち
万華鏡のぞく念仏おばばたち
煩悩や帯の長さのふたまわり
たましいを売るあかつきの緋縮緬
風船破れだまし討ちには違いない
弥生きぬぎぬ父よりとおき遠いひと
うしろ姿はみんな同じの曼珠沙華

『弥生きぬぎぬ』（一九九二）

切り株に道連れひとり忘れかけ
豆腐屋のラッパが遠くなる浄土
したたかに未来へ蝦蟇の油売り
泣いている花びらまみれにて候
振り向けば森が手を振る一会かな

『土師の涙』（一九九九）

菊地俊太郎

きくち・しゅんたろう
（一九三四・三・二五〜一九九七・八・一三）
一九七五年頃から川柳を始める。七八年「川柳公論」に参加。尾藤三柳は追悼文で、創作、時事、課題のいずれにも〈行くところ可ならざるはなきマルチ作家であったということができる〉と評した。

もろこしの粒を数えて頓死する
負け犬の背中に残る薄化粧
一本の抜毛を悼む名刺交換
心中の片割れが踏む生玉子
遮断機の向うで妻が腰を振る
たっぷりと涙を溜めた蟹の脚
一年中餅をついてるニヒリスト
自由とは愛とは何か　パンダ死す
天皇の似顔絵を持つ行き倒れ
撫でられた帽子は二度と笑わない
背中に貼りつくつくつくぼうしの骸
牛より深く深く土を嗅ぐ
首根っこを離れない洗濯バサミ

桟橋の端でおぼえたクイックターン
樹を揺する物欲しそうな男たち
隣り合わせた男と同じ鼻紙
肩当てに血がにじんでる男の遊び
山頂の古いプロペラ回りだす
ためらいが見えるゴムホースの切口
少年がひきずっていくヨットのかけら
みんな古ぼけて来た変装道具
手袋がぬるっと浮いている運河
水鳥に囲まれ時を浪費する
万策つきて水飴をかき回す
前うしろを省く枯野のアナウンス

「川柳公論」（一九八五〜一九九七）

中谷道子

なかたに・みちこ
（一九三五・五・一〜一九九三・一二・七）
一九六〇年頃から川柳を始める。六七年「蟹の目」同人となり、森下冬青に師事する。その後、定金冬二の「一枚の会」、時実新子の「川柳展望」、吉田右門の「韻」等に参加。著書に『川柳句読点』（七二）等。

中傷がほんとうだから爪を切る
終止符が欲しくてかける縄ばしご
ベレー帽昂ぶるものをまだ残す
時計台へおんなは遠いはなしする
草原に来ればわたしの椅子がある
檻の虎眼に秋空をはめたまま
逃げ腰の男へ上げようおもちゃ箱
赤い実を食べて小鳥は点となる
殴られた記憶椿が赤かった
床柱笑いつづける父の留守
不倫にはちょっと足りない縄ばしご
膝の猫軽い誤解を繰り返す
対岸の火はいつからか気むずかしい

灯台はいくさの話ばかりする
屋台酒淋しい傘が忘れられ
古釘の自慢ばなしは聞いておく
ざわざわと干菓子がしゃべる鉢の中
姫りんご男が買った悪だくみ
目を入れてダルマうしろがよく見えぬ
中華鍋炎はいつも他人ごと
不器用な男と暮す帽子かけ
落し穴底に桜を敷きつめる
縄電車今日はお酒を買いにゆく
洗面器恩を忘れた顔がある
終章の机にりんご一つ置く

『日本現代川柳叢書 第47集 中谷道子句集』（一九九三、詩歌文学刊行会）

大島洋

おおしま・ひろし
（一九三五・八・二二〜一九九六・一・一七）
一九七一年から川柳を始める。七四年「宮城野」同人。「杜人」「ふぁうすと」「川柳平安」「川柳研究」「川柳公論」等にも参加。八一年現代川柳アカデミー・海の会を創設し、後進の指導に当たる。

風止めばきっと裏切る木馬の瞳
凍魚の眼に魅かれ性善説捨てる
夏が去り海に一本の縄残る
友売った男が天気予報読む
風に転がる父権を捨てたポリバケツ
パントマイムの夫婦が負っている深傷

『人間砂漠』（一九七五）

落伍者が渡り切らねば落ちぬ橋
船が来る噂に父は歯を磨く
愚者ひとり夕陽に染まる貨車を押す
裏切者を探すキャベツを剥いでいる
紙風船僕の憎悪をひたすらに

『人間流砂』（一九七六）

橋に雪積もる日密告決意する
ひとコマの漫画で父が逆立ちす
残酷な湖に能面ひとつ浮く
掌に書いた地図を見ている炎天下
集会所にある船の絵を誰も見ない
雪は海だけに降る夜の哀しみよ
ポストまでの道のり暗きスラム街
十字路で今朝も自虐の鮮やかな
動物園の夕日に討たる父と子と
友人を裏切っている静物画
悪性の風邪が癒えない樹の高さ
魚一尾青きままなる異人館
約束の時間が昏れるドラム缶
塩田の見渡すかぎり我が弔旗

『人間寒流』（一九八一）

海地大破

うみじ・たいは
（一九三六・五・二二〜二〇一七・九・一二）
一九五四年から川柳を始める。「高知新聞」柳壇、「帆傘」等に投句。六五年「ふあうすと」同人、七五年「川柳展望」会員。七九年、北村泰章、古谷恭一、西川富恵らと「川柳木馬」を創刊する。

太鼓打つ血の繋がりを意識して
約束をふと思い出す豆の花
一椀の重さに負けて父の旅
真夜中の影が動いて犬になる
夕焼けを一緒にしまう帽子箱
ふるさとへゆるりゆるりと腸が伸び
打ち水の先で斃れる男あり
いつまでの自嘲か町に灯がともり
生き恥の限りを尽くし屋根の上
連れ添うて皿の白さのうとましさ
刑務所の塀に吐きだす枇杷の種
ドラム缶がんがん叩く冬の海
猫消えた日から残尿感がある

夕焼けを鯨担いでゆく宴
さらさらと砂の音するあばら骨
しいたけ村の曇天をゆく老婆たち
一族が流れていった赤とんぼ
泣いて笑って軒に吊るした唐辛子
雑木林の暗示の中へ歩き出す
新芽を摘んでたましいが病んでいる
少年老いてけん玉遊び続くなり
晩年の川に鱗をこぼすかな
ふるさとはとうに忘れた象使い
満月の猫はひらりとあの世まで
弓を引くかたちで骨になっている

『満月の猫』（一九八九、かもしか川柳社）

金子美知子

かねこ・みちこ
（一九三六・九・一九〜）
一九五六年、中野懐窓に師事。六八年関水華の「路」に参加、七四年同人。七七年中村冨二の川柳とaの会、九七年山崎蒼平の「隗」に同人として参加。二〇〇三年、懐窓、水華の後を継ぎ「路」主宰。

ふるさとの砂を汚して夏が去り
手のひらの豆握ったまま朝だ
花畠わたしの位置を見失う
貝を塗る昨日の色を少し混ぜ
木登りをする風船と乾いたなみだ
紙風せんどちらで割れる夫婦の手
さよならを言われるまでの輪投げする
屋根裏におもいおもいの鍵を置く
むすび目のやさしい縄を売りにゆく
ゴム風船歯型もろともふくらます
消しゴム一個逆転劇を演じ
薄氷ひとりひとりの足の裏
婆の川点てんと歯のうずくまり

膝までの川を渡って嘘ばかり
ありったけ吠えては落日の首輪
蒸し暑い夜を狂えぬ花やの花
半熟の卵になって聞いている
みの虫の重たさを知る長い昼
遠浅のふいに見えなくなるピアノ
満開の桜鎮痛剤こぼす
観覧車おもいおもいの鰯雲
妥協して線香花火の束買いに
プラスチックの笊を積み上げ離婚する
シャボン玉好きな高さで割れている
楚楚として胡蝶花の根っ子の眼は千個

『胡蝶花の眼』（一九九二）

渡辺隆夫

わたなべ・たかお
（一九三七・二・六～二〇一七・三・一五）
一九八八年から川柳を始める。「川柳研究わだちの会」「点鐘の会」「逸の会」「短詩サロン」「バックストローク」等に参加。句集に『宅配の馬』（九五）、『都鳥』（九八）、『亀れおん』（二〇〇二）等。

宅配の馬一頭をどこから食う
妻一度盗られ自転車二度盗らる
君が代にうどんはのびてしまいまする
乾いた砥石に夕闇は来ている
ＱＱと豚の尻尾の泣く夜かな
厠から手が出て梅にもう一寸
切れとはぷっつんぞなもし
満開の高瀬春奈の重さかな
体毛を剃りこんにゃくとなりにけり
豚押すと豚がやさしく押し返す
坊さんのチクチクチク頭はるの月
姉さんのチクチクチク所あきの風

『セレクション柳人20　渡辺隆夫集』（二〇〇五、邑書林）

叶姉妹から滑り落ちる感じ

生きること死ぬこと夜桜ゆすること
敗戦日ぼくら少年包茎団
核家族から核を接収する国家
サーファーの股間にちらと北斎富士
雨夜のラマダン月夜のベランダマン

『黄泉蛙』（二〇〇六、蒼天社）

雷魚の腹から前衛がＷＯＷＯＷ
ゴム手袋なぜ桃色か桃の花
頬被りてめえ松方弘樹だな
姉さんの乳首をつまむ帰り道
草津ヨイトコ二人はイトコ
ウンコなテポドン便器なニッポン
明月が抜き手を切って対岸へ

『魚命魚辞』（二〇一一、邑書林）

岡田俊介

おかだ・しゅんすけ
（一九三八・一・二三〜）
一九六四年から川柳を始める。「ふあうすと」「藍」等同人の後、片柳哲郎を継いで「新思潮」編集発行人。二〇二〇年、同誌を改題した「琳琅」正会員。『現代川柳新思潮合同句集』（一〇）編者。
一本の樹の下ほどの飢えを持つ
遠景を壊しはじめている振子
水郷の水の天にもピアノソロ
すでに久しく棲みつきぬ酒倉の月
風を樹に返しにわかに一匹たり
渚にて両眼青きまま眠る
ぽつんと　ネオン　虹の一字を描いてあり
よろめいて一角つかむ手のおぼろ
ガラス杯にいつかたまっていた流沙
江戸をたどれば草の芽の無数にあり
人をおそれて唐三彩の馬のねむり
芒を抜けてカメラのレンズ炎えている
一年老いて　藤棚の下の夏
山吹の黄の点々と人を尋ね
珈琲店のガラスの青い字の炎
石段にて両眼の景色入替える
さやさやと葦ゆれ　百の幼き語
体内の芒が揺れるバーの椅子

『青誕樹』（二〇一二、近代文藝社）

鳥も飛ばぬ空を見ている眼窩の鷹
虹待つこころ　帰らぬものを待つこころ
人々の後を歩いている緑
祝杯のいまも湛えている鬼面
砂丘にて　手にあふれさす天の砂
鏡の中まで雨の桜がついてくる
水玉がはじけて　港ひろがって

「新思潮」（二〇一二〜二〇一九）より

渡部可奈子

目覚めは哀しい曲で始まる回転木馬
生姜煮る　女の深部ちりちり煮る
けもの愛し合う森の灯のうすみどり
横切るは白い僧形　鷗の海
くらやみへ異形の鈴はかえりたし
いつかこわれる楕円のなかで子を増やす
吊橋の快楽をいちどだけ兄と
紅葉は千の杖もて擲たれしもの
葦立てり　おのが一切握りつぶし
らせん階のてっぺんまでは病んでみよ
順風がなぜに夜陰にまぎれくるのか
零の親しい　うんと親しい片目の鮒
魚のなりしておちゆく月のおさなきあたり

わたなべ・かなこ
（一九三八・二・二六～二〇〇四・一〇・二七）
一九六六年、愛媛療養所に入所。六七年「晴窓」に入会。七〇年「ふあうすと」同人。七一年「川柳ジャーナル」社人、解散後「縄」に参加。七五年「川柳展望」会員。のち、短歌に転じ「遊子」に参加。

小面よ　よよと笑えばほどかれん
そこなくぐつ　そこな笑いの短かき有《う》
咽喉にささる碧瑠璃は昨日《きぞ》　少年愛
あに待つからは空蝉のうすおしろい
百体の橋の散り際に逢わな
冒瀆や　濡れ羽のいろの　あねいもうと
鏡素早く搦めたましいの真みどり
とける眦　ちりぢりのもの一灯に
誰も見限る氷片のぬるい遊行
樹々きしみ　なべておみなに還りなん
わたつみの弓手にありしわが魂か
揶揄らしい揶揄一輪　頭の夜明け

『鬱金記』（一九七九、川柳展望新社）

岩村憲治

いわむら・けんじ
（一九三八・一〇・一～二〇〇一・七・三）
一九五四年頃から川柳を始める。「川柳平安」「川柳ジャーナル」「縄」「川柳新京都」「川柳黎明」等に参加。六六年、石田柊馬、田中博造らと「川柳ノート」を創刊。

河にごるなぜに安堵に似たるもの
踏んでいるペダルのほかがまだ見えず
思慕はまだ淡彩ならず落ち葉の火
昨年の秋のにおいがする帽子
これは雨季への楽天的な貨車の声
花舗に佇つ湿るポケットひたかくし
絶望の傘は風呂屋へおきにゆく
焚火から意志持つ眉となり歩く
たばこふかして見えない橋を消している
傾く椅子に傾きながら釘を打つ
木枯し来る知らぬ母子が明るくて
瞳の奥の飢えのくらがりまたぐ猫
楽器店は滝のあかるさ背後の死

オオムの舌が朱くて淋しいぼくらの値段
晴れるおかしさゆっくり蟻を殺るときに
リンゴ一個が冬のあかるさ芯まで食う
マッチ購う何かに嵌ってゆく貌よ
犬が尾を振るぼくのどこかで河涸れる
踊れなくて　ぼくら丸木の橋つくる
朝のコーヒーから竹馬にのってしまった
水を汲む追っているのか追われてか
あしたなど帽子のように忘れるか
罪などはないぞないぞと水を撒く
塩購えば低く咲き出すものがあり
古傷がごくりごくりと水を飲む

『岩村憲治川柳集』（二〇〇四）

村上秋善

むらかみ・しゅうぜん
（一九三八・一二・三〜）
一九五四年から川柳を始める。青森県の「かもしか」に所属、七八年から三年連続で「かもしか賞」を受賞。一貫して東北の風土に根ざした農民の生活を追い続ける。「川柳展望」「新思潮」等にも参加。

はなれ離れの血族の掌よ木に還れ
血は今も土を離れるとは言わず
竹の花　越える無口な亀の足
花よりも明るくなれぬ花の村
くいしばる奥歯づたいの田植歌
争いの以後の水にも苗そろう
病む土の先へ先へと村の数珠
流される稲見ゆ　稲の雨に佇つ
つらなりて白穂は北の影を抱く
息詰まる稲の暗さを進まねば
のがれたい父と一途に土を踏む
ことごとく枯れて一途になる数珠よ
こぼした米の悲しみだけが地に届く

黄菊白菊　米の軽さを救えるか
過疎に日暮れの一族を抱く花畠
底冷えの村で狂えぬ杉木立
指ばかり太る無口な北の村
痩せ土や影のひとりを抱き起こす
たぐれば父の暗い足音だけ聞こゆ
継ぎ足して行く一族の藁の縄
出稼ぎや菊の一輪おきざりに
出稼ぎの脳裡にひそむ落ち林檎
子らは土下座の父母を出て行く畑を出て行く
子を追わぬ一灯深く雪に点す
火の位置にじんじん溜まるうらみの掌

『現代川柳の群像 上巻』（二〇〇一、川柳木馬グループ）

石部明

いしべ・あきら
（一九三九・一・三〜二〇一二・一〇・二七）
一九七四年から川柳を始める。「ますかっと」「川柳展望」「川柳塾」「新思潮」「川柳大学」「MANO」等を経て、二〇〇一年「バックストローク」創刊。句集に『賑やかな箱』（八八）、『遊魔系』（二〇〇二）等。

やわらかい布団の上のたちくらみ
うっかりと覗いてしまう橋の下
バスが来るまでのぼんやりした殺意
穴掘りの名人がきて穴を掘る
梯子にも轢死体にもなれる春
水掻きのある手がふっと春の空
棍棒の握り具合もいい卯月
包帯を巻いて菫を苛めけり
雑踏のひとり振り向き滝を吐く
軍艦の変なところが濡れている
かげろうのなかのいもうと失禁す
雛壇を担いで行方不明なり
びっしりと毛が生えている壺の中

オルガンとすすきになって殴り合う
花札をめくれば死後の桐の花
死ぬということうつくしい連結器
一族が揃って鳥を解体す
わが影をぽきぽきと折り火にくべる
戸板にて運ばれてゆく月見草
夕暮れの寺院のように貼る切手
縊死の木か猫かしばらくわからない
群がっているのは腕のようなもの
化粧するために鯨を抱き起こす
手を入れて水の形を整える
巻き舌の方をあなたに差し上げる

『セレクション柳人3　石部明集』（二〇〇六、邑書林）

前田一石

まえだ・いっせき
（一九三九・一・二九〜）
一九五八年に川柳を始めるが、一年ほどで断念。六六年から再開する。六七年濤の会を結成、七五年解散。九一年、川柳玉野社代表。「バックストローク」「川柳カード」等に参加。

鏡のなかの男の深い宙返り
方程式は解けず帽子が流れ着く
円を描くと虹は円から出なくなる
息のながい父だ沈んだままである
考えだしたら石は流されやすくなる
加速度のなかで枯れ葉は考える
冷凍魚にされた真面目な目をみている
流れからときどき拾うガラス玉
夕暮れの橋でリアリズムを拾う
陽だまりへ来て常識をもてあます
断崖にいくつもおいてある絵本
雲の流れる音をときどき聞いている
箸を持つきれいごとではすまないぞ
象の背を降りてはこない縄電車
妻を待っている間に霧をかきまわす
時間がまだあって風船をこわす
山を見た眼鏡で海を見てしまう
橋渡る数字を順に消しながら
風景画にときどき降ってくる余罪
肩幅の広さで本を読んでいる
潮溜まり悪をしばらく楽しもう
地すべりがはげしい春の鏡たち
てのひらにポツンと浮かぶ水呑み場
旅つづく上手になった砂あそび
鏡ひとつ背負ってきつい坂道だ

『セレクション柳人17　前田一石集』（二〇〇五、邑書林）

井上一筒

いのうえ・いいとん
（一九三九・三・一一〜）
在職中、新聞投句により川柳を始める。退職後、各川柳社句会に出席して作句を継続。前田咲二の後を受けて、川柳瓦版の会代表。

時にはこむらがえりになる予定
最小サイズの断頭台がある
演説は歯茎の痩せた人がする
組み立てラインは牛蒡の皮を剥く
華厳ノ滝を落ちて行く僧の列
ヤツデの葉の先に解答が八つ
酸欠の青大将であった頃
どぶ板の含み笑いを聞き流す
殿中でござるカピバラの残像
蹄のある人と葉ざくらの下で
卍から卍を盗み見る角度
高炉から出したばかりの琵琶法師
お洗濯ものに鉋をかけてから

雅楽頭殿めしつぶが付いてます
屠殺所へ0を拾いに行ってこい
虹彩に刺さるムラサキウニのトゲ
予言者の眉は豆板醤の色
小学校の四分の一は牛
添付ファイルで贈るにぎり寿司の上
虎の目で来ればティッシュを箱で出す
長虫の殻短夜の端に置く
ネコの裏皮で老婆を磨く朝
盗癖がある一乗寺下り松
お詫びには参る有蹄類として
つま先は今夜踵は明後日

「川柳木馬」（二〇一一・一〇）の「作家群像」より

加藤久子

かとう・ひさこ
（一九三九・四・三〇〜）
一九七九年、ラジオから川柳を始める。八二年関水華の「路」に投句。八三年尾藤三柳の「川柳公論」入会。その後、「川柳公論」朱雀会会員。九八年「杜人」同人。同年「ＭＡＮＯ」に参加。

日向臭い猫と待ってるオートバイ
大根おろし春の幻視に耐えている
フライパンの重さと春の水平線
みつめあって酸素不足のバイオリン
いつか行こうと思っている俎板のむこう
ガラス触れあう日溜りを逃げてきた
三月の廊下で少し浮いている
長女次女皿の触れ合う霧の中
運河残照箱になんにもない九月
鉛筆が一本折れて他人の中
吊革と古い噴火の話する
ジグソーパズルみんな淋しい魚の顔
夕方を埋めはじめるドラム缶
『矩形の沼』（一九九二、かもしか川柳社）

魂が腐る手前のれんげ畑
水面にひびかぬように紙を裂く
ビニール袋振るとぽろぽろ落ちる空
潜水艦が急に近づく花の冷え
画集から道をひっぱりだしておく
いつもセクシーな猫がいる非常口
繃帯を一気にほどくカード氾濫
音符壊れて湾岸道路埋め尽す
毛糸編むからだ半分森の中
ごろんと角材寒い日を跨ぐ
象は冬で眼底のあたたかい泥
陶器店こわれた指をあたために
『現代川柳の精鋭たち 28人集—21世紀へ』（二〇〇〇、北宋社）

渡辺和尾

わたなべ・かずお
（一九四〇・六・六〜二〇二一・四・二九）
一九六〇年頃から川柳を始める。六四年個人誌「青い実」創刊。「せんば」「中日川柳」「川柳ジャーナル」「川柳ノート」「縄」「川柳展望」等に参加。「緑」主宰、「緑」は二〇一八年終刊。句集多数。

蒼天やわが影蒼空とならず
約束の時間が過ぎる満月よ
僕のてのひらでひとのてのひらかな
政治家の髭が突然比喩になる
菜の花の向こうの枝も話し合う
頭上に紅葉勝つというのはこのことか
公園をひとりで歩くおもしろさ
行方不明の風船もあり春の記事
花の名は忘れたままでバスに乗り
楽しみで踏んだペダルが海に着き
いちどきに天を向くなり浜の蟹
傘をさす時の笑顔を忘れない
ことばからこころへうつるそらもよう

つぎつぎに花が開いてわが歩幅
電車去ってゆく哀しみはそのままに
とつぜんにひとにあいたくなるあつさ
花束は夢の中でも重いもの
水のあるうちは優しい水車
闇にて食う葡萄一房種もろとも
やわらかいいのちあおむしうらがえす
かみしめてうつつのなかのところてん
緑濃きところへ椅子を置いておく
青空を見上げて転びそうになる
美しい人が薬缶を持っている
人生の前に後ろに赤い花

『回帰』（二〇〇三、川柳みどり会）

板東弘子

美しいままで流れてゆく椿
春愁の振り子に迷い込んでゆく
火の彩が好きなばかりに座を立てず
血族はみんな溺れる泥の河
静脈を浮かせて千の坂を越す
風船がしぼむ再婚でもするか
風群れてくる同胞の静けさに
青磁澄む母も私も影のなか
わたしから静かに抜けてゆく影絵
盛飯を抱えてまたぐ雨季ひとつ
しめった音で糸が鳴るから逢いたくなる
沖は雨　群れ佇つ者ら手を伸ばす
痩身を深く沈める月の椅子
水の邑行き着く先にあるらんぷ
ばんどう・ひろこ
（一九四〇・七・一三～二〇二〇・一・二二）
一九七九年作句開始。八〇年、山本芳伸の「鱗」及び「ふあうすと」を通して川柳を知る。八二年「ふあうすと」同人。「とまり木」を経て、九三年「新思潮」会員。自由律俳句誌「海市」にも参加。

帰らない船一隻へ火を焚けり
下駄の緒のゆるさで送り火を囲む
わが影のいびつに真夜のいなびかり
残菊へどなたとしよう風遊び
石橋をひとつ置いては月の閨屋《ねや》
白椿敷きつめている夢獄《ゆめひとや》

『現代川柳の群像・下巻』（二〇〇一、川柳木馬グループ）

船は出てゆく寒月の飯茶碗
ガラスの少女とり巻く一面菜の花は
梟の羽ばたく音は父の書斎
転生や赤い鼻緒は地を這えり
風を熾して杭一本に辿りつく

『現代川柳新思潮合同句集』（二〇一〇、近代文藝社）

木本朱夏

きもと・しゅか
（一九四〇・八・一三〜）
一九八二年、和歌山市の三幸川柳教室に入会。八七年「川柳塔」同人。
橘高薫風は、『転生』の序文で〈木本朱夏さんは、駿馬である。それも青い駿馬と、私は思っている〉と評した。

母からの手紙ひらけば酢の匂い
運命線のどこかで割れる飯茶碗
ウエストを締めも緩めもせず生きる
時雨きて身を庇うもの何もなし
思いきり顔を洗ってあれは　夢
もう誰も待ってはいない橋の上
絶叫の固まっている椿の美
鬼も蛇も帰っておいで淋しいよ
失った時間を抱いているたまご
着脹れて男をひとり見失う
葦に風吹けば肋がぎしぎし鳴るよ
わたくしを跨いで猫が出て行った
総身に蔦を這わせて生きている

別れたくないと叫んでから埴輪
海の青ひとつぶ耳にぶら下げる
へその緒を大事にもっている港
逆さまに貼った切手で秋が着く
あかつきの夢に母きて歌いけり
風船を手放してから失語症
前身を問われ舞うしかない揚羽
転生のあさきゆめ見し観覧車
井戸あれば覗きたくなる曼珠沙華
能面の裏に三つの寒い穴
いい息になるまで桃と見つめあう
石鹸が同じ匂いの共犯者

『転生《てんせい》』（二〇〇五）

西条眞紀

さいじょう・まき
（一九四〇・一一・一一〜）
一九六二年「川柳岡山」に投句。六八年「川柳研究」途上集（片柳哲郎選）に投句。七五年「川柳展望」会員。九三年「新思潮」を経て、二〇二〇年「琳琅」会員。長町一吠は夫。句集に『逆光』（一三）等。

炎天や行方知れずの毬手毬
てのひらでかわかす泪ひとぎらい
貨車いくつ見送る熱の子とふたり
簡単に死んだりしない九月の風鈴
老母よははよ急がねば鐘鳴り止まん
かなしみふたつひとつは赤い実をつけて
許されて真冬の斧を振りおろす
生きてありたし雑木林のこぼれ陽に
こいびとと離ればなれのリンゴの木
風に行方をきいてお前も風になるのか
踊りの群へ捨てるものなくうずくまる
とべない鳩　赤い錠剤嚥みつくす
かばい合うかたちに足袋を脱いでゆく
闇にまぎれて壁画の鳩をみな放つ
てのひらにわたしをつつみいとおしむ

『赤い錠剤』（一九八七、手帖舎）

眼底《まなぞこ》の蛍火愛は奪うべし
虚無の木の右も左も紙の鶴
今生の息を合わせて寒牡丹
きのうは遠い　とおいきのうの帯しめて
逢わざれば蝶々結びの蝶非在
夢の木の一層狂えば鈴生《な》る木
風も絶ゆ薔薇語でばらを病ましめて
花びらを踏みしむいのち継がむとて
花菜から花菜へ転《まろ》ぶ夢うつつ
青蛍わが息継ぎてねむたげな

『蛍　ねむらぬことば』（二〇〇二、手帖舎）

山河舞句

やまかわ・まいく
（一九四〇・一一・二一〜二〇一七・三・二六）
一九六九年「肥後狂句」の勉強を始める。七五年松江に転勤、柴田午朗選の新聞柳壇で本格的に川柳を始める。七七年「川柳展望」会員。九六年「川柳大学」「杜人」に参加。二〇〇七年「杜人」代表。

『無人駅の伝言板』（一九九三）

天に矢を放つかたちの案山子焼く
歯の隙間広がり嘘が言いやすい
ラムネ玉ことりと青い終戦日
怒怒怒怒怒　怒怒怒怒怒怒怒怒怒怒怒　怒怒と海
避難所の赤子泣け泣けたんと泣け
停電の両手に余る星明かり
それは見事な虹の真下の三号機
重低音が響く震災以後の背
春雷に脱原発はかすれがち
ハイという返事をしなくなった雪
こけしの首をきゅっと鳴らして春にする

「杜人」（二〇一七夏）の「山河舞句作品」（広瀬ちえみ抄出）より

残酷な嘘を知ってるボールペン
枝豆のころがる人事異動表
海を見たくてタイムカードを押している
竹とんぼ鋭く父を討ちにくる
泣きながら父母を振り切る逆上がり
食パンの耳厳然と父がいる
桟橋を駆け抜けてゆく派兵論
羅漢の真上に羅漢より少し古い樹
影武者に哀しい耳が二つある
掘割りへ浮く月曜のゴムマリよ
生命線の消える辺りの天道虫
行く末は甘くはないぞ駅の鳩
鈍行の窓から日向くさい過去
千枚田を耕す千の月に逢う

篠﨑堅太郎

しのざき・けんたろう
（一九四〇・一一・二七〜一九八九・一一・一七）
一九五五年頃から川柳を始める。五六年「ひかわ」創立に参画、清水美江に師事。「あだち（現「さいたま」）」の創立に参加。六〇年個人誌「山脈」発行。翌年「川柳研究」幹事。八〇年「さいたま」代表。

酒壷の底に奈落を見る父よ
喜びの視野を馬車つらなって通り
楽しみの果て転がり落ちる黄金虫
父と子といくさを探す蟻地獄
老いて童顔あに恐ろしき金太郎
雲水の枯野に立てば鬼の影
淋しいか野火をちぎってきた男
触れて心の有刺鉄線あればあれ
菜種梅雨亡母の箪笥の泣く如し
紙オムツしたまま歩く亡母の夢
鎮魂の母の茶碗は伏せたまま
野菊みな梵字となって亡母包む
憎しみもよし貝がらを捨てたる音

真珠一粒かくも愉しき小悪党
てのひらの砂をはらえば人恋し
寂しければ無意識にポンチ画を描く
蓑虫の糸を見ている病み上り
樫を切るのこぎりの音冬を病む
傍観のほかなき枯野行くばかり
花鋏妻と一日口きかず
電話口正論を聞く寒い朝
みぞおちに中年以後の鴉飼う
嫁姑魚眼レンズの中で舞う
野仏の親子へ驟雨容赦なし
円空仏不動とみれば不動なり

『蘇る野火』（一九九一、埼玉川柳社）

金築雨学

かねつき・うがく
（一九四一・一〇・一六〜二〇二〇・七・二〇）
一九六六年から柴田午朗に惹かれ川柳を始める。六八年「出雲番傘」入会。七二年「番傘」同人。七六年「川柳展望」会員。八一年、川柳研究会・風の会創立、合同句集を三冊刊行して、九七年解散。

風船を見ていた心貧しき日
封をせぬ手紙を抱いて風のなか
街暮色一人を愛しすぎている
子に聞かす話は燃える火をみつめ
逆光に佇つ美しいけものたち
雪は降る負けたといえぬ両肩に
鳥籠を吊るす高さに人のこころ
身に覚えなくとも野犬ひた走る
埋葬の塚より低い冬の雲

『夕なぎ』（一九七八、川柳展望社）

妻の実家で縄跳びをして過ごす
心細くなって梯子は夕暮れる
のっそりと墓へ詣って来ると言う
棒を担ぎに男が二人やって来る
遠雷や後ろめたさを曳いている
笛の穴七つ塞いで悲しまず
痒いところを掻きながら黙っている
熱のある舌で自分を舐めてやる
週刊誌濡らしただけの雨が止む
うさぎ跳び　仲間外れも悪くない
何もかも終った後の水溜り
弾薬庫クスクスクスと話し声
火事を見て帰った夫婦仲がいい
白という面倒くさい色がある
老人が二人座っている石段
水道の蛇口いっぱい罵られ

『川柳作家全集　金築雨学』（二〇〇九、新葉館出版）

田中博造

たなか・ひろぞう
（一九四一・一〇・二四〜）
一九六一年頃川柳に出会う。六四年「川柳平安」同人。六六年、石田柊馬、岩村憲治らと「川柳ノート」創刊。その後「川柳新京都」を経て「川柳黎明」創刊に参画。二〇〇三年「バックストローク」同人。

生きのびて眼の底にある夜の樹々
長針と短針傷つきあっている
一本の桜をにくみ絵になる妻
すこしみだらな西日の坂の犬の店
迎えに来て駅の鏡の隅にいる
おとなからおとなへわたすびっくり箱
闇に乗じてレモンの中へ帰る鬼
遠雷は妻かも知れぬかるい尿意
淋しくて買った小鳥がゆるせない
体内のさびしい炎売り歩く
六月の象がさみしくふりかえる
海までの坂をみごとに消せたかな
牡蠣殻よいつから笑わなくなった

やがて泥はポロリポロリと喋り出す
登りつめると都はるみが座っている
栗鼠が来て　ひとりあそびの極まれり
楽隊が首のあたりで動かない
サーカスが去った広場を持ち歩く
父の樹はあっさりバウムクーヘンに
生き延びよロバのパン屋はもうこない
剃刀の替刃定点観測所
猫がすたすた歩いていった背骨の上
豆腐食う　とうふささえるものを食う
四五回は箒に跨ってみよう
馬奔る　馬の姿を抜けるまで

『セレクション柳人8　田中博造集』（二〇〇五、邑書林）

橋本征一路

はしもと・せいいちろう
（一九四一・一二・二五〜二〇二〇・三・五）
一九六七年、新聞投句から川柳を始める。六九年「川柳三重」同人。七五年「川柳平安」同人。七八年「川柳新京都」同人。その後、「創」「川柳展望」に参加。九五年、三重川柳協会代表。

新しい自転車だから盗られそう
関係者以外の部屋に通される
人の死とたしかを競う茄子の花
橋の名を考えながら渡りきる
ペンギンに似ている昼という漢字
弁当箱にかあさんを詰めすぎる
赤いリボンにしたのは赤があったから
外来語辞典三年経ちました
空き瓶がなかったことにしてくれる
次の駅から各停になる空模様
もうひとりの私が水を飲んでいる
灯台へ行く人だけが通る道
留守番電話に夕焼けが入れてある

『茄子の花』（一九九五、川柳三重事務局）

水の味が変わってこれからの時間
合掌のかたちにするとよく燃える
あるとこにあるものがある写真集
自転車で気付く自動車で気付く
今にも離陸しそうな音の洗濯機
なるとまきほどの渦ならわが家にも
出してないわりに郵便受け覗く

『午前二時』（二〇〇一）

大切な役目紙コップを配る
筍の季節が続くだけ続く
知り合いがひとりも居ない交差点
種火とは種田山頭火の略語
トンネルの長さ昨日と変わらない

『擂潰機《らいかい》』（二〇一二）

天根夢草

あまね・むそう
（一九四二・一・二一〜）
一九五九年、新聞投句から川柳を始める。六七年「番傘」同人、七七年退会。七五年「川柳展望」創立に参画。九五年、時実新子個人誌「川柳展望」終刊、改めて季刊「川柳展望」代表となる。現在主宰。

さびしさをちょっとまぎらすうさぎとび
赤とんぼ見てからすべるすべり台
『川柳作家全集　天根夢草』（二〇〇九、新葉館出版）

似合う服着せてもらっている案山子
いつ見てもいい色つやのビール瓶
水泳のコースのすべて不公平
弱いので徒党を組んで弱くなり
火がなくて存在感のある火鉢
こしあんもつぶあんも好き無宗教
匂いまだ好きになれない理容店
ライオンの案外貧弱なお尻
まんまるでないといけないマンホール
『川柳作家ベストコレクション　天根夢草』（二〇一八、新葉館出版）

人間よ棒高跳びの棒撓う
世に遅れながら小指の爪を切る
ドラム缶ばかと呼ばれてばかになる
バスに乗るはにかみをまだもっている
亡父の歳こえた蛍光灯のひも
かくれんぼかえってこないかも知れぬ
ねんねこの中へかえっていく河よ
うっかりと命がふたつあり真昼
綿菓子の中身は観世音菩薩
金太郎飴は怪物　別れよう
悪口に負けぬ天水桶ひとつ
たばこ屋のおばさん抱いてほしかろう
花びらをいっぱい溜めた河馬の口
たのしげに男四五人木を運ぶ

山倉洋子

やまくら・ようこ
（一九四二・五・一〜）
一九七六年頃から川柳を始める。「柳都」「新潟川柳文芸社」同人。『卑弥呼氾濫』の序文で、大野風柳は〈山倉洋子というひとりの女の人生の軌跡と言える〉と評した。共著に『花る・る・る』（九八）等。

雪の音乳房へ爪をたてて寝る
五指いっぱい開き訣別の風船をとばす
煮こぼれの匂い一日ははがいる
夕涼みあなたは嘘のへたな人
表札へ吊すウロコの一、二枚
忘却よ真珠ひとつぶ胃に残す
おとうとの首の細さよ花冷えよ
螺旋階段まだまだあなた許せない
樟脳の匂い善人ぶったって
のどぼとけゴクリと軍鶏になってくる

『卑弥呼』（一九九四、柳都川柳社）

恋は稲妻蛍百匹焼きころす
歩道橋塩気の足りぬ人に遭う

村の小川に私の小石あったはず
目が合うてふいにがぶがぶ水をのむ
タンポポの黄色私の悪企み
フンと横向くには低い鼻なんだ
陽炎よ少しエッチな人が好き
季語ひとつすったもんだがありました
サクラ葉ザクラ在宅看護しています
一雨がほしい蛙のかすり傷
日和下駄騙されやすい人だった
失恋のたびに大きくなる目鼻
スカートを踏んでくれたのは味方
白旗の下でそっくりさんに会う
手花火よ私にもあるふたごころ

『卑弥呼氾濫』（二〇〇三、柳都川柳社）

楢崎進弘

ゆっくりと自転車で行く葡萄園
牛乳を配り殺し屋に憧れる
不幸にもなれず飛魚翔び続け
青虫を握りつぶして宴なかば
紙ふうせんたためば青い海となる
せつなくて椅子せつなくて河を流れ
団欒に聴く遠雷のごときもの
給水塔が高くていつまでも鴉
校庭を横切ってくる配管工
理髪店の椅子で魚の夢を見る
雑木林があり劣等感がある
布団干す以前も以後も無神論
ギターケースを開けばどっとダムの水
右へ行けば灯台があるなお未練
ならざき・のぶひろ
（一九四二・七・三〜）
一九八〇年頃、田辺聖子のエッセイにより時実新子を知り、以後川柳を書き続ける。八三年「川柳展望」会員、九五年退会。「川柳みどり会」「バックストローク」等に参加。谷口慎也の「連衆」会員。

血縁がうすい証拠の咳ふたつ
約束のどこまで続く土の塀

『海　望郷篇』（一九八五）

いまにして思えば屋根の傾斜かな
反抗期なれば人体模型の冬
春の橋ひとのかたちをして落ちる
芹なずな卑しきことも考える
わけあってバナナの皮を持ち歩く
納屋の暗さを覗く少年期の終り
むかしは少年だった防潮堤つづく
コスモスの一瞬暗く宙返り
残業がなければ川を見て帰る

『現代川柳の精鋭たち　28人集―21世紀へ』（二〇〇〇、北宋社）

新家完司

しんけ・かんじ
（一九四二・一一・一八〜）
一九八二年から川柳を始める。八四年「川柳塔」同人。八五年「川柳展望」会員。九六年「川柳大学」会員。「大山滝句座」代表。句集に『平成元年』等多数。著書に『川柳の理論と実践』（二〇一一）。

霧が出て街は水族館になる
自転車に春の空気を入れてやる
目の前の人とかなしいほどの距離
いもうとのような夜店の金魚たち
ともだちの家で昼寝をして帰る
夕暮れの電車の音を聞きに行く
いっこうに古くならないお月さま
しあわせな人は静かにしてほしい
母が死に母が飼ってた鳥も死ぬ
わたくしがすっぽり入るゴミ袋
万華鏡きれいなものはすぐ飽きる
横丁を曲がれば住所不定なり
レントゲン写真の中のみごとな冬

酒という字が夕暮れにポッと点く
静かだと思えば雪が降っている
観覧車ひとまわりしてまだこの世
おもしろい空だいろいろ降ってくる
本当に春が来たのか見て回る
いい名前つけてもらった黄金虫
ひきだしの奥も年寄りじみてきた
サムライかカボチャか叩いたらわかる
コンパスの丸冗談が通じない
てのひらはてのひらが好き握手する
七十歳あたりで分かる砂の味
あきらめたとき美しくなるこの世

『川柳作家ベストコレクション　新家完司』（二〇一八、新葉館出版）

丸山　進

まるやま・すすむ
（一九四三・一・一九〜）
一九九六年、「週刊文春」の川柳欄（時実新子選）への投句から川柳を始める。「川柳大学」「バックストローク」「ねじまき句会」等に参加。二〇一一年四月、瀬戸市にてフェニックス川柳会設立。

耐えているベルトの穴は楕円形
観覧車余分な物が見えてくる
身の置き場なくて鴨居にぶら下がる
変身のために風呂敷持ち歩く
泣き顔のマンモスばかり掘り出され
悪玉のコレステロールから電話
約束は全部忘れた河馬の口
たこ焼のたこのことから国家論
吠えてから遺憾の顔をしてる犬
ふざけんなふざけんなよと穴を掘る
ベランダからつまらぬことで出入りする
おまえもかできちゃったのか雪だるま
つまらない物を分母に持ってくる

屋根裏で育てた物を持て余す
大抵のことはバナナでケリが着く
水割りの水の部分は真面目です
善悪の境目のない眼鏡です
空き瓶を持ち上げ雌雄確かめる
冷蔵庫の奥でなにやら睨んでる
川底の自転車月と話してる
追い詰められてブラジャーの真似をする
月一度父がトイレに立て籠もる
一生は永いと思うぬいぐるみ
台形の将来性を信じてる
玄関を開けたら一本背負いかな

『アルバトロス』（二〇〇五、風媒社）

飯田良祐

いいだ・りょうすけ
（一九四三・二・一〜二〇〇六・七・二九）
二〇〇〇年から川柳を始める。その後、銀次、くんじろうと三人で読みの会「川柳・柳色」を立ち上げる。「川柳倶楽部パーセント」「川柳バックストローク」「川柳カード」等に参加。

再会は蛇の皮だけ持って行く
ことわりもなくあがり込むマヨネーズ
経済産業省へ実朝の首持参する
捕虫瓶ぶらさげ洛中洛外図
戦争も並んでいるか冷やしアメ
濡れ衣をはらしませんか吸取紙
いつまで嗤うショーケースの帽子
地下足袋は脱ぎませんヌーベルヴァーグ
茶の間から雪隠までの猫車
無位無官でころがる天津甘栗よ
よみびとは知らずに兄は日章旗
百葉箱　家族日誌は発火する
ガニマタでポテトサラダの座る席

パチンコは出ないしリルケ檻の中
迂回路にキュウピイさんの行きだおれ
水虫によく効くという妖精
二叉ソケットに父の永住権
遠回りしては西脇症候群
言葉の綾で高松行の船を待つ
中華味でよく冷えた愛国心
コンドームはゆるいめポストモダニズム
心療内科へ行く花鳥諷詠
嚙み跡があざやかにあり桜花
短調から長調へとサラダ巻
海へ出る父オットセイなのだろう

『実朝の首』（二〇一五、川柳カード）

佐藤みさ子

さとう・みさこ
（一九四三・二・一〜）
一九八〇年頃から新聞柳壇へ投句を始める。八一年、大島洋主宰の現代川柳アカデミー・海の会に入会。八八年、仙台市の「杜人」同人。九八年、石部明らの「MANO」に参加。

カサコソと言うなまっすぐ夜になれ
なまあたたかい鉢植えの時間
四十才の挫折八百屋の店先で
かなしいことがあって窓から出入りする
窓はみな開ける不在の証明に
ほら穴の方から声をかけてくる
笑っても笑わなくてもうちの犬
花びらを食べたがるのは口ではなく
体内の土管の列を意識する
木陰からぬっと目鼻のうすい人
背を向けた男が「混」と咳をする
玄関に寝床になだれ込む道路
カーテンらしくふるまっている
物入れた記憶で立っている袋

甘えながらやがて倒れてくる箪笥
立っている棒が寝ている棒を見る

『現代川柳の精鋭たち 28人集―21世紀へ』（二〇〇〇、北宋社）

雲一つない青空で前のめり
みんな帰ったあとの夜空に浮く帽子
選り分ける一軒分の闇とゴミ
半身をドアにはさんで夕焼ける
顔半分もらう半分消してから
すべり落ちるための直角三角形
吐く息と吸う息箱を出入りする
そらとはらがくっついたままはなれない
黒板の馬を足から消していく

『呼びにゆく』（二〇〇七、あざみエージェント）

酒谷愛郷

さかたに・あいきょう
（一九四三・七・一八〜二〇一七）
一九六五年、闘病生活の中で川柳を始める。七四年「藍」グループ主宰の泉淳夫と出遭い、師と仰ぐ。その後、「新思潮」会員。句集に『遠野』（八四）、『一句一姿（佐賀川柳五人自選句集）』（二〇〇五）等。

海へくると憮然と父も佇っていた
嗤わない猫と二月の坂をゆく
喪の家のおたまじゃくしの手が生える
茫々と父　厠より　沖に出る
屋根に登ってこの裏町に住みなれる
歯が抜けて男笑ってばかりいる
すすき忽然　父を組み伏す　笑いの果て
極月や　納屋の中にも眼《まなこ》あり
蛍生まれすこしかための母の粥
一月に仏を出して　椿飛ぶ
爛漫の桜が不意に咳こめり
父は岬で　ねずみ花火を　もてあそぶ
ここの日向は枯山ばかり見えている

『現代川柳の群像　上巻』（二〇〇一、川柳木馬グループ）

父の掌のさくら匂うと　そうであろう
手から手に笑いつくせし　翁面
太鼓破れて一族口を　あけたまま
風が吹くから両手をひろげてみたり僧
水に映って他人にまたれてばかり母
母死んで天高々と葱を吊る
さびしくて大きい猫になっている
待たされてこの家の水の音がする
灯を消して　笑いだすのを待っている
なわとびの股ぐら暗い　日本海
暮れ方は跳べると思う　川の幅
空に帽子かけて　忘れたままでいる

『暁《あかとき》』（一九九九、アピアランス工房）

原田否可立

はらだ・ひかり
（一九四三・九・二七〜）
一九七三年頃から川柳を始める。「ふあうすと」同人。九八年、中野千秋らと「せんりゅうぐるーぷGOKEN」創立。その後、代表。なお、グループ名のGOKENは護憲にとらわれない。

引き金に指がかかっている祈り
月光の広場へ鳩の死が還る
広辞苑という名のホテル圏外マーク
こんなに弱い私に会える桂剥き
筍の臍をさがして夜が明ける
日本語の「ン」で書く音雪ン中
マネキンの腕がない天元の一石
孕んでしまえば七月のガラスの器

「川柳木馬」（二〇〇七・一）の「作家群像」より

鷺草の頸動脈を通り抜け
枇杷の種いまどきのやさしさなんか
弥勒の指をすり抜けて来た桜
顎のない写楽がうどん食べている

危絵のように点っている蛍
使用済みの割り箸で挟む情け
裏返しても秋まっすぐにまっすぐに
悪人正機念念ころり念ころり
裸婦像の乳房が向きを変えている
ファの音の中に火星が三つある
女偏はぞくぞく立心偏はぞくぞくぞく
女を忘れなければとコオロギ
見るからに柩の中の正常位
過去をお返し下さいアサリの殻
ひらがなの紙人形が濡れてくる
成熟した紐を一匹二匹と数える
イマジンの左カーブに右カーブ

「せんりゅうぐるーぷGOKEN」（二〇〇〇〜二〇一九）

北村泰章

きたむら・たいしょう
（一九四三・一〇・二六〜二〇〇七・八・一九）
一九六七年から川柳を始める。平安川柳社・福永清造に師事。七〇年、高知商業高校赴任と同時に川柳愛好会（七九年川柳部に昇格）を創立。同年七月「川柳平安」同人。七九年「川柳木馬」創立会員。

風が甘い妻よ砂丘に登ろうか
妻として朝の鏡を光らせる
真ん中に子がいて秋の雲動く
子と遊ぶ小指へ妻も来て止まれ
陽炎のむこうに妻の顔がある
れんげ摘むいつまで摘めば赦される
こけし一つ祖母の匂いを残す部屋
長いトンネルだと妻も思っている
影踏みの影が広場に暮れ残る
靴先に炎をためて逢いにゆく
少年の頃の時計が鳴り止まぬ
逢うたびに男に月の細りゆく
いっせいに毬がはずめば恐くなる

どんぐりが机にひとつ喪に服す
報われることの少ない寒の水
花火炸裂山下清もういない
秒針はとても仲間に逢いたがる
らくだのコブ大きくなるは自虐かな
貧しさの中の線香花火散る
一本の縄と暮れゆく影法師
風が止んで男はひょいと首を出す
逆立ちをした少年に血の温み
先生のはだしへ従いてくる裸足
曲がり角もう少年の貌でなし
火葬場の煙よ痛くないのだね

『日本現代川柳叢書第37集　北村泰章句集』（一九九〇、芸風書院）

浪越靖政

なみこし・やすまさ
（一九四三・一二・一八〜）
一九七三年から川柳を始める。「かもしか」「バックストローク」「川柳カード」等に参加。「川柳さっぽろ」同人。二〇〇二年八月、一戸涼子らと「水脈」創刊。「触光」会員。「川柳スパイラル」同人。

サラリーマンと呼ばれるひと粒ひと粒の泡
振り向けば首のない影である
やっぱり夢だった　たてがみ消えている
風船ふくらむモノクロの絵の中で
大きな卵だしばらく逃げ込もう
突然オルゴール十年ひとむかし

『ひと粒の泡』（一九九五）

複写機を次々と出るテロリスト
憑かれた馬から降ってくる
鍵穴の向うはショッキングピンク
生き方を問われつづける発泡酒
さくらさくら血の一滴も残さずに

『発泡酒』（二〇〇二）

旧姓で呼ぶと振り向くキタキツネ
間歇泉という絶妙のタイミング
お祈りは終わった卵かけご飯
玉砂利のうわさ話が終わらない
晩年は備長炭と決めている
パッチワークで飾る満身創痍
じゃんけんが始まる橋の真ん中で
禁じ手を使いたくなる四コマ目
四字熟語背負ったままで会いにくる
象の足ドレミドレミをくりかえす
友だちでないというのにホッチキス
うっかりと見せるカラスの後頭部
三日月になっても尾行続けてる
ていねいに背骨を抜いて返される

『川柳作家ベストコレクション　浪越靖政』（二〇一八、新葉館出版）

前原勝郎

まえはら・かつろう
（一九四四・三・一九～）
一九七三年から川柳を始める。七六年「ますかっと」「ふあうすと」同人。その後、「川柳展望」「藍」「新思潮」を経て、現在無所属。句集に『未明の音』（八八）、句文集に『白い時間』（九六）等。

封筒の高さにつまずくこともある
春雷や浪費の罪のるいるいと
どう生きて見ても笑うている指よ
かんたんに人を憎めり柿の蔕
父の忌の幹の暗さと遊びけり
静脈をしずかにのぼる秋思かな
さりげなく冬いちまいと手をつなぐ
省略の微罪が残っているぞ冬
葱坊主揺れて真昼の自慰終る
てのひらにぽつんと死後の景がある
墓を買うと決めて祭りの人の中
捨てるものもう何もなき影法師
少し疲れて色ある夢を見てそして

体内に未明の音を点滴する
わが影もひとり遊びに慣れて冬
きれいな嘘が言えそう唇に雪が
さくらいろにさくらが咲いて死を思う
今生の今が重たし雨蛍
寒鴉のほかは無音の盆地の灯
薮椿かなしみぽっと微笑せり
冬日むらさき祈りのように無音なり
寒い月光われとわが影切り離す
を越えてたんぽぽいろの今日そして
そのことには触れずいちりん寒椿
欠伸ふたつむつかしくない生き方を

『現代川柳の精鋭たち 28人集――21世紀へ』（二〇〇〇、北宋社）

草地豊子

くさち・とよこ
（一九四五・一・一〜）
一九八四年から川柳を始める。八七年「津山番傘」入会。八九年「川柳展望」、九四年「川柳塾」会員。二〇〇三年「バックストローク」同人。一二年「川柳カード」同人。句集に『草地豊子30句集』（〇六）等。

アルミ缶潰してまといつく時間
玉葱を吊すこの世の端っこに
庖丁を研ぐとき甘き舌の先
笑顔では解決できぬジャムの蓋
跳び箱の上はあの世のやわらかさ
何回もさくらの下の逆上がり
座布団の際まで耕されてしまう
スプーンの背なをうっすら光らせる
いろがみの裏はみだらな白である
渡り廊下の片面だけが濡れている
風船を貰い知らない子にあげる
文化の日そろそろ邪魔になる金魚
明日との境に牛蒡立てかける

回送バス喉を異物が通過する
掃除機を引いて花野に来てしまう
グラジオラス足を閉じると倒れそう
バンザイをするとぽろんと古い釘
トイレから出ると僧侶が待っていた
封筒の中から尻が出てこない
段ボール夜の闇より昼の闇
カーテンが挟まったまま さようなら
前頭葉に詰め放題のみかん
ベンガラを塗ってしばらく此所にいる
背景を斜めに行くと速すぎる
ちゅうちゅうアイス今日は八月十五日

『セレクション柳人 番外　草地豊子集』（二〇〇九、邑書林）

佐藤岳俊

さとう・がくしゅん
（一九四五・四・二〜）
一九六五年「盛鉄川柳」（後の川柳はつかり）に入会。六六年、白石朝太郎に会い、私淑。七五年「鶴彬研究」発刊。個人誌「北緯39度」「y」を経て、九九年から「川柳人」の発行を大石鶴子から継承。

暗い世がくるぞ田螺のひとりごと
全身に灼熱を吸い蟻あるく
ひょっとこの仮面も泣いて離農する
茄子の花あたりを歩く妻の影
赤字線貧しい川をのぼっていく
阿賀野川こんこん血管をくだる
冷え下がる機関車鉄も指を吸う
ふるさとを掘ると一揆につきあたる
子を抱いて眠るけもののような妻
石泣いてがんがん棺の釘を打つ
餓死の世を忘れず微笑こけしの目
眼の開いた鱈いっぴきをぶらさげる
爆弾になるひとつぶの米ぽろり
頬かぶり北の地蔵が歩いている
凍土掘る馬の埴輪に会えるまで
冬の土間藁束だけが凍らない
藁に鎌刺して小さい村を去る
老父の背の畦ゆっくりと越えていく
除雪する背中ピテカントロプスよ
いっぽんの蛇になるまで縄を綯う
アゴ紐が駄馬に似てきた炎天下
いちめんの菜の花機関車も沈む
海に向き海に傾く漁夫の墓
叩かれて牛が斜面を落ちていく
いちめんに馬の目に降る雪であり

『川柳作家全集　佐藤岳俊』（二〇一〇、新葉館出版）

金山英子

かなやま・えいこ
（一九四五・一〇・二〇〜）
一九六八年から川柳を始める。「川柳おけら会」「ふあうすと」「藍」「とまり木」を経て、「点鐘」「新思潮」創立会員。句集に『髪』（八九）等。

ホロホロと母をこぼして四十の自愛
日月流れて水に返すは母の面
たれかれに揺れるすすきの通い婚
いつの頃から水底の幼下駄
軽い女で母で死にたし　沖ゆく舟よ
片乳はおまえにくれるすすきの化身
まっさきにいのちがほしい水鏡
ススキ光る　あれは狐に似た姉で
すでにあきらめ　遠近の雨音よ

『幻華』（一九八九、かもしか川柳社）

曼陀羅や水の襞より生まれし　裸
子の雨季へ真新《まさら》に戻す椀の水
素わらじや吾が片影の水くくる

ゆりかごも母もうつつよゆれやめば
夢や七夜の父の肋に吊るランプ
幾人を天に嫁がせ捨て身の天
姿見の奥のススキに逢いにゆく
すすき衣《え》やこの黒髪の形見わけ
月にほどよき坂よと姉の小面は
姉の縁はていねいに抜く夏期講座
からくりや弥生の雪の生返事
死後も明るき乳房こそわが桜山
彼の岸の影もこの世のむらさきらんぷ
風の裂け目のちちの銭よりこぼれ落つ
人形の顔を映して飢餓の果て
遠景の斧は追伸ふりおろす

『うたかた』（二〇〇五、友月書店）

徳永政二

青い山ときどき通る青いバス
やわらかいタオルひとりというものよ
何も書いていないところが水ですね
ビニールのひもで結んである真昼
棒の影　棒のあたりを離れない
暗闇の中で結んでいるリボン
ストローの折れるところを握りしめ
港にはやさしいものが干してある
鐘が鳴る柵からすこし出たところ
大阪の泡を三回かきまわす
石けんを握るさみしくなんかない
悲しみはつながっているカーブする
壷の中こまかい雨が降っている

とくなが・せいじ
（一九四六・一・一五〜）
一九八四年、笠川嘉一と出会い、川柳を知る。「川柳大学」「点鐘」「バックストローク」等に参加。現在「川柳びわこ」編集人。著書にフォト句集『カーブ』（二〇一一）、『家族の名前』（一六）等。

裏返すたびに小さくなってゆく
犬小屋の中に入ってゆく鎖
手を振っているからきっと駅だろう
一本の線をずうーっと引いている
したいことといっぱいあって木のかたち
ややこしいところ通ってきた机
くりかえすことのうれしさバッタ跳ぶ
壁があり壁にもたれている梯子
なんかこううまく言えない秋の空
葉脈にそって流れてゆく　痛い
袋から出して袋にしまう夜
秋の風家族の名前書いている

『川柳作家ベストコレクション　徳永政二』（二〇一八、新葉館出版）

梅崎流青

うめざき・りゅうせい
（一九四六・五・八〜）
一九七八年から川柳を始める。八四年「番傘」同人、のち辞退。九二年から「川柳人間座」編集長。二〇〇七年「川柳葦群」を創刊、主宰。

劣情と一緒に釘を打っている
暗きものわが体内に柿熟す
音の無い花火が書いてある手紙
蛍いっぴき部屋に放ちて欲情す
わたくしを貫き通せ赤とんぼ
火の中の竹にんげんの声で泣く
かたつむりの殻透きとおり原爆忌
えんぴつを舐めると象の絵が描ける
真実を拾う焼き芋屋の軍手

『蟹の足』（一九九五）

われ知らぬ妻が花屋の前に立つ
どんぐりは池に届かず拾われる
一面に菜の花咲かせ男去る

無名とは楽しきものよ山芋掘る
鳥渡り終えたら揺れる空のあを
飯茶碗人に貧しい手が二本
最後まで燃えているのは古い手帳
昨日とは違う光の中で研ぐ
時に逃げられ豆をポリポリ噛んでいる
鉛筆を研いでいる間に雲流れ
肩に雪乗せ善人がやってくる
戦争がときどき浮いてくる土塀
ラムネ飲む喉に夕陽が集まりぬ
昼の暗いところで等分に分ける銭
人の世のからくり石は水に浮く
お祭りが終った後の水の音

『飯茶碗』（二〇一六）

吉田三千子

よしだ・みちこ
（一九四七・三・一〜）
一九八三年一月、現代川柳綿毛の会に入会。八六年、川柳みどり会幹事。九五年、水脈の会会員。同年、なかはられいこ、斧田千晴と現代川柳研究会「エトヴァス」を発行、一一号で終刊。

手の中に残った花を確かめる
からっぽのポケットに挿す鬼あざみ
引き潮にのった青年のボタン
栞一枚　降りるのは次の駅
あかんべえ　とても悲しい朝の月
額縁で囲まれていくさようなら
逆光のひらがなばかり掬いとる
迂回せよ春の大きなマンホール
りんどうや右と左にわかれても
葉は豊か失ったもののいますべて

『字幕スーパー』（一九九〇、川柳みどり会）

長いこと月を見ているさくらの木
ポケットの指を反らせてだらだら坂へ
ぶりきの金魚　夢を見ていた目が剥がれ
海への道はなんども聞いたことがある
青空は壺の中まで降ってくる
頽廃へ　雑木林も人くさし
紫の　一部始終が煙になるよ
一行を問い詰めてゆく月明かり
さくらんぼ　叶わぬことを五つほど
雑踏は　フランスパンの乾きに似て
群衆として朝の髪揺るがせる
真昼の欅　好きというのは昏いこと
頬杖や　花の時間は流れゆく
もっと哀しい鈴になって　筥へ
叱られた帽子をどこで遊ばせる

『哀愁劇場』（一九九七、川柳みどり会）

滋野さち

しげの・さち
（一九四七・三・三〇〜）
中学時代から詩作を始める。二〇〇二年、ふぉーらむ洋燈川柳教室に入門、翌年「ふぉーらむ洋燈」入会。〇五年「おかじょうき」会員。一〇年「触光」会員。句集に『川柳のしっぽ』（〇五）等。

海までは泣かぬと決めた流し雛
筋を通す　芋のしっぽのまずいこと
相討ちの顔で朝飯食っている
てのひらにあなたが割った生卵
ままごとのゴザだけ残る死もありぬ
赤くなければさびしくないポスト
縦に並ぶとやましいことがやりやすい
日照り雨　しらを切ってもいいのです
一本の棒も持たずに来た岬
缶詰を開けてはのぞくあの世かな
国歌斉唱　金魚は長い糞たれて
総書記の背中のチャックずり下がる
尊厳死希望　逆上がり練習中

紅を塗る　口が耳まで裂けぬよう
悪態をつくばあさんにあこがれる
賞罰がなくてシロツメクサがある
発芽するかも知れぬ砂の家
言い勝って無様な月を抱いている
祖国って角ばっていて言いづらい
たましいが離れるまでの夏みかん
散るものはないけど幹を震わせる
武具馬具武具馬具舌は抜かれたままである
雪無音　土偶は乳房尖らせて
母だった記憶が欠けて行く夕陽
前衛と呼ばれたままの玉すだれ

『東奥文芸叢書 川柳17　オオバコの花』（二〇一五、東奥日報社）

平賀胤壽

ひらが・たねとし
（一九四七・七・一七〜）
一九六九年、京都番傘川柳会、以降、番傘川柳本社・番傘人間座・びわこ番傘川柳会・「バックストローク」同人を経て、「川柳スパイラル」会員。朝日新聞「滋賀柳壇」前選者。句房「弦」創立。

ライバルの近況を聞く　いわし雲
夕立へ　やさしい兄になるきっと
思惑の違いが　排気ガスにある
石畳　鼻緒がとてもきついです
突然に来た　友達が水を呑む
もう迷うことはない　凹んだバケツ
いつからか　壁にくいこむ鬼の面

『生きるとはにくやの骨のうずたかし』（一九九五、こうち書房）

あたらしい机迫り出す芒原
犬が少年を背負おうとしている
いちめんの雪へ卵黄盛りあがる
石段を緩めてしまう黒揚羽
お位牌が少し猫背になっている
回廊を巡りおおきな影となる
階段があっておおきな箱の中
鍵の音すっぽんぽんのどこからか
空をもう離してしまいそう熟柿
集うなら卵をひとつずつ抱いて
机動かす伏流水に気をつけて
猫ですか球面体の柩です
風呂敷に海をくるんで置いてある
仏壇にちょっと入って草を引く
包丁と鋏を研いで留守にする
丸腰のまま花束を持たされる
俎板の上にときどき蹲る
流木が人の形になっている

『水摩』（二〇〇八、いりす）

川上大輪

かわかみ・だいりん
（一九四七・一二・二〇〜）
一九七〇年、義父・大矢十郎に勧められ川柳を始める。七一年、十郎と川柳しんぐう吟社創立。七二年「川柳塔」同人。八六年頃「川柳塔」退会。九六年「川柳塔わかやま」同人、「川柳塔」同人へ復帰。

前略と書きたくなった芒の穂
花屋の花はいつも咲いてるから嫌い
いい月だはっきり見える蟻地獄
風が開いたページは風が読んで行く
隙間風ほど新鮮なものはない
だれも乗せない電車が通り過ぎてゆく
スリッパの左右を決める評論家
海岸で拾う疑問符のいろいろ
風が吹いたらも一度走ることにする
とりあえず力こぶだけ見せておく

『二重奏《デュエット》』（一九九九、葉文館出版）

一本は奈落へ伸びるあみだくじ
鉛筆の先から青い芽が伸びる

宴酣私の席にいる狸
風を掴まえて昔の話など
かくれんぼ等身大の箱がある
コンビニへ天気予報を買いに行く
呉越同舟ポストは昔から赤い
三角も四角もやがて愛になる
サイコロに放浪癖を見抜かれる
慎重に言葉を選ぶうろこ雲
知られたくない窓がある万華鏡
丁寧に網から外す躁と鬱
情けない姿で足の爪を切る
パイプ椅子敵にも味方にもなれる
鳩尾をゆっくり歩く象の群れ

『流れ星の詩』（二〇〇二、新葉館出版）

小島蘭幸

こじま・らんこう
（一九四八・三・二〇〜）
一九六三年「川柳たけはら」入会。六七年「川柳塔」同人。九一年竹原川柳会会長。二〇一〇年「川柳塔」主幹。一七年、全日本川柳協会理事長。句集に『川柳作家ベストコレクション　小島蘭幸』（一九）等。

指切りで別れて急に寒くなり
横顔が好き本当は全部好き
君がくれた人形を僕が見てるなり
おそろしや君の瞳に僕がいた
父が帰るとどの子も静か父も静か
好きだとは言わずリンゴを剥いてくれ
九官鳥がハイと答えておりました
てのひらに乗せるとてんとう虫飛んだ
再会す春の陽射しのその中で

『再会』（一九七七、たけはら川柳会）

やがて父親になるポケットのあたたかさ
ライオンの風格に似て子が這うよ
自転車の妻と明るくすれ違う

ふるさとよ大きなパンツ干してある
妻の鼻のてっぺんにあるやすらぎよ
少年が走るとコスモスが揺れた
真夜中におむすび食べている鬼だ
恋人の帽子を被らせて貰う
父の貌して蟷螂が振り向いた
父の眼で一本の竹見ていたよ
郵便屋さんのバイクと赤とんぼ
大好きな人と芒が原にいる
お風呂場の鏡の中の歳月よ
珈琲よ葦は揺れてる方がいい
青空があるのに門が閉めてある
恐ろしい人がいっぱいいいた昭和

『再会Ⅱ』（二〇一四、川柳塔社）

細川不凍

ほそかわ・ふとう
（一九四八・五・一三〜）
一九六六年、塩見一釜の勧めで川柳を始める。六八年「川柳いぶり」に参加。「こなゆき」「川柳ジャーナル」「川柳展望」「新思潮」等を経て「琳瑯」会員。句集に『青い実』（七〇）、『雪の褥』（八七）等。

疲れた父に回転木馬が止まらない
理解されたくてハンマーの響き
寝返りを打たねば天井落ちそうで
ごろりと芋ごろりとお前の冬がある
脳天に寒が居座る日の破礼句
北からの風の間にまに契らんか
蝶死んでわが眼球におさまりぬ
病みさなか生きいそぎの蛍をかぞえ
寝返りを打つたび殖えるすすきの穂
川は枕の下を流れ　きのうへながれ
わがバリケードの中で亡びし馬よ
木の股に不意に現わる泣き上手
炎昼のまっくらがりとなる傘か

落日の一騎となりぬあばら骨
埋れ木の賤しきまでに男の匂い
樹を下りる僕らかなしい木になって
足の無い椅子がごろんと冬日のなか
藪の中から藪を見ているろくでなし
菜の花の亡びし跡に非在のひと
生きのこる水辺にひとつ木管楽器
肉体にまだこだわっているさくら
匿しごと無き日にするところてん
妹よキャベツ畑に日は沈む
病名が川の向こうへ行きたがる
わが影に収まる生類こそ哀れ

『セレクション柳人16　細川不凍集』（二〇〇五、邑書林）

古谷恭一

ふるや・きょういち
（一九四八・六・一三〜）
一九七〇年、「高知新聞」の文芸欄に投稿。七二年「川柳高知」、七六年「川柳平安」、七八年「川柳展望」に参加。七九年「川柳木馬ぐるーぷ」結成。その後「新思潮」「バックストローク」「琳瑯」等に参加。

板の間を匍ってくるのは母の髪
噫して大きな手水鉢があり
ゆっくりと開く月夜の格納庫
少年の闇にぐにゃりと縄梯子
限りないやさしさ馬に充塡せよ
自画像に蔦を絡ませようとする
人形を棄てぼうぼうと船が発つ
セメントが固まっている薄笑い
失った時間と駅の椅子がある
昭和史の未だ仏間の夏みかん
苦しくて鯉は大きな月を吐く
ぐっしょりと盗汗まみれの彼岸花
縊死の木にまたしばらくの月明かり

春なれば毬の存念など聞こう
少年の化粧妖しく祭り笛
忘却という大粒の真珠かな
父の斧すでに谺を忘れたる
庖丁は腥きまま沖を見る
暴漢のめったやたらに辷べる靴
錆びていたレールどこまで私生活
晩年の笑いこらえて桃を食う
赤とんぼ遊びつくしていなくなる
仮説あり蒟蒻畑まで急ぐ
梟がいる手鏡をとり落とし
馬面のまま殴られていいものか

『セレクション柳人15　古谷恭一集』（二〇〇六、邑書林）

櫟田礼文

いちだ・れぶん
（一九四八・七・一三〜）
一九六八年、「日刊宗谷新聞」川柳欄に投句を始める。七二年、札幌川柳社大会に出席、初めての句会参加。「川柳さっぽろ」同人。句集に、七人句集『芽』（七五）、『紙ふうせん』（八五）等。

レタスばりばりもう深追いは止めました
さくら吹雪のまん中でとくパズル
男の寝顔あいそ笑いのあとがある
ドーナツの穴に私がうずくまる
象の尻押してはずみをつけてやる
長い長いはなしが好きな針の穴
砂丘に一本縄が捨ててある
手品師の帽子のなかの生年月日
観覧車ゆくえ不明の眼を探す
マタニティドレス売場のバリケード
脱衣籠のまわりに茂る泡立草
こいびとに触れると海がせり上がる
私からわたしを引いたのどぼとけ

結び目をほどくと焚火跡がある
自転車の荷台に残された時間
大盛りのパセリに躓く予感
背中から定刻通り咀嚼音
綿菓子の中一本の縫合線
あみだくじにつかまっている我が十指
座布団のくぼみに残っているしめり
いつもの家のいつもと違うポリバケツ
病院の廊下で羽交い絞めにあう
潮干狩りこわれる音を聞いている
自転車の骨が淋しい音を出す
傷口を見せずに改札をぬける

『セレクション柳人4　櫟田礼文集』（二〇〇五、邑書林）

むさし

むさし
（一九四九・一・二〇〜）
一九九四年一二月から川柳を始める。二〇〇八年二月、おかじょうき川柳社代表・北野岸柳入院のため、代表代行。一〇年四月から、同社代表。一三年からFM青森「チャレンジ川柳！　むさし流！」担当。

また来ると言えないんだよスミレたち
この世から少しはみ出ている踵
豆腐の裏の青い呪文を見ましたか
まだ罪があると言うのか肩の雪
坊さんの背中火事場に見えないか
たっぷりと海を吸わせてきた尻尾
焼き芋のかたちになっている記憶
火傷しそうな雪が降ってるクレヨン画
夕焼けを吐きます個室希望です
栞の位置で再開される果たし合い
味噌汁に夕日を入れたのは誰だ
満月に頭突き食わせてから帰る
虚偽表示　恐山から石ごろり

「花吹雪」タイムマシンの名前です
句読点の代わりに置いてあるリンゴ
砂少しまぶして僕ができあがる
前髪を上げると削除キーがある
酒をくれいしだあゆみにシワがある
罰として白い野菊に繋がれる
どうしても省略できぬ鼻の穴
いい人に会うまで風をためている
辻馬車の轍が顎についている
帽子からはみ出している導火線
バックしますもめごとがあるようですが
さよならを言わない人の立ち泳ぎ

『東奥文芸叢書 川柳9　亀裂』（二〇一四、東奥日報社）

川上富湖

素晴らしい友だ七色唐辛子
有刺鉄線君も睡眠不足だね
撲れば楷書も崩れ出すだろう
誘蛾灯の下にてお待ちしています
螺旋階段有頂天までもう少し
思い出し笑いが好きな無人駅
ストローの穴に詰まった好奇心
莢を出てサラリーマンになった豆
黙祷が続き蜻蛉見失う
モアイ像会いたい人に未だ会えぬ
優柔不断いちごミルクが溶けてくる
咳き込んで人という字を吐き出しぬ
醜聞はもう聞きあきた芒の穂
茹で卵あなたはいつの世も偉い
かわかみ・とみこ
（一九四九・九・二六～二〇〇〇・一・二七）
一九七〇年、父・大矢十郎の勧めで川柳を始める。九六年「川柳塔わかやま」「川柳塔」同人。九八年、第三回オール川柳賞大賞受賞。二〇〇〇年には夫・大輪が同賞を受賞。

妻という字がバラバラになりたがる
札束の声は低音だと思う

『二重奏《デュエット》』（一九九九、葉文館出版）
甘えたら低温火傷してしまう
泡立てた卵に角が二つある
植え込みの中に約束捨ててある
首ばかり流れるベルトコンベアー
これは儀式ひとときを舞う花鰹
しきたりがぎっしり並ぶ畳の目
責任を問うと崩れる紙コップ
プロポーズ君を終身刑に処す
やわらかい要塞を持つオムライス

『流れ星の詩』（二〇〇二、新葉館出版）

髙瀬霜石

たかせ・そうせき
（一九四九・九・二七〜）
一九八六年、高校の先輩・渋谷伯龍に勧められ、川柳を始める。「川柳塔」「弘前川柳社」「川柳展望」に参加。弘前市のFMラジオで「霜石のやじうま川柳」を担当。句集に『青空』（九六）等。

お月さまどうやらわたし迷子です
どこをどう切ってもペンペン草である
定年の日もコロッケを二つ買う
マヨネーズかければみんな藪の中
こし餡とつぶアン理解しあえない
デジタルデジタルと蝉が鳴いている

『川柳作家全集　髙瀬霜石』（二〇〇九、新葉館出版）

ナショナルがパナソニックになり　暗い
100円ショップ不思議なことが多すぎる
銭湯へ連れていきたいテロリスト
おおきなリボン付けているのが狸です
父さんは猫なで声が好きである
トイレには神様がいる水が出る
ぼくの歩幅にぼくが合わなくなってくる

さくら見るこの世の人じゃないひとと
やさしさを形にすればたまご焼き
膝小僧ときどきひとりごとを言う
たいていの答は空に書いてある

『東奥文芸叢書 川柳6　無印良品』（二〇一四、東奥日報社）

九条に抵触してる桃太郎
ごめんなごめんなごめんな四捨五入
遠くまで飛んだとしても竹トンボ
傾いていてもどうにかぼくでいる
歯ブラシにだけは本音を打ち明ける
楽しいに決まっているさ曲がり角
オムレツにケチャップ昭和残侠伝
つるし柿ひとり息子は帰らない

『川柳作家ベストコレクション　髙瀬霜石』（二〇一八、新葉館出版）

松永千秋

まつなが・ちあき
（一九四九・一二・三〇～）
会社の先輩・田岡千里に誘われ、「久留米番傘」「番傘」に参加。一九八五年「川柳人間座」に投句。九一年「川柳新京都」に投句。「バックストローク」「川柳カード」を経て、二〇一八年「晴」メンバー。

桜まで行きつくまでの桜桜
夜明けにはぴたりと止んでしまう鈴
一列に並んで井戸の底のぞく
どの壺も入ってますという返事
真っ白い皿に不時着してしまう
少年を斃してしまう青芒
伝説をあんころもちにしてしまう
夕暮れがアシカのヒゲに住みついた
消しゴムを持って廊下を覗いている
エンピツよ水平線を見に行こう
夕暮れのやわらかなもの蹴飛ばして
ポケットを欲しがっているおばあさん
片手に本を持って時々つんのめる

兄の手袋隠したままの玩具箱
一族はカバであることひた隠す
ホームドラマみんな優しく嘔吐する
サボテンがサボテンである無数の理由
時間ですと言われたレンゲ草の嘆き
蜩がずーっと鳴いているシーン
八月の空アイロン掛けを繰り返す
ラッパはふいに風に襟首つかまれる
長過ぎる包帯垂らし通過中
古い帽子の行方を知っている広場
海原に白線引いている遊び
吊革を握ると酸っぱくなる五体

『セレクション柳人18　松永千秋集』（二〇〇六、邑書林）

矢本大雪

やもと・だいせつ
（一九五〇・二・一三〜二〇一七・一・一七）
一九八八年、弘前川柳社で川柳を始める。「かもしか」「雪灯の会」を経て、二〇〇二年、野沢省悟と「双眸」0号発行。〇三年「双眸」創刊。以後「新思潮」会員。編著に『動詞別川柳秀句集』（九九）等。

風花や替え芯は有りただそれだけ
ネクタイを締めても消えぬ滝の音
指先を春にしてひくプルトップ
動悸やむ花屋の前を過ぎてから
蝌蚪むれて誰かの葬儀あるらしい
現代の前で揃えて脱いだ靴
サイダーの父の記憶のぱぴぷぺぽ
藤色になろうと家族みな揺れる
ぎんなんの実の寂しさは連鎖する
万緑に心療内科そまりけり
死ぬことも忘れて団栗を拾う
葉鶏頭日暮れの紐の結び方

『火輪』（二〇〇三、柳燈舎）

ひとりずつ夕陽にぬれてバスのなか
うつむくと月がわたしを見失う
蹴りやすい位置にあなたの蜃気楼
信号の赤にまみれて欲情す
潮騒が床屋の椅子を離れない
まだ消えぬ指紋　破船はきらきらと
肉欲の音しゃりしゃりとかき氷
さびしいと書いて丸めた満月よ
月はいま幸せだったころの位置
雪やみて遠い山脈　デスマスク
死はいつか渚に浮かぶ檸檬一個
流木に胸を貫かれて睡る
月光に架空の墓を洗いおり

『水行』（一九九四、かもしか川柳刊行会）

赤松ますみ

あかまつ・ますみ
（一九五〇・三・一四〜）
一九九二年、時実新子の作品を読み、川柳に関心を持つ。九五年、天根夢草の川柳講座を受講。九六年「川柳展望」会員。二〇〇三年「川柳文学コロキュウム」代表。句集に『白い曼珠沙華』（九八）等。

窒息をしそうな蔦の絡む家
本籍の分からぬ白い曼珠沙華
頃合いの暗さの山の登り口
体育館のせつないほどに光る床
昔昔に飛んだことある黒電話
生年月日を聞かれたことのない小石
妬みあう色鉛筆の十二色
たましいが透き通るまで毬をつく
さぼてんのトゲ決めかねることがある
痛いとはいわず豆腐のままでいる
カステラが立ちあがるのを待っている
日だまりがだんだん沼になってくる
静物画　風の通ったあとがある
球根が海のはなしを聞きたがる

木漏れ日が揺れるもうすぐ鳥になる
『セレクション柳人１　赤松ますみ集』（二〇〇六、邑書林）

門をきちんと閉めておく時雨
賢明という水になる手水鉢
絵のあった場所かげろうになっている
伸び縮みしてから窓になりました
マカロニの穴でブレイクしてしまう
疑わしいところにかけているポン酢
秋はもうサラダになっているらしい
いじらしいほど押しピンの痕がある
暴れるだけ暴れてこし餡になった
ゆっくりと砂漠の砂になる指紋
『川柳作家全集　赤松ますみ』（二〇〇九、新葉館出版）

くんじろう

くんじろう
（一九五〇・五・二四〜）
川柳を始めた頃「川柳二七会」等に参加。二〇〇三年インターネット句会「空の会」主催。「川柳倶楽部パーセント」「ふらすこてん」「バックストローク」等に参加。一〇年「川柳北田辺」創立、主宰。

兄ちゃんが盗んだ僕も手伝った
雑巾にされていきいきするタオル
外側にノブを持たない君のドア
ベランダのスーパーマンが乾かない
葬列はキシリトールを漂わせ
春市場お豆さんとかお嫁さんとか
長男は都こんぶなお人柄
裏側に蛇口がついている墓石
昨日まで鱗があった桜の木
開脚は柱時計のある部屋で
朝舟にいて朝舟に放尿する
股下のほつれや源氏物語
遠いところでおっさんが暴れている

「川柳木馬」（二〇一三・一）の「作家群像」より

星のない空を左官が塗っている
幼稚園バスから埴輪一人降り
飴売りの帽子はとうに穴だらけ
夕方のぬかるみとても可愛いらし
ソケットに橙の実の二つほど
ヘアピンをひとつ遺して洗面器

「バックストローク」（二〇〇六〜二〇一〇）

粘膜をまさぐり合って赤トンボ
死んだふりしても鷗は漫才師
ゲイバーの負けず嫌いのママのイボ
ホチキスで止めて可愛い女の子
パンの耳魂魄この世にとどまりて
おばちゃんの影にピンホールがひとつ

「川柳カード」（二〇一二〜二〇一七）

広瀬ちえみ

ひろせ・ちえみ（一九五〇・九・七〜）
一九八七年から川柳を始める。「かもしか」「杜人」「バックストローク」「川柳カード」等に参加。「垂人《たると》」を中西ひろ美と編集・発行。二〇一八年「晴」メンバー。句集に『ひ・と・り・遊・び』（九二）等。

花畑の中で包帯ほどかれる
もうひとり落ちてくるまで穴はたいくつ
お手洗い借りるこの世の真ん中で
おさかなを口にくわえて逢いにゆく
サボテンが二本とっくみ合いをする
オネショしたことなどみんな卵とじ
きなこまぶせば少しごまかせそうな春
鳥が来て鎖骨の水を飲んでゆく
しっぽまできちんと空気入れなさい
景品にだらだら坂をもらいけり
船を待ちながら小さくなってゆく
恥ずかしいものを沼から引き上げる

『セレクション柳人14　広瀬ちえみ集』（二〇〇五、邑書林）

遅刻するみんな毛虫になっていた
夕映えのまっただ中に伏せる甕
向こうからまるで原野でやってくる
戦場へたんぽぽの絮ふっと吹く
咲くときはすこしチクッとしますから
鉢植えを置かれてしまう胸の上
「冷やし中華始めました」が剥がれそう
桃色になったかしらと蓋をとる
とりあえず輪ゴムでおとなしくさせる
かくかくとしかじかがきて柏餅
アサッテが咲きそう首を傾けて
そこはただ木綿の気持ちで歌うべし
木の舟はきのうの雨を乗せており

『雨曜日』（二〇二〇、文學の森）

峯　裕見子

みね・ゆみこ
（一九五一・一・一六〜）
一九八六年一〇月から川柳を始める。「番傘」「川柳びわこ」同人。一九九七年五月「川柳大学」、二〇〇三年「バックストローク」会員。共著に『続おじさんは文学通4（川柳編）』（九八）。

ここでなら泣いてもいいな観覧車
波の音だけが聞こえる本籍地
スカートがふわりと開き死にきれず
空だけが見え完璧な窓となる
樹の燃える匂いを髪につけたまま
泳ぎついたら少し縮んでいた水着
夕顔の種だと言って握らせる
父が居そうな月の夜の製材所
クレーンが摑みなおしている夕陽
なかぞらで結ばれている声と声
水底に帰る家あり夕ごはん
森進一が少し残っている袋
縞馬の縞をほどいている日暮れ
箱の底抜ける　お月さん逃げた

毛皮着る少し下品に見えるよう
体内にある干し柿のようなもの

「川柳木馬」（二〇〇〇・一〇）の「作家群像」より

まだ少し嫌がる島を引き寄せる
わたくしの隙間に詰めておくティッシュ
すいれんと書いてしばらく水に浮く
困っているつつじの蜜を吸いながら
梅雨空のここにハンコをいただいて
香の煙の沁みやすい身となっている
だらくの果てのふだらくのらくだかな
石の上に石を重ねて黙らせる
ありがとうはしばらく水に浮いている

「バックストローク」（二〇〇三〜二〇一〇）

岩崎眞里子

いわさき・まりこ
（一九五一・七・三〜）
一九七九年から川柳を始める。「かもしか」「林檎」「ねぶた」「新思潮」等に参加。二〇二〇年「琳瑯」会員。句集に『蒼』（九〇）、『ジョパンニの切符』（二〇〇五）、『渚にて』（一二）等。

ふるさとに雪のかたちの人さらい
琴線はほらこのように蜘蛛の糸
ニンベンの形で続く枝分かれ
風に向くこの世が好きな卵たち
角出して親子いよいよかたつむり
太陽とひとりぼっちを共有す
雨の日は蕾のように膝抱いて
反論の背丈は夏のすみれほど
展翅するあげはいっぱい天の川
紫陽花を育てていたのか蝸牛
からっぽの私に夕陽を詰め込んで
雪明かりこの世巡りのバスの窓
子を抱く双手は鶴の羽に似て

神様の釣り糸らしき陽のひかり
右足の小指ズキンと母がいる
人間になれそうな木の傍に住む
ややこしく汚れちまった輪郭線
ふっくらと疑問符匂う落ち葉焚き
砂時計ふたつ並んでいる峠
本を読むように過ぎてゆく菜の夕日
争わぬ形となった林檎の樹
木を植える人になろうと決めた浜
はやぶさのしっかり死ぬという光
独りいて一人じゃないと海が来た
白波の生まれ変わろうとする雪

『東奥文芸叢書 川柳4 舎利の風』（二〇一四、東奥日報社）

筒井祥文

つつい・しょうぶん
（一九五二・五・二〇〜二〇一九・三・六）
一九八一年川柳を知り、京阪神の各句会へ出席。九五年「点鐘」会員。九七年「都大路」、九九年「天守閣」同人。二〇〇二年「パーセント」、〇九年「ふらすこてん」創立。「バックストローク」等にも参加。

午後四時を括ってみれば余る紐
晩秋のお掘りの水の遊びぐせ
鳥の声　水は力を抜いている

『セレクション柳人9　筒井祥文集』（二〇〇六、邑書林）

黒ぶどう黒く平等とはゆかぬ
ご公儀へ一万匹の鱏《えい》連れて
京舞いの裾は卵をときに産む
公園をはみ出してゆく滑り台
流氷はポルノ館まで来ていたり
ウミネコを栞がてらにお借りする
弁当を砂漠へ取りに行ったまま
めっそうもございませんが咲いている
昼の月犬がくわえて行きました
よろこびのびの字を猫が踏んでいる
自転車で来たので自転車で帰る
箸でパン摘んだようなことになる
芸人さんの肩幅で立っている
再会をしてもあなたはパーを出す

あり余る時間が亀を亀にした
湯たんぽのお湯ほどうまく喋れない
軍艦で行くにはちょっと浅すぎる
沖に舟あれどラッキョに義理はない
街頭へ引っ張り出せば蛸の脚
美しく千利休に蓋をする
トコトンヘコトンと放つ水すまし
ハンカチを三度振ったら思い出せ

『筒井祥文句集　座る祥文・立つ祥文』（二〇一九、筒井祥文句集刊行会）

樋口由紀子

ひぐち・ゆきこ
（一九五三・一・三〜）
一九八一年時実新子の『月の子』で川柳を知る。「川柳展望」「川柳大学」に参加。「MANO」「バックストローク」「川柳カード」を経て、二〇一八年「晴」創刊。編著に『金曜日の川柳』（二〇二〇）等。

劣等感は雪に足跡つけてから
足裏はいくら拭いても花曇り
土塀づたいに歩いて何も拾わない
追憶の大きな布が浮き上がる
月光に瓶が倒れていきそうだ
式服を山のかなたに干している
むこうから白線引きがやって来る
鳥たちが三面鏡からいなくなる
ねばねばしているおとうとの楽器
たましいに鯛焼きの餡付着する
半袖に着替えて待っている最初
月明やひょっとこの面箱に入れ
浴槽に浮べていますす国家など
俳諧やつつじの漢字むずかしい

スリッパでぺたぺた叩く冬の空
階段は海の見えない方にある

『セレクション柳人13　樋口由起子集』（二〇〇五、邑書林）

蓮根によく似たものに近づきたい
憂いまで三つ足りない螺子の穴
わたくしと安全ピンは無関係
昼寝する前はジプシーだったのに
ほとぼりがさめるころにはスパナだな
はらわたのビー玉行ったり来たりする
ゆっくりと春の小川がでたらめに
詮を抜くことしか知らぬ宝島
お互いを見せ合っているステンレス

『めるくまーる』（二〇一八、ふらんす堂）

野沢省悟

光年の雪降る　瞳から瞳
掌の茶碗ときどき海へ行くらしい
じゃが芋ににじむ色気をどうしよう
ちゅうりっぷ謀反人から謀反人
さくらんぼ光を抱いたまま腐る
人間を見てきて吹雪見て飽かず
光より言葉を待っている樹氷
藤の花ににじりよる手ににじりよる
ねずみ花火と修司の眉の片方と
赤とんぼ身の半分は彼岸かな
五十過ぎて卵に顔が描けそうだ
たましいの焦がれしはてのクリオネよ
レタス頬ばる波紋ひとつは崩れずに
れんこんの穴春光のところまで
のざわ・しょうご
（一九五三・三・二六〜）
一九七六年から川柳を始める。七八年「かもしか」幹事。九二年、現代川柳・雪灯の会創立。二〇〇三年「双眸」、〇七年「触光」創刊。句集に『瞼は雪』（八五）等、著書に『極北の天』（九六）等。

助走する白鳥しみじみと中年

『セレクション柳人11　野沢省吾集』（二〇〇五、邑書林）

手心を加えていると咲く菫
おたんこなすを愛していいます枯芒
つくしんぼ目から鱗がおちません
虚無ふたつほど冷蔵庫から持って来い
人呼んで歌留多の裏と申します
マンホールの蓋いつまでも笑わない
葉桜がとっても似合うでくのぼう
サロンパス剥がしたあとのおぼろ月
目覚めては困るどんぐりが一個
割れたガラスが人間臭い貌をする

『東奥文芸叢書 川柳7　60』（二〇一四、東奥日報社）

坂東乃理子

ばんどう・のりこ
（一九五四・一〇・一〇〜）
一九八〇年、「神戸新聞」川柳壇（選者・時実新子）に初投句以来、時実新子に師事。八一年「川柳展望」誌友、翌年会員。九六年「川柳大学」会員。句集に『冷蔵庫』（八八）等。

赤ちゃんの手のひらにわく真綿かな
乳を飲むこの子ウルトラマンの顔
さっきからヘリコプターがついてくる

『おもちゃ箱』（一九八六、編集工房 円）

人を待つ姿はどこか鳥に似る
犯人はみかんだったとわかる朝
風船をもらってからの気苦労よ
鏡から小人が駆けてくる時間
ペンギンの転ぶところを見てしまう
梅ひらく謙虚と卑下は違います
ゴムひもが伸びて私の秋になる
エビフライみたいに見える人魚の絵

『人魚の絵』（二〇一八）

レース編む指からほどけ蜘蛛となる
くしゃみして忘れてしまう合言葉
あかり消す前に一人が面をとり
液体になった笑いがこぼれそう
けが人が逃げないように取り囲み
中腰の見知らぬ人がつきまとう
水滴が頭の上に落ちつづけ
あの人もトイレの前でふり返る
幼き日蝶を洗った記憶あり
この椅子は犬であったと言い張ろう
手にとれば次々足をくれる虫
憎み合う犬と老人が歩く
仏壇の中でこんなによく遊ぶ
刑務所の前まで散歩して帰る

高鶴礼子

たかつる・れいこ
（一九五五・一・二五〜）
一九九四年七月、時実新子を知り川柳を始める。「川柳大学」創立会員。二〇〇五年「ノエマ・ノエシス」創刊・主宰。日本ペンクラブ他会員。句集に『ちちちる野辺の』（〇九）等、詩集に『曙光』（〇九）等。

父遠し白蛾の迷い込む月夜
思ってもしかたないことクルミ割る
枇杷が咲く訪問客のない家に
共犯の目配せをする花の下
とんぼ来て被爆体験聞いている
ステンレス鍋に変心気づかれる
怒り方似てきた同士鍋つつく
革命はひそかに進み着ぶくれる
鏡の奥にひとり遊びの童子いる
お祭りのあとを洗濯機に入れる
ぞろぞろと階段昇る中にいる
ときどきは剥がして影を休ませる
誤解だろうか重ねた皿の底と底
真実がごろごろ牛の鼻先に
好き　いいえ　万緑に歯をくいしばる
月見草ここで黙って何とする
きれいごとうぶ毛だんだん黒くなる
呵呵大笑して大根を真っ二つ
母を誹れば肉のこすれる音がする
あひるの子はあひる　お話終わっても
ト書きにはポップコーンを食べるとある
在るということ　つゆくさ踏んで傷つけて
やわらかくなんかなりたくないセロリ
造花に埃　このごろ私泣いてない
もう降りることもない駅のたんぽぽ

『向日葵』（一九九九、編集工房円）

原井典子

はらい・のりこ
（一九五五・八・八～二〇一五・八・六）
一九九四年「川柳えんぴつ」同人、「川柳展望」会員。『捜索隊』の序で、天根夢草は、原井典子は真面目であり、〈真面目にすることがおもしろいのだから、こんないいことはない〉と評した。

蟬しぐれ墓の扉が開いている
関心があるかなきかの金魚たち
お手玉を散らかしたまま嫁に行く
切りにくい缶切りばかりある生家
新鮮な鰯はどれも死んでいる
砂時計ずっと逆さにしていない
近づいてみれば普通のパチンコ屋
見解の相違ポットに水を足す
墓地裏で遊び元気をつけてくる

『捜索隊』（一九九七、葉文館出版）

おみくじを小さな声で全部読む
期待通りに割れぬ風船別れ時
仲良しになることはない更衣室
大切にしている虫が刺した場所

追いついてしまわぬように石を蹴る
待ち針の数はもともと分からない
精神を共有しない風呂の蓋
他人の言う事は聞かないご飯粒
過去形に畳んで返すハンカチフ

『捜索隊Ⅱ』（二〇〇〇、葉文館出版）

砂吐いて元には戻れない蜆
仕返しを考えているお月様
疑いの余地なしバスの停留所
蓮根の穴がきれいか見て食べる
友達が一人もいないマンホール
股に豚挟んで豚を豚にする
昆虫のオスを隈なくチェックする

『捜索隊Ⅲ』（二〇〇四、川柳展望社）

桒原道夫

くわばら・みちお
（一九五六・四・九〜）
一九七四年「朝日新聞」和歌山版の川柳欄に投句を始める。選者の野村太茂津に誘われ、七五年三月「川柳わかやま」「川柳わかやま（現・川柳塔わかやま）」句会に初出席。「川柳塔」同人。

あけがたの街灯の灯は昨日の火
冬のベンチ人が通ると人を見る
さくらから去ってさくらを振り向かぬ
寝転べば畳 立ち上がれば芒
観念となるまで炎天を歩く
炎天の暗さ自転車屋の暗さ
夕立のあと少年に何もなし
ぎくしゃくとして美しい一輪車
幸せいっぱいの画鋲が押してある
桃二つ未来はすでに滴れり
右翼左翼も押入の中に行李
空き瓶の方が空き缶よりあわれ
本箱に本が並んできた少年

抽斗が抽斗のまま捨ててある
海ひとつ山ひとつある 別れかな
鞄横抱きにして青春よさらば
屋上のベンチで何も考えず
うつくしく強く地球を蹴る遊び
エスカレーター僕のとなりのペンギン君
恋をしているから雨の運動場
次の世も続く逆上がりの稽古
言い聞かす猫の両手を握りしめ
ウルトラマン一家が浴びている西陽
電柱を抜いて帰ろうかと思う
未来にはきっと未来のチョコレート

『川柳作家ベストコレクション　桒原道夫』（二〇一八、新葉館出版）

倉本朝世

くらもと・あさよ
（一九五八・七・二四〜）
一九九〇年から川柳を始める。九二年、個人誌「あざみ通信」創刊。共著に『現代川柳の精鋭たち 28人集—21世紀へ』（二〇〇〇）、編著に『定金冬二句集 一老人』（〇三）。

少年は少年愛すマヨネーズ
名前からちょっとずらして布団敷く

『硝子を運ぶ』（一九九七、詩遊社）

大司教が困った春を運んでいる
軽業師落ちてひろがる蒙古斑
この世からはがれた膝がうつくしい
鬱の字を縞馬のむれ通過中
群集は二手にわかれ御影石
間違って「閉経！」と言う裁判長
海鼠踏んだらトウキョウと音がした
かなしくてベルリンと言う強く言う
なつかしい呪文のようにエルサレム

『なつかしい呪文』（二〇〇八、あざみエージェント）

グラビアのからだちぎれる天の川
空き家から大きな心音が漏れる
煮えたぎる鍋　方法は二つある
藤棚はあいまいな場所　昼の火事
家系図で包む大きな燐寸箱
千あれば千の夕焼け哺乳瓶
夕立が残した鋏よく切れる
人を産む柳行李になりながら
泡立草の声で「出張しています」
満月やきちんと並ぶ排水口
本体は先に夕陽を見に行った
かたっぱしからあざみぬかれてゆくひつぎ
大窓へ硝子を運ぶ少年期
桃よ昼に全体重をかけなさい

きゅういち

慎みの梨のほとりへ嫁ぎます
黄を帯びた刃先産み付けられてをり
代理母に白湯を注げば午後のキオスク
蝕に入るドッジボールや寂光土
廊下中壁新聞の立ち眩み
実るほどこうべの奥の冷え切るか
体毛をふふふほほほと風姉妹
情念を語るソーセージの金具
ほぼむほんずわいのみそをすするなり
灯が入るみんな空似をして帰る
アパートの暗い廊下の果ての鉢
転がった手足を拾う助監督
教授陣集う鰻の入射角
心中の岬を望むぜんざい屋
番台を預かるなみだ目の巨人
司祭かの虚空にバックドロップか
火事ですねでは朗読を続けます
尿瓶持てやおら叡智を散らかしぬ
課長補佐あたりがふった唐辛子
帆船や手足は砂になる決意
スリッパに力む師匠を乗せている
電飾の城に素泊まりしたおはぎ
風船持って塹壕にサヨウナラ
貸しボート一艘離れゆく領土
パサパサの忍び難きが炊きあがり

『ほぼむほん』（二〇一四、川柳カード）

きゅういち
（一九五九・五・二五〜）
二〇〇三年から川柳を始める。「ふらすこてん」「川柳カード」を経て、一八年「晴」メンバー。『ほぼむほん』の序で、樋口由起子は〈彼は書くことによって、ますます自分を発見する〉と評した。

久保田紺

くぼた・こん
（一九五九・七・一七〜二〇一五・一〇・三〇）
二〇〇五年、「川柳大学」豊中ゼミで川柳を始める。〇六年「川柳大学」会員。その後「川柳カード」「川柳北田辺」等に参加。句集に『銀色の楽園』（〇八）等。

銅像になっても笛を吹いている
キリンでいるキリン閉園時間まで
帰れないなあもう少し溶けないと
薄暗いほうにあなたがいて困る
これからのパン粉としての暮らし方
印鑑のケースの中でずりずりする
桃でないのに桃色に染められる
つぼみには許してもらうことばかり
海はまだか海に出たくはないけれど
金魚になってしまうからもう着ない
充電をしなさい足が透けてます
かわいいなあとずっと端っこを噛まれる
改めて南京豆としてデビュー

あいされていたのかな背中に付箋
回ってるからとうさんはだいじょうぶ
着ぐるみの中では笑わなくていい
おばちゃーんと手を振るライフルを提げて
尻尾までおんなじもんでできている
食パンのだんだん厚くなる家族
いもうとは案外伸びるゴムのひも
鉄板にソース別れてもいいよ
わからへんままで飴ちゃん舐めている
カーソルを合わせるとても痒いとこ
ポップコーンになれず残っているひとつ
ぎゅっと押しつけて大阪のかたち

『大阪のかたち』（二〇一五、川柳カード）

清水かおり

しみず・かおり
（一九六〇・七・二〇〜）
一九八六年、職場での機縁で海地大破を知り、川柳を始める。九三年、川柳木馬グループ会員。「新思潮」「バックストローク」「Ｌｅａｆ」「川柳カード」等を経て、二〇一七年「川柳スパイラル」同人。

空高く錐は逆手に持つという
想念の檻　かたちとして桔梗
草の真上の鍛え抜かれた月である
相似形だから荒縄で縛るよ

「川柳木馬」（二〇〇八・七）の「作家群像」より

体内の葦は父より継ぎし青
月下の橋の下を流れる脳ありき
半身は土偶の口の暗がりへ
青い絵の中で青溶く王に逢う
両眼を奪う棘の木は贈られし
瓶あまた海色のへだたりを詰め
窓ひとつ開ける極彩色の前髪
フラスコは無呼吸しずかな夏野

『現代川柳の精鋭たち　28人集―21世紀へ』（二〇〇〇、北宋社）

逆光の芒をしまう道具箱
桜山らんぷは逆さ吊りがよい
目を開けて金魚流れる夜半の雨
ジュラルミンケースの中はさざなみ
先ぶれは葱の内らのぬめりから
南国の頭を垂れる鳥を抱く
吐き出した月に吐き出される机
冷えながら芒の禁忌言い合へり

『セレクション俳人プラス　超新撰21』（二〇一〇、邑書林）

少年の飲みかけの水蝶が浮く
鳥葬の鳥と三日月見続ける
夜行バスたましい薄くして帰る
夕景の疑似餌は美しく痛い
たてがみの痕跡の首絞めてやる

芳賀博子

はが・ひろこ
（一九六一・九・四〜）
一九九六年、時実新子の「川柳大学」に創刊より投句、二〇〇七年終刊まで会員。以後フリーで活動。二一年六月、川柳を中心にことばの魅力をウェブで楽しむ会「ゆに」創立、代表。

真実を太くねじってかりんとう
ピアノぽろぽろ「ごめんね」の練習
プライドをポキンと折って襟に挿し
風船がようやく割れて元の朝
いつ濡れていたのかベランダの菫
愛しなさい愛しなさいと象に雪
鰯雲　全部ひっくるめて抱く
なにもかも寂しい移動遊園地

『移動遊園地』（二〇〇三、編集工房円）

母からの電話　部屋干しのにおい
平行線何時間でも愛し合う
夕闇のどこから漏れているインク
春暮れる消える魔球を投げあって

古ミシン海の続きを縫っている
はっきりと悪意になってゆく雫
ご心配無用南京玉すだれ
どぼどぼにソースをかけて許しあう
お力になれずぎんなんかんにんな
芒からやっと怒りが抜けました
みずかきをぱっと開いて転校す
ずばりにはずばりで返すかき氷
改札にはさまれているクリスマス
嘘ばっかついて美しかった鈴
かたつむり教義に背く方向へ
二度寝してまたもアメフラシと出遭う
それだけのご縁であったざる豆腐

『髷を切る』（二〇一八、青磁社）

畑美樹

はた・みき
（一九六二・四・八〜）
一九九三年「川柳の仲間 旬」に誘われ、翌年会員。九五年「川柳展望」、九六年「川柳大学」会員。以後「バックストローク」「川柳カード」を経て、「川柳スパイラル」同人。句集に『雫』（九九）等。

こんにちはと水の輪をわたされる
ゆっくりがかなしみになる午前中
こっそりとひっくり返るさくらの木
ゴリラだと思っただけのいちにちよ
夕暮れのまんなか押しているつもり
暮れていく途中へ落とすなまたまご
鍵穴からはみ出してくる天ぷら粉
少年がポケットから出す三日月
手鏡に映すわたしがいない場所
あのひとをめくれば雨だれがきれい
揺れながらさみしくなっているみどり
乾かないように重ねてゆくピンク
霧雨はだけどの上に降り続く

きっとまた会える牛乳瓶の底
こめかみに向かって絞るマヨネーズ
足首に群がっているアゲハ蝶
どしゃぶりの笑わなくてもいい時間
縁側でやわらかくなる新聞紙
ゆうぐれのしょうゆを垂らす調度品
正解は言わないように盛るごはん
このままで死にたくはない雨あがり
シャワーの中で繰り返す早口ことば
愛されてペコンとつぶすアルミ缶
頬に瓶あてる　私の存在価値
私より先に逃げ出す綿ぼこり

『セレクション柳人12　畑美樹集』（二〇〇五、邑書林）

倉富洋子

くらとみ・ようこ
（一九六二・七・二四〜）
一九九一年、時実新子の『有夫恋』に出会い、川柳を始める。「川柳展望」「川柳大学」を経て、文芸メーリングリスト「ラエティティア」に参加。二〇〇一年、なかはられいこと「WE ARE！」創刊。

わたくしがしずかに腐る冷蔵庫
向日葵の黄黄黄黄黄黄黄　孤独とは
果たされぬ約束のままダムは朽ち
週二回燃えないゴミの日に逢おう
星に手が届かず齧るビスケット
影とはぐれたひとばかりいて駅は昼
虚言癖廻りつづける風車
しゃぼん玉吹く失望に狎れきって
灯台の灯が見え不意に迷いだす
厨の隅にうごかしがたき闇育つ
湯浴みして正しき位置に置く乳房
係累や亀の甲羅のなまぐささ
慈悲無用蟻の骸は蟻が曳く
影が鳥のかたちに痩せたから　翔ぶね
誰を信じるカーテンがゆれている
かなしみの純度トンボの翅透ける

『薔薇』（一九九五、編集工房円）

死を遊ぶことにも倦みてさくらさくら
しあわせが終わって挟み込む栞
離縁状代わりに置いていく鱗
家族写真誰もが舌を秘匿して
かさぶたをはがせば月光がとろり
無言電話のむこうに月は出ているか
世界のしっぽをさがしに行こう春の雨
親族会議各自ビー玉持ち寄って
発砲のそれから　冬がはじまりぬ

『現代川柳の精鋭たち　28人集―21世紀へ』（二〇〇〇、北宋社）

榊陽子

さかき・ようこ
（一九六八・九・四〜）
二〇〇三年頃から川柳を始める。「せんりゅうぐるーぷＧＯＫＥＮ」会員。「川柳木馬」の「作家群像」で、石田柊馬は〈川柳的な潔さ、その無欲、恬淡、快活感などの位相に榊は居る〉と評した。

手は蔓に鶴はまっ赤な雲梯に
いいえ関節音など聞こえませんでした
焼きナスになりやすい人なりにくい人
サボテンの花と一夜を濡らしおり
視聴覚教室に舌はいらないの
春だからふたりで突つくだんごむし
道端のグラジオラスの死にたがり
腰から下は連名にしておきました
はしたなくひかりかがやくカレンダー
本日は油ねんどを笑わせる
おぼろ夜の椅子の数だけ臀部あり
ちょっとだけおもちゃ売場で臓腑見せ
ふくよかな傘を前から後ろから

「川柳木馬」（二〇一五・一〇）の「作家群像」より

白昼堂々と分度器を持ち歩く
芦屋駅にはペリカンをふりかける
さしつかえなければ川を用意する
あなたはだんだん眠くなる水着
あちこちにぶら下がっているがんもどき
今はまだぶらんこと同じ血が流れ

「バックストローク」（二〇〇八〜二〇一一）

棒状になったので立てかけておく鳥居
鯖缶のバカのあたりが壁ですよ
藁詰めて子どもはみんな酸っぱいね
学校のたわし堕胎を繰り返す
設問は股間に花を添えました
画数はもっともがいていいんだよ

「川柳カード」（二〇一二）〜（二〇一七）

兵頭全郎

ひょうどう・ぜんろう
（一九六九・三・一八〜）
二〇〇二年、ラジオ番組の川柳コーナーに投稿を始める。ネット句会「空の会」入会。「パーセント」「バックストローク」「ふらすこてん」「川柳カード」等を経て、一七年「川柳スパイラル」同人。

すりがらす自己紹介をせがまれる
取出口に四頭身の神
付箋を貼ると雲は雲でない
丘が丘であるためのピアノ線
こめかみで続く絵本をめくる音
背骨からバウムクーヘン取り外す
部屋いっぱいの鸚鵡が揺れてばかりいる
二〇〇位と二〇一位のぬれおかき
流れとはひっきりなしの美少年
馬車止めて侯爵夫人の幅をはかる
サクラ咲く時「もっと」って言うんです
山羊の目はマイナスドライバーで開く
ドアノブの取れた周囲を撫でられる

受付にポテトチップス預り証
法螺貝を通った風の帰り道
天の川の先にふるいが掛けてある
目の中の畳表のことである
織姫やそろそろ洗濯してください
象顔の人とそこそこすれ違う
大屋根の陰も乾いて側転日和
途中から脱皮忘れたまま舞台
英会話教室なりにシャツのしわ
ヌルヌルの会見場のパイプ椅子
お別れにホームセンターのナスの苗
変わる季節のどこにも変わらない風景

『n≠0　PROTOTYPE』（二〇一六、私家本工房）

Sin

しん
（一九七一・一〇・五〜）
父・北野岸柳が川柳作家であったため川柳が大嫌いだったが、二七歳のときに川柳を始める。「川柳おかじょうき」編集人。

引き裂かれてしまえばただの俄雨
疑問符はサラダで食べるのがベスト
どす黒い根雪　卒業アルバムに
ワクチンを打ってきたのに妻がいる
冤罪がとっても似合う風景画
それで気が済むなら月を屋根裏に
梅雨終わる　あだ名で呼び合うのも終わり
刀みな折られてからのヤスキ節
どうしても消えない　首のキリトリ線
肩甲骨をキレイな嘘で拭いている
騙されるふりもこれきり　キャミソール
唇をすこし離してした話
もういいかい　村上春樹　まあだだよ

けたたましい伏せ字が並ぶシャッター街
おかけになった電話番号は現在　海
水滴の頃の記憶で暮らす冬
目の前の青とジャンケンして　あいこ
離婚届と再放送のサザエさん
寄り切ってしまう男の悪い癖
羯諦羯諦波羅羯諦　秋刀魚の苦いとこ
中指だけいつもふやけているサンタ
生殖器は栞がわりにしています
不倫にレモンを勝手に掛けられる
小銭入れがどうしてもって言うから
二日目のカレーのような愛し方

おかじょうき川柳社「川柳データベース」より

やすみりえ

やすみ・りえ
（一九七二・三・一〜）
大学卒業後、本格的に川柳の道へ。庄司登美子の句集と出会い、作句を開始。現在、テレビ・ラジオ等、マスコミの川柳コーナーを多数担当、各種公募川柳コンテストの選・監修も幅広く務める。

しあわせになりたいカラダ透き通る
つまさきのあたたかい恋しています
ブロッコリーひとりっきりの緑色
からっぽの私を包むバスタオル
幾つもの切り取り線のあるハート
馴れ合いにならないようにオムライス
あの人の肩は小雨の匂いして
憂鬱のボディーソープを詰め替えて
なぞなぞのとても得意なティーカップ
「またね」って言ってくれないから秋ね
ご対面おへそのへそのむこうがわ
ワタクシを壊さぬようにラッピング
つきあかりだけでいきられたらいいね
ちょっとしたことで　白紫陽花のばか

『ハッピーエンドにさせてくれない神様ね』
（二〇〇五、新葉館出版）

お日様をたっぷり含む平行線
三日月の形の嘘が好きでした
私からポロリと剥がれ落ちた恋
お別れを白く包めば白うさぎ
髪が伸びたねとアップルパイの日々
語り合う時　樹の声になりたくて
へのへのもへじ二ン月のジェラシーね
平泳ぎしてこの星のやわらかさ
幸せな恋は毛玉になるんです
可笑しくて哀しい　パセリ噛みながら
マトリョーシカへ愛を囁いては駄目よ

『召しませ、川柳』（二〇一四、新葉館出版）

川合大祐

かわい・だいすけ
（一九七四・二・一九〜）
二〇〇一年「川柳の仲間 旬」に入会し、川柳を始める。一二年、歌人集団「かばんの会」にも入会。一七年「川柳スパイラル」同人。ブログ「川柳スープレックス」共同執筆。

中八がそんなに憎いかさあ殺せ
川柳は何と無力だ河馬の前
睾丸の睾を生涯二度も書く
ウルトラの制限時間越えて滝
同心円みんなさみしくなりなさい
罪という軽い言葉よつみきつみ
世界からサランラップが剥がせない

『スローリバー』（二〇一六、あざみエージェント）

トマト屋がトマトを売っている　泣けよ
便宜上象よ象よと泣きながら
しりとりでないかのように神と言う
オモチャ箱巨大な丸をなぜ捨てた
西部劇史上もっとも猫ふえて

畳んでもバームクーヘン状のまま
たけのこが無かったように掛ける鍵
都民みなあの小麦粉と指さして
横縞の気象予報士でないひと
あなごでも無くてもよいがあなご死す
円舞曲みんなバターになる途中
なわ跳びのなわが三本管理室
カタルシス濡れせんべいが濡れてから
無をおそれつつ学研に出す葉書
農道にひとりで舟を曳いており
仏像が回転しつづけるだろう
ローソンの連想をされないほうへ
覚めるたび微妙にちがう井戸の場所

『リバー・ワールド』（二〇二一、書肆侃侃房）

編集を了えて

研究熱心な桒原道夫さんは、長期の休みを利用して、国会図書館を始め川柳関係の図書や雑誌等が所蔵されている各地の図書館等に足を運び、常に原典に当たって綿密な調査研究を根気よく続けてこられました。そうした努力の結果として、二〇一〇年に刊行された『麻生路郎読本』は、多くの人の注目を集め称賛されました。

このような桒原さんとは、妙に気が合い、上京のたびにお会いして色々と川柳についてお話しすることが無上の楽しみとなっていました。そうした話の中で他の短詩型文芸に比し、なぜか川柳には明治以降、今に至るまでの近代・現代を通じたアンソロジーがないことに私が悲憤してお話ししたところ、桒原さんも共感してくれたことがいまでも印象に残っています。

以来、埋火となったアンソロジーへの熱意が具体的なマグマとして噴出したのは、私の願いをしっかりと覚えておいてくれた桒原さんが、ようやく時間的余裕が取れることとなった三年ほど前のことで、なんとしてもやり遂げましょうよという桒原さんからの温かい申し出の熱意に動かされ、癌を患ってすっかり身辺整理を終えた私の心も疼き、微力ながらも一緒にやらなければいけないという思いがこみ上げたのでした。

この編集は、人選及び選句ともに二人して進めましたが、具体的な句の収集については、桒原さんが膨大な時間と労力を惜しまずに尽力してくれました。桒原さんの献身的な努力と熱意がなければ、この本は、日の目を見ることはなかったでしょう。

なお、人選と選句については、何度も打ち合わせを行いましたが、最終的には、私の責任において裁断したことをお断りしておきたいと思います。

とりわけ人選にあたっては、できるだけ作品本位に選定することを心掛けたつもりです。そのため、古川柳をはじめ近代川柳や現代川柳の優れた研究者や批評家として著名な方々、卓越した指導力により各地の有力な結社や柳誌を牽引された主宰者や主要な同人の方々、さらに献身的に全国組織の主要役員として尽力された方々については、近代・現代川柳史を語る別の場面で大いに評価・顕彰されるべき方々であり、あえて本書では採り上げなかったことを付記しておきたいと思います。また、ページ数の関係など諸事情で収録を見送らざるを得なかった方々が、かなりの数に上ったことは返す返すも残念でなりません。

様々なご批判はあろうかと思われますが、どうかこれを契機として、さらに充実したアンソロジーが編まれることを願ってやみません。また、いろいろな面で調査・連絡等が十分に行き届かない点も多々あり、この場を借りて深くお詫び申し上げます。

思い返せば、つらく苦しい大変な作業でした。精魂尽き果てた感がしないでもありません。達成感よりも疲労感の方が大きいものがあります。一方、長年、川柳に携わってきた者として、少しは川柳文芸に対し恩返しができたのかなあという気持ちもあります。

最後になりましたが、新葉館出版の松岡恭子さんのご理解とご尽力、竹田麻衣子さんのご協力に対し、こころから感謝申し上げます。

二〇二一年　コロナ禍の初秋に

堺　利　彦

■資料提供

日本現代詩歌文学館、国立国会図書館、大阪市立中央図書館、市立小樽図書館、新潟県立図書館、栃木県立図書館、静岡県立中央図書館、名古屋市鶴舞中央図書館、三重県立図書館、大阪府立中央図書館、大阪府立中之島図書館、堺市立中央図書館、兵庫県立図書館、神戸市立中央図書館、香川県立図書館、愛媛県立図書館、オーテピア高知図書館、大牟田市立図書館

【や】

【わ】

【な】

【は】

【ま】

作者名索引

【あ】

【か】

●編者略歴

桒原道夫（くわばら・みちお）

1956.4.9～

1974年「朝日新聞」和歌山版に投句を始める。1975年3月「川柳わかやま」句会に初出席、翌年同人。1977年より「川柳塔」同人。編著『改訂・増補橘高薫風川柳句集全句索引』、『麻生路郎読本』等、句集『川柳作家ベストコレクション　桒原道夫』。

堺利彦（さかい・としひこ）

1947.3.31～

1965年「川柳さいたま」に入会、翌年同人。日本川柳ペンクラブ理事、「バックストローク」同人等を経て、現在無所属。著書『現代川柳の精神』、『川柳解体新書』、共編著『現代川柳ハンドブック』、『川柳総合大事典（人物編）』、監修『石部明の川柳と挑発』。

収録しました柳人の中には、連絡先等がご不明の方がおられました。大変お手数ではございますが、作者及び著作権継承者の方は、奥付の発行所までご連絡いただけましたら幸いでございます。

近・現代川柳アンソロジー
○
2021年12月28日　初　版
編　者
桒　原　道　夫
堺　　　利　彦
発行人
松　岡　恭　子
発行所
新　葉　館　出　版
大阪市東成区玉津1丁目9-16 4F　〒537-0023
TEL06-4259-3777㈹　FAX06-4259-3888
http://shinyokan.jp/
印刷所
株式会社 太洋社
○
定価はカバーに表示してあります。

ISBN978-4-8237-1071-1